엄마

김지원 소설 선집 1

폭설 外

김지원 소설 선집 1

폭설 外

초판 1쇄 인쇄일 2014년 1월 17일
초판 1쇄 발행일 2014년 1월 30일
지은이 김지원 | **펴낸이** 박진숙 | **펴낸곳** 작가정신
편집 김종숙, 황민지 | **디자인** 정인호
마케팅 안치환, 지혜 | **디지털 콘텐츠** 김영란 | **재무** 윤서현
인쇄·제본 한영문화사
주소 413-120 경기도 파주시 문발동 문발로 207 2층
전화 02 335 2854 | **팩스** 031 944 2858 | **이메일** editor@jakka.co.kr
홈페이지 www.jakka.co.kr | **출판등록** 1987년 11월 14일 제1-537호

ISBN 978-89-7288-529-0 (04810)
978-89-7288-528-3 (세트)

이 도서의 국립중앙도서관 출판시도서목록(CIP)은 서지정보유통지원시스템 홈페이지(http://seoji.nl.go.kr)와 국가자료공동목록시스템(http://www.nl.go.kr/kolisnet)에서 이용하실 수 있습니다.
(CIP제어번호 : CIP2014001618)

폭설 外

작가정신

일러두기

1. 『김지원 소설 선집』에는 김지원 작가의 단편소설, 중편소설 가운데 문학적 의의와 가치가 높다고 판단되는 작품들을 엄선해 수록했다.

2. 선집 각 권은 작품의 발표 순서와 상관없이 초기·중기·후기의 작품들을 고르게 싣는 방향으로 구성했다. 단, 1권에는 김지원 작가의 초기 작품 세계를 대표하는 두 편의 중편소설과 작가 사진을 실었다. 각 작품의 발표 연도는 책의 말미에 넣은 작가 연보를 통해 확인할 수 있다.

3. 이 책의 맞춤법은 국립국어연구원의 '한글 맞춤법'에 따르는 것을 원칙으로 했다. 띄어쓰기의 경우 출판사 내부의 규정에 따랐으며, 방언·의성어·의태어 및 구어적 표현은 작가의 집필 의도와 작품의 성격에 따라 그대로 두었다. 또한 외래어 표기는 국립국어연구원의 '외래어 표기법'에 따랐음을 밝힌다.

4. 선집의 표지는 1권 이제하(소설가)·2권 김승옥(소설가)·3권 김영태(시인·무용평론가)의 그림, 본문 약표제는 조인현의 그림으로 디자인했다.

차례

깊은 골짜기 등불 향하는 마음으로

김채원

어느 날 언니는 전화로, 노숙자한테 저기 가서 줄을 서면 저녁을 준다고 알려주고 지금 들어왔다고 말했다. 언니에게서 뉴욕 거리를 걸어 다니다가 묻혀온 저녁 공기 냄새가 전해져 왔다. 두려움과 부끄러움이 아주 많은 언니가 노숙자에게 다가가 용기 내어 그것도 영어로 말했을 모습이 그려졌다.

나는 그 저녁 정경을 떠올리며, 그리고 평소 언니의 생각들을 떠올리며 자연스레 책을 내야겠다고 마음을 정했다. 주저되는 면이 없지 않았다. 언니는 자신의 흔적을 전부 지우고 싶어 했기 때문이다. "제발 부탁이야!"라고 간곡히 말했었다.

언니가 떠난 후 부탁하던 그 증류의 시간에 반하여 책을 내겠다고 생각한 것은, 위험스럽지만 바로 그렇게, 언니가 독자들에게 줄 수 있는 선물이 이것뿐이기 때문이다. 지나온 날들에 대한 회한, 뉘우침, 수치감 같은 것이 가슴을 짓누르고 있기에 흔적을 지우고 싶어 하는 언니에 대해 공감하지 않는 것은 아니면서도, 이 세상이 아닌 영혼 세계에서의 사고는 다르리라, 허용하리라, 유추해보며…….

이왕 내는 것이니 독자들이 되도록 손쉽게 책을 사볼 수 있도록 책값을 최대한 낮게 책정해주기를 바랐고 '작가정신'에서 그것을 받아들여 주었다.

시인인 박진숙 사장과 김종숙 편집팀장, 책 내는 데 깊이 관여해주신 이제하 작가, 그리고 세상의 모든 분들에게 언니를 대신하여 고마움을 전하며 무언가 힘껏, 삶으로부터의 응원을 보내고 싶다.

천품의 감성, 바다의 정한(情恨)

이제하

1960년대 초두 홍대와 합정동 일대가 논밭과 야산으로 메워져 있던 때 서교동 최정희 선생님 댁을 드나들면서 김지원을 만났다. 동생 김채원도 그렇고 어디에 이런 자매가 있었나 싶게 감동을 받은 것은 그녀들에게서 스며오는 문학적 감수성 때문이었을 것이다. 하나는 팔을 펴 하늘을 감싸고 하나는 초롱한 눈빛으로 앞을 응시하고 있었다고 기억한다. 아름답고 격조 높은 규수 작가의 기본적인 이미지가 원래 그런 것일지 모른다.

데뷔작이자 《여원》 당선작인 「늪 주변」을 두고 후에 김지원은 그 지나치게 정감스러운 스토리와 결구를 별로 마음에 들어 하지 않는 눈치였지만 나는 그렇게 생각지 않는다. 그녀가 그 이후 무수히 천착해 왔던 사랑의 본질이나 정한의 그 중심 뿌리가 거기 놓여 있었던 것이다.

세상으로부터 밀려드는 온갖 파고를 그런 감성으로 감당하고 수용하느라 가끔 어깨를 움찔거리던 그 독특한 제스처와 머릿결들이 지금도 눈에 밟힌다. 늘 남의 사정을 먼저 생각하고 거기서 불행의 기미를 느끼기만 하면 눈빛부터 따뜻하게 변하던 그녀는 어느 시간에 소설을 써왔던 것일까. 호기심 강한 체질이 이 좁은 나라에서는 도저히 채울 수 없는 갈증 때문에 뉴욕 같은 이방으로 그녀를 내몰았을지도 모르고 그런 낯선 풍습에 혼융된 감성은 각별한 아취마저 자아내고 있지만 그녀가 일생 파고든 정한의 근거는 늘 이 나라였다. 강대국 틈에 끼어 항시 질곡을 겪는 이 나라의 흙냄새와 시골길과 도시 변두리 외따로 떨어진 집의 퇴락한 뒤란. 거기 찾아온 옛 친구는 고졸한 의자에 외투를 걸쳐두고 잃어버린 사랑을 얘기하고, 주인은 아득한 눈빛이 되어 있다. 그런 장소 그런 길 위에 수놓이는 그녀의 정한은 마치 바다와도 같이 폭이 넓고 깊다.

그 뒤란에 함박눈이 쌓이는 계절에 그녀가 여태 써온 소설들의 정수를 만난다.

지나갈 어느 날

서영은

뉴욕에 사는 친구로부터 "Aran passed away peacefully at 1:41 AM this morning"으로 시작되는 메일을 받았을 때 정서적 충격에 앞서, 그녀의 전 생애를 말해주는 듯한 이미지가 먼저 떠올랐다.

안개, 또는 눈보라가 자욱한 신비로운 공간에 홀로 서 있는 겨울나무 한 그루. 나무는 있던 자리 그대로, 그 모습이 어딘가로 사라지기 직전 같기도 하고, 어딘가로부터 홀연히 나타나 이제 막 모습을 드러내려는 것 같기도 하다.

이 이미지 속에서 보면, 그녀의 생사는 '있어도 가는 것 같고, 가도 오는 것 같은' 영혼들의 정원의 한 풍경이다.

언제부터 그녀는 소리 없이 성큼성큼 영혼 세계로 중심 이동을 해왔던 것일까. 돌이켜보면, 언제라는 시간을 따져보는 것은 무의미하다. 지원은 날 때부터 '올드 소울(Old Soul)'이었다. 타고난 고결함, 선험적 앎 같은 것이 있었다. 뚜걱뚜걱 물수제비뜨듯 떠오르는 장면들의 귀맞춤이 끝난 지금에서야 친구들은 비로소 고개를 끄덕일 수 있게 된 것이다.

어머니인 최정희 선생님도 그 사실을 알지 못했던 것 같다. 다 큰 딸을 앞에 두고 최 선생님은 손으로 입부터 가리고 웃음을 참지 못하는 듯이,

"저거 아란이는 어렸을 때 글쎄 바람이 무섭다고 엄마, 바람 무서워, 바람 무서워 그랬단다."

그러자 아란이 끼익끼익 하는 웃음을 터뜨리며 부끄러워했다.

어째서 아이는 보이는 형체보다 보이지 않는 것을 '보는 듯이' 무섭다고 했을까.

'끼익끼익 –' 마치 차가 급정거하는 듯한 아란의 기이한 웃음소리는 어쩌면 신비한 새의 울음소리 같았다는 생각이 지금에서야 든다.

결혼 후 미국으로 이주한 지원은 그곳에서 두 아들을 키우고, 가족이 운영하는 '리쿠어 스토어'를 돌보며, 틈틈이 소설을 써서 데뷔를 했다.

당시 《문학사상》 편집 일을 하고 있었던 까닭에, 나는 편집자로서 검은 얼룩무늬 노트에 동글납작한 글씨로 쓴 그녀의 소설을 가장 먼저 접할 수 있었다. 그리니치빌리지를 배경으로 한 이민자의 고단한 삶이 그려져 있음에도, 그녀의 소설엔 항상 한 가지 특징이 있었다.

비명이 나올 만큼 벅찬 현실에 짓눌리다 못해, 남을 원망하거나 미움을 품는 것이 아니라, 서늘하도록 흔쾌하게 '내가 감당하고 말지'로 자신을 다독이는 장면들이 늘 작품의 정점에 있었다. 그것은 이미 인생을 몇 번 살아본 듯한 작가 자신의 내면의 소리로 느껴졌다. 지원의 소설은 현실임에도, 먼 나라(멀어서 먼 것이 아니라, 차원이 달라서)에서

소풍을 하고 있는 것 같은 아련한 분위기가 감돌고 있어, 경직된 리얼리즘이 대세였던 그 시절, 가려진 듯 돋보이는 여백의 아름다움으로 많은 독자들을 사로잡았다.

사람을 만나기 전, 그렇게 소설을 통해 더 가까워진 친구. 만난 시기는 확실치 않다. 그러나 첫인상은 지금도 또렷하다. 부드럽고 가만가만한 음성, 세상 사람들 누구라도 어렵고 어려워 연신 몸을 낮추는 타고난 겸손, 이마를 삼킨 여신 풍모의 긴 펑크 머리 밑으로 그윽하게 빛나는 눈, 속치마처럼 보이는 허름한 긴 치마, 뒤축이 열려 있는 슬리퍼형 샌들……. 옷차림도 외모도 유형을 찾기 어려운 이채로운 분위기였다.

지원이 귀국해서 어머니 곁을 지키기 시작한 1988년쯤이었다고 기억된다.

연배로 보면 지원이 쪽이 더 가까울 법한데, 정작 내가 친하게 지낸 쪽은 채원이어서, 자매가 포함된 친구 모임에서 돌아오면 채원을 통해서 지원이 했다는 말을 듣는 경우가 많았다. 가령,

"영은아, 언니가 그러는데, 어제 네가 음식 그릇을 막 타 넘는데도 깨끗해 보이더라고 하더라."

'이게 무슨 말?' 했는데, 차츰 지원에겐 남을 흉보는 눈이 아예 없다는 것을 알게 되었다.

어느 날 또다시 "언니가 그러는데, 너는 뒤에서 남을 절대로 흉보지 않는 것 같다고 하더라."

"그건 언니가 그렇지."

언제부터였는지, 지원이 천부경 공부를 하러 다닌다는 얘기를 들었다. 그런 그녀가 어느 날은 우리 집에서 하는 성경 공부에 오고

싶다고 했다. 매주 토요일 아침 열한 시부터 공부가 시작되었다. 두 개의 상을 펴고도 빠듯하게 끼어 앉아 있는 사람들 뒤에서 지원은 혼자 책 무더기에 턱 기대고, 긴 치마 밑으로 다리를 뻗고 있어 누구보다 편안한 자리를 차지한 것 같았지만, 사실은 다른 사람이 더 편하게 비켜준 결과였다.

공부 중에 선생님의 질문을 받고 우리 모두가 정답만 생각하고 있을 때, 그녀는 가만히 있다가 "책에서 봤는데요……."라거나 "누구누구가 그러는데요……." 하는 식으로 조금은 엉뚱한 얘기를 해서 우리를 어리둥절하게 했다. 하지만 나중에 생각해보면, 그녀는 성경 말씀을 지식의 범주에서가 아니라, 내면에서 영으로 더 크고 깊게 공명하고 있었다.

이 무렵이었을까. 지원은 김도희 선생님과 공역으로 『영혼들의 여행』이라는 책을 펴냈다. 그녀가 영혼에 대해 얘기할 때면 가장 열렬하게 공감해온 터여서, 그 책을 계기로 내 독서풍이 한때 스웨덴보리의 『영계 일기』류들로 경도되기도 했다.

지원이 뉴욕으로 떠난 뒤, 사람들은 나를 통해 그녀가 언제 돌아오는지 끈질기게 챙겼지만, 그녀가 기대앉아 있던 책 무더기가 날로 다른 책들로 더 높아져가도 그녀는 돌아오지 않았다.

가끔 뉴욕에 다녀온 친지들에게 그녀에 대한 소식을 물어보면, 마치 깨끗이 치워져 있는 책상을 훔쳤을 때 손에 아무것도 묻어나지 않는 것처럼 "잘 있어." 하는 한마디뿐이었다.

'왜 지원에 대한 소식에는 군더더기가 따르지 않을까. 하다못해 무슨 옷을 입었다든지, 누구랑 같이 있더란 말까지도 생략되는 것일까?' 하고 궁금해하다 보면 저절로 답이 떠올랐다.

어느 모임에서든지 그녀는 항상 한발 물러나 있었다. 그녀의 존재는 있는 듯 없는 듯, 고요하고 부드럽고 희다. 어떤 문제를 놓고 설왕설래하던 얘기가 언쟁에 이를 즈음이면 불현듯 그녀의 조용함이 좌중을 환기시켰다. 그녀는 누군가의 앞으로 접시를 슬그머니 밀어놓는 식으로 자신에게 쏠린 시선을 슬쩍 비켜나거나, 그래도 그 시선들이 집요하게 자기를 지켜보고 있노라면, 할 수 없이 '왜 날 쳐다보지?' 하는 듯이 '끼익끼익'거리는 그 이상한 웃음을 터뜨렸다.

시간이 흘러 그 모임에서의 그녀 얼굴이 떠오르면 그때서야 '아 지원이는 어떤 자리에서든 자의식으로부터 자유로운 상태구나'라고 혼자 중얼거리곤 했다. 지원은 도무지 남 앞에서 잘난 척할 생각이 없었고, 무엇을 꼭 지니고 싶다는 생각도 해본 적이 없었다.

뉴욕에 다녀온 지인들이 그녀의 소식을 한마디로 "잘 있어." 하고 전하는 것은, 그녀가 그들을 만났을 때 자의식의 화살을 함부로 날려, 그들이 자기를 기억할 수밖에 없는 말을 전혀 하지 않았다는 뜻으로 받아들여졌다. 사람이 자기 자신을 주변에 대해 무해(無害)한 존재일 수 있게 하는 것 자체가 이미 영혼 쪽으로 중심 이동을 많이 한 결과로 느껴졌다.

그 이후에 접한 그녀에 대한 소식은 어쩌면 예상된 것이었다. 언젠가부터 머리 염색을 그만두었다는 것. 그래서 새로 나는 머리카락 밑뿌리는 하얗고, 다른 부분은 까매서 그 흑백 대조가 까치를 닮았다는 것인데, 그것은 그녀가 더 이상 외모에 신경 쓰지 않게 되었다는 신호였다. 자신의 저작을 포함해 집에 있던 책을 모두 버렸다고도 했다. 작가가 책을 버렸다는 것은 글을 써야 할 의미도 내려놓았다는 뜻이었다.

사 년 전쯤, 어느 날 밤이었다. 지원의 전화 목소리는 여느 때처럼 가만가만 조용했으나, 급한 부탁이라며 그녀가 하는 말은 의외였다. ○○사 사장님 전화번호를 급히 알려달라는 것이었다. 나는 그분의 집 전화번호를 알지 못할 뿐만 아니라, 그날은 일요일이어서 회사로도 문의해볼 수 없었다. 무슨 얘긴지 나한테 해주면 내가 월요일에 대신 전달해주겠노라, 하고 들어본 얘기에 의하면, 그 사장님 은행 계좌로부터 어떤 손이 돈을 마구 빼간다는 것이었다. 그것이 보인다는 것이었다. 나는 지원이 '본다'는 것이 사실일 거라고 믿었다. 뿐만 아니라, 지원이 너무나 절실한 목소리로 "영은아, 이 세상에 진짜 악이라는 것이 있단다. 나는 그것이 보여. 때문에 사람들이 해코지당하기 전에 도와주고 싶어."

지원이 이제는 몸 밖에서 달덩이처럼 밝고 환하고 둥그런 혼으로 세상일을 꿰뚫어 보고 있었음을 두말할 필요가 없다. 그 말을 백 프로 믿었지만, 나는 사장님에게 그 말을 전할 수가 없었다. 하지만 지원이 말했던 것과 같은 일이 실제로 일어났고, 사장님이 그 사실을 알게 된 것은 삼 년 뒤의 일이었다.

지금 그때 지원의 목소리를 떠올려보면, 내가 좀 더 깊이 감응하지 못한 어떤 것 때문에 눈물이 난다. 삶의 멍에에 숨이 막힐 때마다 '차라리 내가 감당하고 말지'로 자신을 다독일 수밖에 없었던 그 아름답고 순수하고 따뜻한 마음 때문에 자기 먼저 악령의 공격을 당하는 고통을 치르고 나서, 괴롭힘당하는 영들을 위해 스스로 수호령으로 변신한 내 친구 지원.

세월조차도 '지나갈 어느 날'로 모두 비켜준 지금, 그녀가 떠난 너무도 희고 깨끗한 빈자리는 상실이 아니라, 눈부신 채움이어서 나는 그녀처럼 '끼익끼익' 웃을 수 있다.

* '지나갈 어느 날'은 김지원의 동명 소설 제목이고, 지원의 본명은 아란, 채원의 본명은 향란으로 지원, 채원은 데뷔 때 김동리가 지어준 이름이다.

* 이 글은 《문학사상》(2013년 3월 호)에 실린 「지나갈 어느 날」에서 발췌·수록한 것이다.

표류하는 섬에서 만난 우수의 여자

문정희

꿈꾸는 듯한 조용한 어깨 아래로 머리를 길게 늘이고 레이스가 달린 하얀 블라우스를 입은 김지원을 나는 뉴욕에서 처음 만났다.

그녀의 소설 「알마덴」에 나오는 알마덴이 줄줄이 늘어선 김지원의 집에는 언제나 클래식 음악이 흐르고 있었고 영어만 알아듣는 늑대보다도 더 큰 개가 한 마리 어슬렁거리고 있었다. 눈이 파란 손님들이 문을 밀 적마다 문에 매달아놓은 구리종이 달랑거렸는데 그녀는 그때마다 소녀처럼 조용히 일어섰다.

나는 그녀가 손님과 얘기를 하고 있는 동안에 그녀가 보다 둔 책을 뒤적이면서 벽에 걸어놓은 그녀의 열쇠고리에 매달린, 노란 계란 프라이 모양의 열쇠고리에서 시장기와 함께 고국에 대한 끝없는 그리움을 동시에 느끼곤 했다. 그러면 그녀는 일을 마치고 돌아서며 선 김에 하는 것처럼 내 눈치 안 보이게 조용히 한국 노래를 틀어놓곤 했다.

습기 찬 차창으로 세상은 눈물인 듯 번져 보였다. 진주는 문득 뻗어 있는 이 길 끝까지 달려가 대륙의 저쪽 끝에 파도치는 바다까지 가볼까 생각했다. 그곳은 지금 한여름 철로 열대식물이 우거지고 파인애플 같은 달이 둥글고 맛있게 떠 있을까. 진주는 가끔씩 이런 종류의 판타지를 보고는 했다.

소설에서 만나는 이 같은 눈물인 듯 번져 보이는 세상 속에 조용하고 고운 김지원은 언제나 전신에 끝없이 흐르는 울음을 참고 있는 듯한 분위기로 살아가고 있었다.

그러나 실제로 그녀는 우울하다기보다는 예쁘다고 함이 훨씬 더 옳다. 따뜻하고 잘 웃고 세상을 끝없이 끝없이 다정하게 보는 고운 여자가 김지원이다.

우리는 뉴욕이라는 큰 바다 한가운데서 표류하는 작은 섬처럼 항상 가슴이 젖어서 만났다. 그녀는 뉴욕에서도 그 유명한 그리니치빌리지에서 작고 사랑스러운 동양 여자로 조용히 살고 있었다.

빌리지라는 곳은 워낙 자유분방한 예술가의 거리인데, 그 사람들을 지원은 하나하나 재미나게 눈여겨보며 언제 쓰는지 모르게 끝없이 소설을 쓰고 끝없이 소설을 읽고 있었다.

그러나 조금도 내색하지 않고 조용히 조용히 했다.

어느 날 나를 찾아온 그녀는 문밖에서 놀고 있는 내 딸을 보고 "너희 엄마가 문정희 씨니?" 하고 물으며 잠시 옛날 생각에 젖었노라고 했다.

정희라는 이름, 그 이름은 그녀의 어머니 최정희로 인해 물기 없이는 부를 수 없는 이름이기 때문이었으리라.

어린 시절 동생 채원이랑 문밖에서 놀고 있으면 시인 · 소설가 아저

씨들이 찾아와서 "너희 엄마가 최정희 씨니?" 하고 물었다고 한다.

"정희란 이름 부르며 막 옛날 생각한 거 있지!" 하고 그녀는 또 예쁘게 웃었지만 내 눈에는 그녀의 웃음이 눈물로만 보였다.

아주 어렸을 때, 나 혼자 집을 보고 있는데 언니가 어둠 속에서 내 이름을 부르며 들어왔다. 그런데 무릎에서 피가 펌프질하듯 퐁퐁 솟아나고 온몸에서는 땀이 물에 젖은 사람처럼 흐르고 있었다. 언니는 저녁 예배를 보러 가시는 할머니를 따라갔다가, 할머니가, 동생이 혼자 무서워 울 거라고 빨리 집에 가보라고 하여 뛰어오다 동네 우물께에서 넘어진 것이다. 우물가에는 돌들이 많이 깔려 있었는데 언니는 거기에 무릎을 찢겼다. 나중에 할머니가 예배당에서 돌아오셔서 흉터가 크게 남겠다고 걱정을 하며 된장을 이겨서 발라주었다.

나는 언니가 언덕을 달려오다가 어두운 우물가에서 혼자 넘어지던 모습, 너무 아파서 울다가 내가 기다린다는 생각에 다시 달려서 내 이름을 부르며 대문을 들어서던 모습이 눈에 선하다.

지금은 좋은 소설가가 된 그녀의 동생 김채원이 언니 김지원에 대해서 쓴 대목인데 나는 지원 씨를 떠올리면서 언제나 이 두 자매의 모습과 함께 최정희 선생님을 그 배경으로 함께 떠올리지 않을 수 없다.

실제로 그녀는 채원에 대한 추억과 어머니 얘기를 막 웃으며 하지만 나는 그녀가 잇새로 쏟아놓은 그때의 언어 하나하나가 바늘처럼 꼭꼭 찌는 것을 느끼곤 했다.

한번은 그녀와 전화를 하고 있는데 갑자기 그녀가 낮은 목소리로 말했다.

"전화 끊지 말고 계속 얘기하세요. 지금 여기 무서운 흑인이 들어왔어요."

나는 겁이 나서 무슨 얘긴가를 막 하면서도 전화선에 매달린 김지원이 꼭 인질이라도 된 듯한 느낌이어서 넓고 넓은 미국 땅이 슬프게만 느껴졌다. 그녀는 강도가 들어왔을 때에는 누군가와 통화 중인 것이 상당히 안전한 거라고 읽었다고 했다.

내가 떠나올 때 김지원은 모처럼의 휴일을 내어 나를 집으로 초대해주었다.

첼로 연주곡을 틀어놓고 세상에서 가장 달콤하다는 이상한 술도 주었다.

그녀의 아파트 안에는 그녀의 목에 매달린 예쁜 펜던트처럼 오밀조밀한 것들이 아주 섬세하게 박혀 있었다.

저긴 빈 구석이려니 하고 쳐다보면 거기엔 작은 인형이 매달려 있고, 설마 저 문 뒤엔…… 하고 보면 그곳엔 예쁜 문고본 책이 서로서로 키를 맞추고 셋씩 넷씩 꽂혀 있었다. 그녀는 아마도 부엌에다 나를 위한 음식 종류를 순서대로 써놓고 그대로 하나씩 가지고 나오는 것 같았다.

조개탕이 나오고, 그것을 먹고 나면 콩나물이(미국에선 흔한 음식이 아니다) 양념장과 함께 나오고 그다음엔 새우들이 나오고…….

소꿉장난하는 애처럼 이렇게 하나하나 예쁘게 담아 날라 왔는데, 내가 그것을 먹는 동안 그녀는 부엌에 혼자 서서 "이담엔 뭐지?" 하고 하나하나 순서를 짚어보고 있다가 가지고 왔다. 나는 내내 먹고 있었고 그녀는 내내 부엌에 서 있었다.

염치없는 나는 그녀의 목욕탕에 있는 원숭이가 긴 팔로 욕조를 끌어안고 있는 모양의 비눗갑까지 탐을 내고 말았는데 그녀는 그 원숭이를 끝내 내 귀국 짐 속에 넣어주었다.

조용하고 물기 어린 목소리의 김지원의 눈엔 어떻게 이런 재미있는 원숭이가 잘도 보이는 것일까? 열쇠고리에 달린 계란 프라이는 뭐며 그녀 블라우스에 꽂힌 손톱이 길고 눈이 째진 노랑머리 서양 미인은 왜 우리 눈엔 잘 띄지 않고 그녀의 눈에만 띄는 것일까?

탁월한 감수성 속에 끝없는 모험이 서려 있는 김지원의 소설들을 읽으며 나는 내내 원숭이와 계란 프라이와 노랑머리 서양 여자 속을 그려볼 수밖에 없었다.

길게 늘어뜨린 파마 머리, 얼굴을 거의 가리다시피 한 머리칼 속에 빨갛게 칠한 그녀의 입술이 머리카락을 젖히고 잠깐 우리들 앞에 비쳐질 때 우리는 김지원이 가진 감성과 눈물이 얼마나 뜨거운 것인가 알고 흠칫 놀란다.

아무 죄도 없는 여자, 꿈꾸는 듯한 어깨. 세상을 뿌연 물안개로 바라보는 그녀에게 뭔가 끝없이 위태한 사건과 황홀한 몰락이 올 것 같은 예감이 들었던 것도 바로 그런 의미와 통한 것이 아니었을까?

예쁘고도 구슬픈 프랑스 소설 같은 분위기, 맑고 편안하면서도 반짝이는 문체 속에 탐미주의적 예감이 깊숙이 흐르는 김지원의 소설은 일찍이 한국의 다른 작가들에게서는 느낄 수 없었던 그녀만의 독특한 방일 것이다. 그래서 내 주위엔 김지원의 소설을 사랑하는 이가 많다.

그녀의 어린 시절과 학창 시절도 모르고 다만 뉴욕이라는 곳에서 두 개의 표류하는 섬과 섬으로 만난 김지원을 나는 좋아한다.

내가 아는 것은 뉴욕의 김지원, 그리고 그 둘레뿐이지만 그러나 외롭고 눈부신 그 타국의 한 귀퉁이를 한때나마 함께 호흡하며 속삭였다는 것만으로 나는 감히 그녀를 알았다고 말하고 싶기도 하다.

---

* 이 글은 『우리 영혼의 암호문 하나』(문학사상사, 1987년)에 실린 「표류하는 섬에서 만난 우수의 여자」의 전문(全文)을 수록한 것이다.

폭설

1

도시는 눈에 묻히고 허드슨 강은 수많은 등불을 품에 안고 검게 흘렀다. 의외로 교통이 혼잡하지 않아 보통보다 한 이십 분간 시간의 이득을 보았다는 데 생각이 미친 진주는 미드타운 터널 입구에서 차를 돌려 그리니치빌리지로 향했다.

어제 제야의 자정 〈올드 랭 사인〉이 흐르는 가운데 타임스퀘어 전광판에 새해의 숫자가 깜박이고 고깔모자며 피리를 든 사람들은 오색 종이테이프를 맞으며 서로 부둥켜안고 한껏 센티멘털한 감상에 젖었지만, 정작 새해인 오늘, 거리는 평소보다 한산한 채 고요히 눈 속에 잠기고 있었다.

반년 전 정섭이 떠난 이래로 진주 앞에 미래라는 것은 모친을 무겁게 등에 지고 공허하고 지루하고 기쁨 없이 펼쳐져 있었다. 직장 때문에 떨어져 있는 듯 주위에는 그렇게 알려놓았지만 오정섭과 진주의 약 일 년 반 동안의 결혼 생활은 이미 끝나 있었다. 정섭이 뉴욕에서 스위스로 굳이 직업을 얻어 갔을 때 정섭과 진주를 묶어놓는 끈은 없었다. 결혼하기 전 유학생으로 서로 학비를 벌어가며 공부하던 그들은 배고프고 고단하지만 좋은 동무이자 좋은 연인이었다. 그러나 결혼 후 어느새인가 그 우정은 죽어버리고 정섭과 진주는 서로 다른 방향으로 자라버렸는지 서로의 감정 전달이 어려웠다. 서로를 무섭도록 이기적으로 느꼈다.

습기 찬 차창으로 세상은 눈물인 듯 번져 보였다. 진주는 문득 뻗어 있는 이 길 끝까지 달려가 대륙의 저쪽 끝에 파도치는 바다까지 가볼까 생각했다. 그곳은 지금 한여름 철로 열대식물이 우거지고 파인애플 같은 달이 둥글고 맛있게 떠 있을까. 진주는 가끔씩 이런 종류의 판타지를 보고는 했다. 불이 환히 켜진 대륙 횡단 버스 같은 것을 타고 어디까지나 어디까지나 흔들려 가는 것. 책임 없이 생각 없이 그렇게 끝까지 실려 가보는 것. 그러나 진주는 이 대륙에서는 뉴욕 외에 아무 데도 알지 못하고, 또 가장 쓸쓸한 것은 그렇게 가봐도 별수 없다고 스스로 생각하고 있다는 것이었다.

워싱턴 광장은 눈 속에 마치 한 장의 그림 카드 같았다. 그곳에서 젊은이들이 눈을 던지며 놀고 있었다. 빌리지는 시내와는 달리 카페와 바와 상점마다 불이 켜지고 사람들이 들어차고 거리에는 예쁘게 치장한 여자들이 남자들의 팔에 휘감겨 몸을 흔들고 드높이 웃으며 지나갔다. 인생이 지닌 방황과 꿈의 향기 같은 것에 접하고 진주의 심장에는 심지를 한껏 돋운 그리움의 램프가 켜졌다.

진주는 좁은 거리를 천천히 운전해 가서 장신구며 기념품 그리고 티셔츠 같은 것이 쇼윈도에 지저분하도록 촘촘히 걸린 조그만 가게 앞에 멈추었다. 차창을 내리고 진주는 그 가게 안을 살폈다. 기(起)는 있었다. 그는 그사이에 수염을 깎지 않아 구레나룻 자리가 시커멓게 되어 진주는 얼른 그를 몰라보았다. 물이 낡은 스웨터를 입고 손님의 주문대로 티셔츠에 프린트를 하느라고 한옆으로 머리를 기울이고 있었다. 그에게 무엇 때문에 들렀다고 말할까 진주는 생각에 잠겼다.

진주가 기를 처음 만난 것은 두 주쯤 전의 일로 미스 오의 아파트에서였다. 크리스마스트리가 반짝반짝 오색등을 켰다 껐다 하고 이십칠층 아파트 창밖에는 왕관같이 찬란한 뉴욕의 밤거리가 깔려 있었다.

진주가 갔을 때 미스 오에게는 두 명의 남자와 두 명의 여자 손님이 있었다. 음악이 낮게 흐르고 그들은 몹시 편안한 자세로들 앉아 있었다. 기도 그중 하나였다.

"파티를 하나 봐. 내가 전화했을 때 왜 안 알려줬어요. 그런 줄 알았으면 우산은 아래층 도어맨한테 맡길 걸 그랬지."

진주는 금방 미안해서 사과했다.

"아니야, 괜찮아. 파티가 아니라 이분들이 그냥 들른 거야. 연극 구경하고는. 진주야, 들어와. 저녁 전이지?"

어깨뼈가 앙상히 드러나는 옷을 입고 미스 오는 패션모델같이 화장을 하고 있었다. 짙은 자주색 립스틱을 바른 입술이 말할 때마다 꽃잎같이 움직였다.

정섭과 진주가 학생일 때 미스 오도 그들 옆방에서 그림 학교를 다니며 그들과 다름없이 고달프게 지냈다. 이제 미스 오는 상업 디자이너로 안정이 되고 서양인 보스의 애인도 되어 행복해 보였다.

"난 가야 돼요. 엄마가 저녁을 안 먹고 기다리시거든."

문간에서 작게 말했건만 손님 중의 하나가 알아듣고

"그건 당신 엄마가 엄살떠느라고 그래요."

그가 기였다. 진주와 초면인 손님들이 웃었다. 미스 오도 조금 웃었다. 화를 내야 하는지 아니면 함께 웃어야 하는지. 이런 경우 어떻게 해야 좋을지 진주는 얼른 태도를 정할 수가 없었다.

"저 사람은 늘 말을 저렇게 해. 기분 나빠 하지 마. 한 귀로 듣고 한 귀로 흘려."

미스 오가 진주에게 작게 속삭이고 이어 큰 소리로

"자, 인사하세요. 친구예요. 나이는 좀 다르지만."

미스 오 비슷하게 화려한 여자와 시를 쓴다는 화장기 없는 여자, 그리고 피아니스트라는 남자와 기에게 진주는 인사했다.

대뜸 기가 시를 쓴다는 여자에게 말했다.

"요전번에 발표된 시 말이오. 거 맨날 망향가만 부르거나 소수 인종의 비애만 읊으려거든 한국으로 돌아가시오. 당신에게 국한된 얘기가 아니라 나는 그런 글을 보면 그건 마치 시어머니께 애 맡기고 나가는 며느리가 미안하니까, 가기 싫은데 가야 한다고 시어머니한테 엄살떠는 것 같아. 내가 보기에 예술은 그 이상의 것이오. 그렇게 고국이 그리우면 왜 못 돌아가는가. 여기서 한국으로 돌아가기는 아주 쉬워요. 비행기 표만 사면 돼요."

여류 시인은 욕인지 농담인지 얼른 분별이 안 가 애매하게 웃으며 듣고 있었다.

"당신은 그 따위 엄살떠는 시 쓰지 마시오. 그런 거 쓰려면 정말 여기 이민이라고 와서 살려고 생존 바탕이 흔들리는 가운데 먹지도 입지도 못하고 고생하는 사람이 얼마나 많은가. 그런 얘긴 그런 사람에게 맡겨요. 당신이 그런 사람을 위해 뭘 하겠다는 거요? 진정한 의미의 코스모폴리탄이 되든가 한국으로 가든가 둘 중 하나요."

기의 말이 끝나기도 전에 진주는 문손잡이를 쥐었다.

"전 정말 가야 돼요. 차도 자리가 없어 더블파킹을 해놨고."

"아, 차가 있으시오."

떠들던 입을 다물고 기가 앉았던 허리를 펴며 물었다.

"그럼 빌리지까지 좀 태워다 줄 수 있소?"

"왜 가게에 가실라고? 아깐 안 가겠다고 하더니."

화려한 여자가 말했다.

"자꾸 빠지면 안 좋아요. 먹고살아야겠으니 차편도 있는데 출근하지, 뭐."

진주의 대답을 듣기도 전에 기는 침실로 들어가 털모자와 반코트를 들고 나왔다.

엘리베이터가 약간의 현기증을 일으키게 하며 이십칠 층을 내려오는 동안 진주는 초면인 처지에 승차를 부탁하는 이 사람에게 처음으로 시선을 주었다. 덥수룩한 머리, 마른 얼굴에 짙은 눈썹, 긴 코. 그러다가 진주는 그를 서울에서 두어 번쯤 본 일이 있었던 것을 문득 깨달았다.

"저, 윤마 언니 남편 되시지요?"

엘리베이터 벽에 등을 대고 무심한 얼굴이던 기에게 갑자기 당신은 누구요 하고 경계하는 빛이 스쳤다.

"윤마 언니 살롱에 갔을 때 뵌 일이 있어요. 그 언니 좀 알아요. 내 친한 친구가 그 언니하고 아주 가까웠어요."

"아, 그래요."

차에 올라 기는 털모자를 벗었다. 진주는 늘 하듯 음악을 틀까 하다가 그만두고,

"윤마 언니는 요새 뭘 하세요? 여기서도 양장 일인가요?"

"아, 그 사람은 안 왔어. 나만 왔어요."

차가 빌리지 입구 워싱턴 광장을 꺾어 올 때 이상스레 침묵하고 있던 기가 문득 말했다.

"당신 상당히 창백하구만. 그 대리석 이마에 파란 연필로 실핏줄을 그려 넣고 싶소."

가게 앞에 이르러 기는 내렸다. 차문을 닫으려다가 다시 열고 허리를 굽혀 그는 진주를 들여다보았다.

"이 가게가 내 가게요. 물론 나는 꼬붕이오. 시간 있으면 들러요. 다시 만나고 싶소이다."

손님인 듯 쇼윈도 앞에 한참 서 있다가 진주는 가게 문을 밀었다. 물건을 포장하던 기가 무심히 고개를 들었다.

"여어, 어쩐 일이시오."

그가 일을 마칠 동안 진주는 가게의 여러 가지 물건을 돌아보았다. 손님을 보내고 기는 다짜고짜 와서 진주의 팔꿈치를 잡았다.

"자, 나갑시다."

"그래도 되세요? 방해되지 않아요?"

"아, 괜찮아요. 오늘 일은 끝났어."

함께 있던 백인 남자에게 뭔가 얘기하고 진주가 요전 날 보았던 바로 그 털모자와 반코트 차림으로 기는 강아지를 몰아내듯 진주를 밖으로 몰아냈다.

"전 곧 가야 돼요."

"당신 엄마 엄살 때문에 말이오?"

기가 웃었다. 오늘 여기 온 것은 어쩌면 기의 이런 말을 듣고 싶어서가 아니었을까 진주는 생각했다.

코트 주머니에 손을 넣은 진주의 팔을 잡고 기는 성큼성큼 길을 건너갔다. 인도고 차도고 없이 흰 눈 속을 즐거워 보이는 사람들이 서성거리고 가끔씩 자동차가 그 사람들 사이를 비켜 조심스레 지나갔다.

기가 데려간 곳은 길 건너의 바였다. 가발 같은 머리를 어색하게 늘어뜨린 여가수가 손바닥만 한 무대에 서서 기타를 치며 노래를 부르고 있었다. 어둠을 몰아내는 것이라고는 테이블마다 켜진 촛불과 가수를 비추는 동그란 조명뿐이었다. 서로의 무릎이 닿도록 조그만 테이블에 앉아 진주는 기가 주문한 차가운 포도주를 마셨다.

오늘 새해 첫날 진주는 모친, 그리고 모친의 친구 권양혜 씨 일가족과 함께 권양혜 씨 남편의 묘소를 돌아보고 집으로 왔다. 눈이 내리려고 그랬는지 누렇게 퇴색한 겨울 잔디 속에 돌비석이 얼음덩이인 양 서 있는 산은 발이 동동 굴러지도록 추웠었다. 얼마 전만 해도 건강히 웃던 사람은 이제 이역의 언 땅에 한 줌 흙으로 묻혀 말이 없고 다섯 여자는 귀를 에어내는 강풍 속에 말을 잃고 서 있었다. 저녁으로 떡국을 만들어 먹고 진주는 권양혜 씨 일가를 집까지 차로 바래다주었다.

진주는 시계를 보았다. 아무리 교통이 복잡하고 권양혜 씨가 권했던 대로 그 집에 잠시 들어가 차[茶]를 했다 해도 지금쯤은 집에 돌아가 있어야 할 시간이었다.

"왜, 엄마 때문인가?"

"네, 안 주무시고 기다려서요."

"당신 몇 살이오? 지금까지 처녀요?"

처녀라는 그 말이 육체적인 것을 뜻하는지 아니면 법적인 결혼 경력을 뜻하는지 잘 모른 채 진주는 어둡게 춤추는 촛불 빛에 얼굴을 숨기고 대답했다.

"아니에요……. 윤마 언니는 언제쯤 오나요?"

"아, 그 친구는 안 올 거야. 어디가 몹시 아프다 해요. 그 친구 잘 알아요?"

"아니, 잘 모르지만……."

"당신 이름이 뭐더라? 무슨 꽃 이름 같았는데."

"진주예요."

"꽃이 아니구 보석이구만."

아무리 교통이 복잡하고 혹시 길에 사고 난 차라도 있어 도로가 잠시 막히고 권양혜 씨 집에서 차를 마셨어도 집까지 두 번은 왕복할 만큼 시간이 지났다. 잠든 모친을 깨울까 봐 진주는 집에 전화도 걸지 못했다. 이런 시간을 좀 가져도 괜찮지 않은가. 왜 항상 엄마는 행복하면 큰일이라도 나는 듯 내 마음을 잡아당기는가. 진주는 속에 차는 화를 느끼며 기에게 돌아갈 것을 말했다.

기의 주머니에서 나온 술값은 십칠 센트가 모자랐다. 집에서 입던 옷에 코트만 걸치고 나왔기 때문에 진주에게도 돈이 없었다. 다음 날 갖다 주기로 기가 카운터에 얘기하고 그들은 바를 나왔다.

정월 초하루는 저물고 어둠 속에서 이미 새해의 이튿날이 눈을 뜨고 있었다.

"당신 발이 시렵겠구만. 다 젖었어. 내 방에 가서 말리고 장화 신고 가지 않겠어?"

"괜찮아요. 차에 타면 히터에 곧 말라요."

차를 세워둔 기의 가게 앞까지 와선 진주가 차에 오를 때 기는

"내일 나와요. 바에 돈 갖다 줍시다. 내 재밌는 데 구경시켜 줄게."

직장도 휴일이므로 진주는 어떻게든 나와볼 생각이었다.

"몇 시에 나오겠소? 난 가게에 있을 거요. 아, 그러지 말고 전화번호 좀 줘요."

기는 재킷 주머니에서 수첩을 꺼냈다.

모친은 창문을 열고 설경을 향해 어두운 창가에 서 있었다. 진주가 들어가자 창문을 탁 내리고 돌아서는 얼굴이 깊은 바다의 인광같이 푸른빛이었다.

"어디 갔다 이제 오니? 난 큰일 난 줄 알았구나."

크게도 말 못하고 모친은 음산히 몸을 떨었다.

"으응, 누구를 만나서."

"누구?"

모친은 갈퀴로 잡아채듯 물었다.

"아는 사람."

진주는 모친의 시선을 피하며 코트를 벗고 욕실에 목욕물을 틀어놓았다. 차를 세우고 걸어오는 동안 다시 눈에 빠져 발이 몹시 시렸으나 도저히 숨기려야 숨길 수 없는 행복한 빛이 진주에게서 아지랑이처럼 피어오르고 있었다.

"정말 난 큰일 난 줄 알았다."

모친은 울 듯했다. 뱉지 못하는 그 울음이 뒤로 돌린 어깨와 목에 설움덩이처럼 잠겨 있었다. 진주는 욕실 문을 닫다가 다시 그런 모친

에게 큰 소리로 반항했다.

"엄마. 나도 인제 스물여덟이야. 엄마가 나를 업고 눈보라 속에 피난길을 떠나던 나이야. 어른이라고. 어디 가서 죽든 말든 엄만 그냥 나를 상관 마."

"니가 자식이 없어서 그래. 자식이란 게 그런 게 아니야. 얼마나 마음이 쓰이는지 아니. 자식이 아니구 웬수다."

모친은 끄응 침대에 누웠다.

새벽에 진주는 모친이 부르는 소리에 눈을 떴다.

"진주야."

진주는 모친이 그렇게 부르는 목소리의 의미를 잘 알고 있었다. 그러면 정신이 들기도 전부터 진주는 우선 겁이 난다. 위경련이 일어나든가 혈압이 높든가 모친에게 무슨 일이 있는 것이었다. 진주는 침대 위에 일어나 앉았다. 가로등의 흐린 빛 속에 잠옷을 입은 모친이 머리를 산발하고 침대 머리에 유령처럼 서 있었다. 혈압이 높아 고개도 움직이지 못하는 모친은 가는 목소리로 겨우겨우 말했다.

"혈압이 올라 죽겠다. 미진 엄마 부를까."

미진 엄마는 같은 아파트에 사는 간호원으로 지금 저녁 근무를 마치고 돌아와 또 내일의 근무를 위해 곤히 자고 있을 것이었다.

"엄마, 아주 아파?"

의미 없는 말을 던지며 진주는 전등부터 켰다.

"관두자. 아침까지 기다리지."

숨이 끊어지듯 가는 목소리로 내뱉는 모친의 말처럼 남편도 아이도 있는 미진 엄마를 이 밤중에 깨울 용기가 진주에게 없었다. 그리고 진주는 모친의 혈압이 정말 높은 것인가 아닌가 잘 모른다. 모친의 병이 진주는 겁이 나면서도 한편으론 꾀병같이 느껴지기도 한다. 모친 자신이 안 아프리라 정신만 굳게 먹으면 날아갈 듯 안 아플 것같이 느껴진다. 모친은 진주를 얽어매기 위해 늘 아프기로 작정한 사람같이 느껴진다. 병간호를 잘하는 효자 효녀의 얘기는 늘 그러한 진주를 당혹시켰다. 자신을 몹쓸 아이같이 느껴지게 했다.

날이 밝자 미진 엄마를 부르고 의사의 처방을 받아 진주는 눈 속을 뛰듯 달려가 약을 사 왔다.

"왜 갑자기 혈압이? 무슨 일이 있었어요?"

미진 엄마가 약을 먹이고 모친을 침대에 눕혔다.

"재가 어제 늦게 들어와서. 걱정이 돼서 그냥 창문을 열고 서 있었더니. 세 시간인가 네 시간을 꼬박."

"저런, 저런, 그렇지. 뉴욕이 이렇게 험한데 나가서 안 들어오면 정말 별생각 다 나지요. 나도 미진 아빠가 어디 가서 안 들어오면 정말 별 방정을 늘 떤다니까요. 그런데 노인네가 서너 시간을 그러셨다니."

미진 엄마는 혀를 찼다.

"노인네 건강이란 정말 몰라요. 이제 약을 드셨으니까 한잠 푹 주무시고 나면 혈압도 내리시고 그럴 거예요. 이브닝 근무니까 낮에 무슨 일이 있으면 염려 말고 날 부르세요. 집에 있을 테니까."

미진 엄마는 가버렸다. 모친의 혈색은 몹시 나빴다.

"진주야."

모친은 가늘게 진주를 불렀다. 혈색은 나쁘고 목소리는 모기 소리 같았지만 끝내 아프고 말았다는 어리광인지 승리감 같은 것이 모친에게 있었다.

"내가 참고로 얘기하겠는데 내 의식이 없거들랑 베개를 빼고 차게

눕혀라."

모친은 코를 골며 깊은 잠에 빠져들어 갔다. 새해의 이튿날이 우중충한 날씨에 잠겨 흘러갔다.

"인제 오나 인제 오나 연방 문만 쳐다보며 기다리다가 한번 걸어본 건데 아직까지 집에 있으면 어떻게 해요? 빨리 나와요."

밤 아홉 시가 되어 기가 전화를 걸었다.

"어머니가 편찮으세요. 못 나가요."

속삭이는 소리로 진주는 재빨리 말했다.

"아."

기는 잠시 주춤하다가

"많이 아프신가?"

"네."

"엄살 아니고?"

"네. 어제 내가 올 때까지 서서 기다리셨대요. 혈압이 굉장해요."

아, 기는 다시 한 번 말하고 잠시 쉬었다가,

"그래도 나와. 뭐 거기 있다고 엄마가 낫는 것도 아니고 당신이 늦게 들어가서 엄마가 삐친 거라."

"아녜요, 참."

정말 기의 말처럼 엄마가 삐쳐서 아픈 체하는 거라면 얼마나 좋을까.

"이봐, 어서 나와. 내가 기다릴 테니까. 오늘 저녁 시간 내려고 아침부터 일했단 말이야. 시간 얻어놨으니 나와요. 딸이 늦게 들어와서 무슨 일인가 걱정했다면 – 어디 하나 안 다치고 웃으면서 들어오는 딸을 보고 사지에서 살아온 듯 반가워하고 잔치라도 해야지. 그래, 무사히 들어온 딸을 보고 혈압이 높아지다니."

기는 소리 내어 웃었다. 진주는 기의 웃는 소리에 아연하여 귀에 대었던 수화기를 떼어 바라보았다. 이 사람은 어쩌면 이렇게 나의 엄마에 대해 무례할 수 있는가.

"어쨌든 오늘은 못 나가요. 집에 있어야 해요."

"에에, 그러면 전화해."

기가 전화를 끊었다. 전화가 잘깍 끊기고 주변은 조용했다. 진주는 모친의 겁나도록 큰 코 고는 소리를 들으며 동그마니 앉아 어두운 창밖을 응시했다.

2

눈에 덮인 산장은 조용히 아침을 맞이하고 있었다. 추워 쉿내 나는 푸른 새벽 공기가 낯선 창으로 스미는 것을 진주는 낯선 침대에 누운 채 바라보았다. 반듯하고 깨끗한 천장, 유럽풍의 창문, 그리고 물결같이 주름을 넣은 밝은 빛깔의 커튼, 견고해 보이는 가구. 옆에 미스 오는 베개를 껴안듯 하고 곤히 자고 있었다. 눈 화장이 눈 밑에 번져 있었다. 나무에 쌓였던 눈이 둔한 소리를 내며 가끔씩 땅에 떨어졌다. 아무도 눈뜬 사람이 없는 듯 야트막한 지붕의 벽돌 산장은 아직 아무런 기척 없이 고요함에 잠겨 있었다.

지난밤 담요 밑으로 손을 뻗어 자기 허리를 만졌던 기의 손을 생각하고 진주는 행복을 느꼈다. 어제 기와 미스 오와 진주는 미스 오의 차로 이 산장을 찾아왔다. 날씨는 흐리고 들판은 눈이어서 하늘과 땅이 하나로 녹아든 듯 구름같이 흐린 경치 속을 그들은 뉴욕으로부터 다섯 시간 동안 달려왔다. 산장의 주인인 닥터 송 내외는 집 문간에서 그들을 맞아들이며

"길이 나쁘지 않았어요? 걱정했어요."

"뭐 일행이 좋아서. 자, 이 사람이 진주라고 내가 전화로 말했던 사람이오."

"어서 오세요."

미시즈 송이 큰살림하는 여주인답게 밝은 인사성으로 진주를 맞았다. 그들은 곧 저녁을 먹고 새벽 세 시까지 잠자리에 들지 않고 술을 마셨다. 벽난로의 불길이 장난치며 타오르는 새벽에 이야기에도 지친 일행은 담요를 덮고 카펫 위에 엎드렸다. 장작이 타닥탁 소리를 내며 탔다. 졸음이 먼 해안의 물결처럼 밀려오고 진주는 팔에 고개를 묻고 행복이란 이렇게 순간적인 것이 아닌가 생각했다.

처음 미스 오로부터 기와 함께 여행을 떠나자는 제안을 받았을 때, 그때 진주는 이상하게 설레며 기쁜 기대에 금세 두둥실 뜨는 기분이었다. 진주는 기를 눈 덮인 정초의 밤에 만난 이래로 다시 만난 일이 없었다. 진주는 이 여행을 위해 큰마음 먹고 꽤 비싼 스웨터를 사고 진 바지도 하나 샀다.

"어른들 노느라고 애들 안 봤더니 입은 옷 그대로 모두 침대에 들었지 뭐예요."

미시즈 송이 아이들 침실을 돌아보고 와서 아이들이 귀여운 듯 남편에게 말했다.

"애들은 금방 크지요?" 미스 오가 말했다.

"네, 정말이에요. 금방 난 것 같은데 벌써 큰놈이 열두 살 아녜요? 혼잣손으로 키우자니 고생 많이 했어요."

"그래도 키울 때 느낀 즐거움이 있잖소. 그걸로 만족해야지. 아이란 크면 다른 사람을 사랑하게 마련이오."

기의 말에,

"아이 참, 그렇게 잘 알면서 왜 색시랑 애를 낳고 살지 않아요?"

미시즈 송이 말했다.

"이미 세상에는 애들이 많이 있어요."

기가 대답했다.

"기 씨는 박애주의자예요. 예수 같은 그 사랑이 한군데로 몰리는 날에는 큰일 날 거라. 그 여자 하나는 그만 박살이 날 거라."

미스 오가 농담했다.

기의 손이 담요 밑으로 기어들어 와 진주의 허리를 만진 것은 그때였다. 그는 가만히 진주의 허리께를 두어 번 쓸어보았다가 조심스레 손을 도로 거두어가 버렸다. 섬광 같은 전류가 진주의 정신을 혼미하게 했다. 놀란 진주가 눈을 떴을 때 기는 잡아먹을 듯 열에 뜬 시선으로 진주를 보고 있었다. 짙은 성(性)의 분위기가 있었다. 이제 침대에 누워 진주는 그 순간 그들 주위를 떠돌던 행복한 긴장감을 되풀이 되풀이 생각해보았다.

산장의 아침은 밝았다. 여러 방문이 열렸다 닫히고 욕실에서 물소리가 나고 아이들이 층계를 오르내렸다. 안주인인 미시즈 송과 미스 오, 진주, 이 세 여자가 아침을 준비하는 부엌 창밖에는 고드름이 투명히 빛났다. 커피 향이 퍼지고 토스터에서 빵이 구워졌다. 닥터 송과 기, 그리고 닥터 송의 어린 두 아들이 씻은 얼굴로 식탁에 앉을 때 진주는 지난밤 장작불 앞에서의 기의 감촉이 그리워 얼굴을 붉히고 기의 얼굴을 감히 쳐다보지도 못했다. 미스 오가 잔에 커피를 따르고 미시즈 송이 계란 부침과 구운 베이컨을 각각의 접시에 나눴다. 기의 접시에 빵을 놓는 진주의 손은 가늘게 떨렸다.

기는 접시를 들고 냉장고에 가서 깻잎장아찌를 두어 장쯤 집어왔다. 아침을 먹고 설거지 그릇은 그냥 쌓아둔 채 일행은 차에 올라 이십 분쯤 걸리는 스키장으로 향했다. 한 차에 일곱 사람이나 타게 되어 모두 좁게 끼어 앉았다. 차가 눈 덮인 겨울나무 숲 사잇길을 달릴 때 기가 문득 진주의 머리에 고개를 묻어 진주는 또다시 정신이 없어지고 누가 알까 두려워 꼼짝 않고 있었다.

흐린 구름을 헤치고 어느새 해가 비치어 그들 일행이 스키장의 빨간 지붕을 보았을 때는 맑고 눈부신 햇살이 백설의 벌판 위에 부서지고 있었다. 스키화가 마룻장을 구르는 소리가 꽤 멀리서도 들렸다. 스키가 능숙한 닥터 송 내외는 케이블카를 타고 높은 곳으로 올라가고 남은 세 사람과 두 아이들은 스키화를 빌려 신고 백설의 벌판에서 눈강아지같이 웃고 넘어지고 뒹굴었다.

미스 오는 이번 주말 애인인 보스가 가족을 데리고 버뮤다 여행을 떠나 우울하다고 말했다.

"진주야, 너는 앞날을 생각할 수도 없고 꽉 덫에 갇힌 것 같고 도대체 내가 여기서 탈출하는 순간이 있을까 생각해본 때가 있었니?"

"많아요, 아주."

미스 오는 스키 탈 흥미도 없는 듯 눈 위에 주저앉아 스키화를 벗었다. 진주도 자기 신을 벗어 들고 두 여자는 카페테리아로 올라갔다.

"어디로 도망가고 싶어. 사는 게 진력나."

"그런 때도 있지만, 그러다가도 곧 또 잊어버리지요. 이런 노래도 있지요……. 미안하지만 난 장미 화원을 약속하지 않았어요. 해가 난 다음에는 소나기도 와요……."

기 때문에 진주는 들떠 있는 상태이므로 미스 오의 탄식에 유행하고 있는 컨트리 송을 작게 흥얼거렸다. 진주는 두 면의 벽이 유리로 된 그곳에 앉아 미스 오와 커피를 마시며 기가 닥터 송의 두 아이들을 데리고 눈 언덕에서 노는 모습을 찾아 몰래 바라보았다. 기는 까만 바탕에 흰 선을 두른 털모자를 쓰고 있어 그것이 표적이 되었다.

스키장에서 돌아온 그들은 다시 전날처럼 벽난로 앞에 모여 앉아 술을 마셨다. 레코드가 돌아가고 있지만 사람들의 말소리 때문에 소음 같기만 했다.

"평화가 좋아요. 누가 이러고저러고 안 하고 옆에 있는 누구의 불행 때문에 같이 우울해 있어야 한다든가 그런 게 아주 질색이거든. 결혼 생활과 지금을 비교해볼 때 지금이 훨씬 좋아요."

왜 독신으로 지내느냐는 미시즈 송의 질문에 기는 서슴없이 대답했다. 그들의 말 분위기로 자기가 정섭과 이미 무관하게 되었듯 기와 윤마도 그런 것인가, 묘한 안도감을 진주는 느꼈다. 그러나 진주와 정섭의 관계는 이 세상에 그들 두 사람밖에는 모르는 것으로 되어 있다. 모친도 아마 알고 있겠지만, 모친은 시침을 떼고 짓궂게 굴기로 작정한 듯 매일 정섭의 편지 없음을 한탄했다. 아이구 어쩐 일이냐, 오늘도 없으니, 그 사람은 마음이 변한 사람이다, 내 마음이 이렇게 후두두하면 틀림없어, 어쩌니 니 앞일이……. 오늘 또 하루 웃지도 말고 즐겁지도 말고, 너는 어디 돌아다닐 생각 말고 이와 같이 걱정스럽게 살아가자 하는 듯 모친은 얼굴을 똥똥 붓게 만들어가지고 왔다 갔다 한숨을 쉰다. 정섭이 돌아와 자신이 외롭게 되는 것에 대한 두려움을 모친은 그렇게 표현한다.

미시즈 송이 소음같이 돌아가던 레코드를 껐다.

"그래도 외롭지 않으세요? 이 세상은 남자 여자가 함께 살기 마련이에요."

"친구가 되면 같이 지낼 수 있지요."

기는 진주를 건너다보았다. 진주는 시선을 피해 술잔을 입에 댔다.

"여자도 서넛 만나게 되면 그중 하나가 더 특별히 흥미를 끌고."

기의 말을 듣고 모두 웃었다. 전부터도 짐작은 했지만 이 남자는 대단한 바람둥이라며 진주는 속이 서늘해졌다.

"내가 조심하지 않으면 여자들은 너무 지배적이 돼버려요. 누구를 염려해주고, 또 누가 나를 염려해주는 게 좋지만 누가 내 정신 자유를 가지고 흔드는 건 질색이오."

좀 신이 나는 듯 기는 우쭐대며 계속했다.

"하지만 장래에는 결혼할지도 몰라. 약하고 늙어지면 지속적인 관계를 원할지 몰라. 그때까지는 오로지 나 하나에 충실할 생각이오. 나는 근본적으로 게으른 사람이오. 그런데 그놈의 먹고사는 일에 매달려 내 몸 하나뿐인데도 노예 같아. 나는 마음대로 여행도 다니고 화랑도 다니고 주위에 여자들을 많이 있게 하고 싶거든. 아직 매력 있는 많은 여성들을 포기할 준비가 안 돼 있어요."

갑자기 미스 오가 왁 소리를 지르며 방을 뛰어나갔기 때문에 말하던 기도, 느슨히 기대앉아 조는 듯 불길을 바라보며 기의 얘기에 귀 기울이던 사람들도 모두 깜짝 놀랐다.

"미스 오, 왜 그래요?"

진주가 곧 그 뒤를 따라 나갔다. 미스 오는 변기 주변을 잡고 토하기 시작했다.

"진주, 괴로워 죽겠어. 윽윽윽, 괴로워."

닥터 송이 주는 약을 먹고 다 토해낸 미스 오는 침대에 가서 누웠다. 어질러진 욕실 바닥을 진주는 치웠다. 애인 때문에 고민이 대단해요. 다른 방에서 소근거리는 미시즈 송의 목소리가 들렸다.

2박 3일의 여행에서 진주가 피는 꽃 같은 얼굴로 돌아온 후 모친은 침울하고 냉담했다. 울고 혈압이 높아오고 육체적으로 아플 때나 마찬가지로 처음 보는 현상은 아니지만 너 때문에 불행한 내가 여기 있노라 하는 듯한 말 없는 모친의 태도는 역시 진주를 괴롭혔다. 한집안에서 모녀는 말 없이 생활해나갔다. 기와 진주는 주말이면 만났고, 주중에도 기는 가끔 밤늦게 전화를 걸었다. 모친이 듣는 줄 알면서도 진주는 수화기에 정다운 목소리와 웃음소리를 실어 보냈다. 밤이면 기의 말을 생각하고 어둠 속에서 마음껏 웃어보기 위해 일찍 불을 껐다.

진주에 대한 모친의 적의는 침묵 속에 비수같이 날카로워져 갔다. 진주는 모친과 자신이 생명의 시합을 하고 있는 듯 느꼈다. 모친의 목숨이 진주의 목숨을 짓밟고 넘어가는 순간도 있었으며 자신의 목숨이 모친의 목숨을 짓밟는 것 같은 순간도 있었다.

"키가 자라고 나이 먹는 게 성장이 아니오. 당신 자신의 인생을 책임지는 게 성장이오. 자기 인생의 주인이 된다는 것은 육체적으로 가정과 가족을 떠나는 것뿐 아니라 당신 자신 안에서 가족을 몰아내는 것이오."

행복과 극락을 약속해주는 신흥종교의 교주처럼 기는 만날 때만도 모자라는 듯 전화선 너머로 진주에게 설교를 흘려 보냈다.

"당신은 추격당하는 사람 같아. 늘 무엇이 뒤쫓는 듯해. 당신은 무엇엔가 잡혀 나중에 꼼짝없이 먹히리라고 쫓기고 있어. 그게 바로 가족인 거요. 수천 리 수만 리 바다와 육지를 격해 있어도 아직도 그들의 요구를 느낀다면 그건 자기 인생을 사는 게 아니지. 반면 한집에 살면서도 본연의 자신이 될 수도 있어요. 감정의 격리는 무감정하고 달라. 그건 차갑고 멀고 그런 감정이 아니오. 그건 바로 당신은 당신이고 그들은 그들인 거요. 자기 자신의 인생을 주장하는 대신 그들의 인생을 허용하는 거요. 다른 사람의 인생에 폭군이 되지 않는 것이지, 인간의 개성을 받아들이고 각각 살 수 있고 숨 쉴 수 있게 하는 것이지."

진주는 기에게 점점 깊이 매혹되어 갔다. 혼돈이었다.

"누가 자기 자식이 효도가 극진하다고, 이러저러하게 자기한테 잘해준다고 자랑하고 다니는 부모를 볼 때면 나는 그 밑에서 신음하고 죽어가는 자식이 떠올라 몸서리가 쳐져. 자기 인생의 행복이 오로지 남의 손에 달린 듯, 남의 책임인 듯 행동하는 사람이 무서워. 그런 타인을 당신 내부에 두면 당신 인생은 그 타인이 늘 자리를 차지하게 돼. 당신 자신의 인생에겐 자리가 조금밖에 없어요. 타인이란 당신 경우에는 어머니가 되겠지. 그 내부의 어머니를 돌보느라 너무 에너지를 소비하기 때문에 현실 세계의 어머니에겐 소비할 에너지가 안 남아요."

진주는 실제로 자기가 늘 모친에게 성이 나 있고 좋은 딸이 못 되는 이유를 알아들었다. 기는 암흑에 갇힌 진주에게 새로운 빛을 비춰주는 성자였다.

"어머니가 당신에게 뭔가 요구하면 당신은 반항해. 왜냐? 이미 당신은 어머니에게 전 인생을 바치고 있는데 어떻게 더 줄 수가 있어. 당신 어머니를 당신 밖으로 몰아내면 당신은 당신 자신에게도 또한 어머니에게도 잘해줄 여유가 생겨. 판타지 속의 어머니를 포기하면 당신은 진정한 어머니를 얻게 돼요."

기의 설교를 듣고 모친을 대할 때, 모친이 아직도 마음대로 아프다고 하며 진주의 자유를 구속하고 진주에게 마음대로 요구해댈 때, 진주는 냉정한 시선을 모친에게 보내며 불쌍한 나의 엄마여, 당신과 나는 남남입니다, 속으로 외쳤다. 진주은 이미 모친의 말을 듣지 않고 모친의 병고도 냉정히 대했다. 질병과 비참은 엄마의 인생이고 나의 인생은…… 나의 인생은 사랑의 인생, 장미와 노래의 인생, 어딘가 있을 그런 내 인생을, 엄마 나는 추구할 거야. 내게는 이미 그런 세계로 이끌어줄지도 모르는 길잡이가 있어요.

주말이면 돌아다니고 한밤중에는 전화통 앞에 앉아 사내와 시시덕거리고 어미에게는 점점 당돌해지고 버릇없어지는 진주에게 모친은 당황하고, 바위에라도 부딪는 심정인 듯 더욱 아픔을 호소하고 불면을 호소하고 더욱 많은 심부름을 시켰다. 이와 같이 자기 부모를 학대해도 좋은 것인가, 가끔 진주는 깊은 양심의 아픔을 느꼈다.

"죄의식을 느끼지 마시오. 당신은 실제로 있는 인간의 감정을 상하게 한 것이 아니라 당신 자신의 이미지 속에 있는 가상 인물의 감정을 상하게 한 것뿐이오."

기 옆에 있으면 기의 말이 절대적으로 옳은 것 같았지만, 집에 돌아와 현관문을 열고 환상의 세계에서가 아니라 실제로 상심해 피 흘리는 병들고 늙은 사자 같은 모친을 볼 때 진주는 곧 미로에 빠진 듯 당황했다.

3

기와 진주는 어깨를 나란히 하여 기의 아파트 층계를 걸어 올라갔다.

"난 아직 저녁 전이야. 당신은?"

"전 먹었어요. 먹고 다 치우고 오는 길이에요."

층계는 두 사람이 나란히 서서 올라가면 꽉 차도록 좁고 가팔랐다. 저녁만 되면 활기를 띠기 시작하는 이 거리와는 달리 굳게 닫힌 문들 뒤로 각자의 생활로 숨어버리고 복도는 적당히 침침한 조명 속에 가라앉듯 조용했다. 이 층 층계 모퉁이에 검은 외투를 입고 스카프를 쓴 나이 든 여자가 종이 쇼핑백을 벽에 기대어놓고 잠시 쉬고 있었다. 뚱뚱한 그 여자는 몸을 벽에 붙이고 기와 진주를 지나가게 했다. 그들은 그 여자 앞을 한 줄로 서서 걸어 지나갔다.

"저 여자가 어떤 여자인가 한번 상상력을 동원시켜 봐."

진주는 무심히 지나친 여자를 기의 어깨 뒤로 흘깃 돌아보고

"가정주부?"

"그래, 여자들은 가정 일을 오래하면 저절로 저렇게 참을성 있는 분위기를 풍기게 마련이지. 그리고?"

"우울하고, 참 우울해 보이는 것 같아요. 잘 모르겠어요. 왜 물어봤어요?"

"저 여자는 말이오, 이혼해 버린 병든 전남편을 찾아오는 거요. 죄의식에 사로잡힌 늙은 옛 와이프란 말이오. 일주일에 한 번씩 들러요. 와선 몸을 씻기고 약을 주고 침대를 바로 해주고 수프를 만들고 방을 정돈하고 집으로 떠나. 진주, 생각만 해도 숨 막히지 않아? 다른 사람

의 심장에 한 발 박아놓고 사는 그 전남편이라는 인간이, 그 폭군이, 젊은 시절에는 알코올홀릭이었대."

삼 층 층계참에 이르렀을 때 기는 어느 집 닫힌 문 앞에서 발을 한 번 탁 굴렀다.

"죽어버려."

사 층 계단을 오르며 기는 뱉듯 말했다.

"아까 거기가 그 벌레 같은 인간 집이야. 건강한 자는 병자 앞에 죄인이고 산 자는 죽은 자 앞에 죄인이야."

"알아요."

그를 그토록 성나게 하는 것이 무언지 잘 모르겠으면서 순하게 진주는 대답했다.

기는 그을음과 음식 넘긴 자국이 지저분한 알루미늄 커피 주전자에 두 컵의 쌀을 얹었다.

"여기다 밥하면 물을 많이 부어도 밥물이 주둥이랑 뚜껑 구멍으로 적당히 빠져나가서 밥이 잘돼요. 학교 다니면서 하숙할 때 어머니가 가르쳐줬어."

기의 단칸방은 한눈에도 여러 기능을 발휘하도록 보이지 않는 선으로 적당히 나뉘어 있었다. 왼쪽 벽은 작업장으로 커다란 책상과 램프가 있고 칼이니 붓, 공예 도구를 담은 통이 있었다. 책상 밑에는 플라스틱, 나무토막, 실 같은 것을 담은 나무 상자들이 여럿 놓여 있었다. 냉장고가 세워져 있는 스토브 옆으로 두 사람이 앉게 된 네모난 식탁이 있고 다른 쪽 벽에는 튼튼한 생나무로 짠 큰 침대가 딱 버티고 있었다. 구겨진 시트와 담요가 보였다. 진주는 그 침대 때문에 방을 제대로 둘러보지 못하고 창밖으로 시선을 주었다. 쉐이드를 조금 올린

창으로 보이는 건너편 길모퉁이에 한 청년이 서서 바이올린을 연주하고 있었다. 이탈리아 레스토랑 앞이었다.

식탁 위에는 개봉된 편지들이 신문지, 담배, 재떨이 등과 함께 어질러져 있었다. 기는 파를 썰며,

"밥 먹고 왔다지만 진주도 좀 먹어요. 여자가 먹을 음식을 요리하는 게 좋거든. 아니면 여자가 나 때문에 요리하는 걸 보든가. 혼자 먹는 게 싫어. 마스터베이션하는 것도 싫고."

어마, 저이가 무슨 소리 하는 거야.

눈도 돌리지 않고 기는 썩둑썩둑 썬 파를 고기와 함께 프라이팬에 볶았다. 지직 기름 타는 소리가 났다. 그릇이나 스토브 주위는 지저분했지만 기의 칼 쥐는 솜씨는 능숙했다.

"진주, 당신 남편에게서는 무슨 소식이 있는가?"

"없어요. 기 씨는 그럼 윤마 언니에게 소식 전하나요?"

"그 친구는 지금 굉장히 아프다고 해. 벌써 몇 년째. 진주, 이봐."

갑자기 팔 하나 거리 앞까지 기가 다가왔다.

"윤마가 말이야. 아까 봤던 여자 있지? 쇼핑백 든 여자. 그 여자 남편보다 더 심하게 아프다고 해."

그들은 붉은 포도주와 함께 저녁을 먹었다. 반찬은 김치와 고기볶음뿐이었으나 진주에게는 놀랍도록 맛이 있었다.

기와 함께 있으면 진주는 자기 자신이 아주 다른 사람이 되는 것 같았다. 언제나 진주 자신이 비밀스레 희망했던 그런 사람으로 진주를 만드는 기는 그러니까 마술사였다. 진주는 기에게 무슨 얘기든 하기 쉬웠다. 그는 진주의 말은 무슨 말이든 금방 다 알아들었으며 처음 만났던 순간부터 그는 진주의 외로움과 꿈과 절망을 알아보았다. 기가

옆에 있으면 복잡다단한 이 세상은 진주에게 갑자기 단순해지고 아름다워졌다. 그는 숲이니, 꽃, 나무, 냇물, 하늘, 햇볕, 구름, 비, 바람, 이 세상의 모든 것을 즐기고 진주의 마음을 어루만졌다.

그들은 침묵 속에 차를 마셨지만 방 안에는 친밀한 따뜻함이 있었다. 진주는 찻잔을 차 접시에 놓고 행복과 찬미의 눈길로 기를 바라보았다. 기가 문득,

"당신 첫인상이 아주 시원했어. 뭐라던가, 저 닥터 송 와이프도 당신 인상이 좋다고 했지."

"그건 인사지요."

"그렇지만도 않아요. 당신 인상이 꽃 같아서 내가 당신 이름을 꽃이라고 기억했던가 봐. 내 한 가지 더 말할까. 처음 만난 순간 말이오. 난 당신이 내 타입의 여자라는 걸 알았어요."

싱크대 수도꼭지에서 물방울이 소리를 내며 일정한 간격으로 떨어지고 있었다. 기가 일어나 스테레오에 레코드를 한 장 얹었다. 느린 트럼펫이 정감 있는 선율로 흘렀다. 기가 진주에게로 다가와 손을 잡아 일으켰다. 그들은 꼭 껴안고 춤을 추었다.

"모험을 안 하면 잃을 것도 없다, 이런 모토에서 벗어나 상처받을 위험을 무릅쓰고 마음을 열어봐. 진주, 당신은 좋은 게 많은데 전부 묻혀 있어."

"윤마 언니는 나을 수 없나요?"

매혹의 늪에서 헤어 나오려 애쓰며 진주는 물었다.

"아마 그럴 거야. 어느 날 갑자기 머리가 아프다며 혼수상태에 빠졌다고 해."

의견 차는 많아지고 오가는 말은 사나워지고 침묵은 길어진 윤마와

의 결혼 생활이 칠 년째 되던 어느 날, 기는 집으로 들어가서 부엌에 있는 윤마에게 말했다.

"저녁 짓느라 수고하지 마시오. 나는 떠날 거요."

조그만 가방 하나 들고 목욕이라도 가듯 집을 나온 기는 그길로 윤마의 친한 친구와 시골로 사랑의 도피행을 떠났다. 자기의 친구와 기가 떠난 것을 알고 윤마의 에고는 이중으로 타격을 받았다. 윤마가 병이 난 것은 그 이후 일이었다.

기의 얘기를 듣고 진주는 윤마보다 윤마의 친구라는 나중 여자에게 걷잡을 도리 없는 질투를 느꼈다. 그 여자에게도 기는 당신은 내 타입의 여자라고 말했을까. 기의 앞을 꾸러미에 꿰듯 지나가는 여자들의 열 속에 자기는 줄을 서지 말아야겠다고 진주는 느슨해졌던 마음을 가다듬었다.

그러나 마음을 단단히 먹으려 하면 할수록 진주는 기에게 깊이 빠져들어 가고 기의 주위 모든 것에 질투를 느꼈다. 기는 진주의 뼈에와 부딪는 듯했다. 밤이면 베갯머리에 조그맣게 음악을 틀어놓고 누워 진주는 기를 생각했다. 기가 혼자 여행을 떠나면 진주는 마음의 안정을 잃고 밤의 반은 가슴이 아파 베개를 가슴에 대고 엎드려 있고 새벽의 반은 잠을 잤다. 그러고서 출근하면 수면 부족으로 머릿속은 구름이 낀 것 같았다.

미스 오는 일부러 직장까지 진주를 찾아와 기를 심각히 생각하지 말라고 충고했다.

"사실을 말하면 한때 나는 기 씨하고 부부같이 지냈었어. 기 씨는 요즘도 서울에서 온 사람들에게 첫 부인과 두 번째 여자 애기를 묻고 다녀. 왜 그러겠니? 그 여자들이 그저 행복을 찾았으면 해서 그러는 거다. 첫 부인은 식물인간이고 또 한 여자는 정신병원에 있단다. 그 두 여자가 그의 마음을 잡고 있어. 자기가 살인자같이 느껴지는 순간도 있다고 했어. 너는 정섭 씨를 기다리고 있는 게 좋아. 진주야, 어찌 된 게 나는 언제나 가능성이 없는 남자에게 끌린다. 결혼한 남자, 바람둥이, 아니면 사랑하기를 두려워하는 고립된 남자."

미스 오는 곱게 한 화장이 얼룩지도록 눈물을 닦았다.

"그래도 말이에요, 기 씨하고는 이상하게 운명적인 그런 느낌이 들어. 기 씨도 나를 자기 타입이라고 그랬어요."

"기 씨가 진주를 좋아하는 건(미스 오는 적당한 말을 찾다가) 아마 진주가 미인이기 때문일 거야. 기 씨가 좋아하는 타입의 미인."

진주는 거울을 들여다보며 미스 오의 말을 생각했다. 지금의 모습은 잠시이고 꽃잎 지듯 기운이 없이 시들고 기가 돌아보지 않을 날을 두렵게 생각했다. 오 년이면 늙을 거야. 서른셋이 될 테니까. 그리고 그는 바람둥이가 아닌가, 미스 오하고도 친했다지, 놀라워라. 얼굴도 미워지겠지만, 진주는 지금 현재도 자기가 기를 속이고 있다고 생각했다. 자신이 매력 있는 여자의 게임을 하고 있다고 생각했다. 당분간은 그의 마음에 드는 말과 행동을 계속할 수 있을지 모르지만 조만간 껍질은 벗겨질 것이고, 속을 보게 되면 기는 실망하고 떠나가리라, 나중에 버림을 받느니 지금 그를 떠나는 것이 옳을 것 같다, 그런 결론에 진주는 도달했다. 기에게 더 이상 만나지 말자는 편지를 보내고 심장에 구멍이라도 난 듯 마음이 안 잡혀 멍하니 앉아 있는 진주에게 기는 전화했다. 바로 앞에 와 있어요. 현관까지 좀 내려와봐요.

편지가 하루 만에 들어갔을까 생각하며 진주는 창밖을 내다보았다. 어둠에 묻힌 정다운 기의 모습이 길 건너편 공중전화 박스에서 나와 진주의 아파트 쪽으로 길을 건너고 있었다. 차 한 대 오가지 않는 길에 신호등이 그 색깔을 바꾸었다.

"누가 왔니?"

텔레비전 앞에 웅크리고 앉아 있던 모친이 물었다.

"응."

"또 그 늙은 녀석이냐? 안 만나겠다고 하더니."

진주는 대답 않고 스웨터를 걸치고 아래층으로 내려갔다. 기는 현관 벽에 등을 기대고 서 있었다. 어린 남자 같았다. 기는 걸어 나오는 진주에게 다가와 진주의 가는 팔을 아프게 쥐었다.

"그래, 도망간 남편이라도 들어왔단 말인가."

"아니요."

"이봐 진주, 그럼 이게 뭐야?"

기는 진주의 편지를 주머니에서 꺼내어 놀리듯 진주 눈앞에 흔들어 보였다.

"밑도 끝도 없이 이게 뭐야?"

코앞에서 달랑거리는 자신의 편지를 수치감으로 얼굴을 붉히며 진주는 잡아챘다.

"편지에 쓴 대로예요."

"읽어봐도 무슨 소린지 모르겠던데."

"기 씨 생활과 나는 맞지가 않아요. 너무 힘들고 감당할 수가 없어요."

"뭘 감당 못하겠단 말이야."

"나는 말이에요, 지속적이고 안정된 게 좋아요. 기 씨는 기분 내키는 대로 하지만 나는 뭐든지 중대해요."

앰뷸런스가 요란하게 경적을 울리며 지나갔다.

"너같이 좋은 애가 또 어디 있니."

혼잣말 같은 그 말에 진주는 무엇 때문에 기와 다투고 있는지 그 이유를 잊어버렸다. 훨씬 풀죽은 목소리로 진주는 말했다.

"그러니 이제 공연히 전화하고 그러지 마세요. 그게 서로 편해요."

"절대로 안 될걸, 진주. 평생 안 놓아줄걸."

부지중 말한 기도 그 말을 들은 진주도 두 사람 모두 쇼크 속에 서로를 바라보았다. 주위에 무거운 정적이 밀려왔다.

유월에 진주는 기의 아파트로 거처를 옮겼다. 겨울에 수정 같은 고드름을 달았던 나무들은 이제 무성히 그 잎을 펼쳤다.

기와 진주는 서로의 생활을 전혀 간섭하지 않고 자신의 인생을 스스로 책임지는 그런 생활을 시작하기로 했다. 기는 다시는 이런 가까운 인간관계는 안 맺으려 했지만 진주 때문에 아무 일도 못하겠고 그래서 함께 지내는 수밖에 없겠다고 했다. 아파트 세도 반씩 내고 전기세, 전화료도 반씩, 식료품도 같이 사기로 했다. 기가 제의하고 진주는 알아들으려 애썼다.

모친은 한국으로 돌아갔다. 같이 있기 힘든 사람이나 환경을 개선하든가 혹은 적용할 도리가 없으면 빠져나오도록 하시오. 그런 성가신 것들에 빼앗기긴 인생은 너무 짧아. 기의 말이 아니더라도 모친이 기와 함께 살 수는 없는 것이므로 진주가 모친의 생활비를 부치기로 결론을 보았다. 엄마, 나는 엄마의 전 인생이 될 수 없어. 엄마 혼자 힘으로 서서 어떻게든 행복해보세요.

모친은 몸을 떨며 울었다. 내 너를 자식이라 생각 않겠다, 그저 이 세상 어디 살고 있겠거니 하고 있겠다, 어쩌면 나는 비행기에서 떨어져 죽어버리겠다, 내 속에서 난 딸이 어쩌면 이럴 수 있는지.

모친이 떠나고 모친의 웃는 얼굴, 흰 발 같은 것이 떠오르면 진주는 괴로웠다. 그러한 진주의 귀에 기는 속삭였다. 진주, 당신 생의 한 계단이 지난 거요. 끝난 거요. 그다음은 무엇인가? 당신은 살아 있어요. 당신은 혼자요. 알에서 깨듯 혼자요.

두 사람은 밤바다에 나가 수평선 저쪽 깊은 어둠 속에서 밀려오는 파도 소리를 들었다. 보드워크에는 전등이 휘황하고 밤바람 쐬러 나온 사람들 속에 두 사람은 말없이 누워 무한히 어두운 하늘에 환상같이 흔들리는 별들을 바라보았다. 우거진 숲으로 소풍도 나가고 영화도 보러 가고 멀리까지 굴 요리를 사 먹으러도 다녔다. 친구들을 초대하고 밤늦도록 놀기도 했다.

진주가 살러 왔을 때 기는 진주의 가구들을 창고에 두라고 말했다. 남 보기에는 우스울지 몰라도 적어도 이 방에 내 마음에 안 드는 물건은 하나도 없어요. 가구가 달린 아파트에 살고 있었던 진주이므로 책과 레코드와 옷가지, 그릇 외에 옮겨 올 가구도 없었지만 그의 생활의 독립성을 진주는 단단히 확인했다.

약속대로 거침없이 기는 자기의 생을 사는 것 같았지만 진주 자신은 손님 같았다. 진주는 끊임없이 기의 기분을 살피고 기의 마음에 드는 여자가 되려고 애썼다.

기는 냉장고 옆에 작은 칠판을 하나 사서 걸어놓았다. 누가 쓰레기를 버리고 누가 접시를 씻고 장을 보는가, 퇴근길에 누가 얼마만큼 식료품이나 가사 용품을 샀는가. 약속대로의 권리를 주장하고 다른 사람이 등한하지 않은가 해서 신경을 쓰는 그런 일이 진주에게는 점점 부담감으로 다가왔다. 무슨 일이든 반씩의 분량을 재기란 어려웠다. 칠판에 딸기 구십팔 센트, 우유 사십구 센트, 고기 이 달러 구십 센트, 비누 일 달러 팔 센트 하고 적어 넣을 때면, 언제까지 이같이 살아야 할까 진주는 생각했다.

기가 혼자 여행을 떠나버리든가 외박을 하면 진주는 밥을 하지 않고 아무거나 먹었다. 그럴 때 진주는 재미있게 사는 듯 보이는 기를 질투하며 자신을 무시당하고 매력 없고 찌꺼기인 듯 느꼈다. 자신의 인생은 자기 것이 아니고 기 또한 물론 자기 것이 아니었다. 자기 것이라고는 아무것도 없는 듯했다.

이와 같이 자기 연민에 가득 찬 최악의 모습으로 굴러떨어지다가도 기가 다정히 대해주고 보석이 가득 든 광맥 같은 여자라고 진주를 칭찬해주면 진주는 세상에서 제일 행복한 사람이 되었다. 그러나 내일도 보석이 가득 든 광맥 같은 여자로 기에게 보일지는 자신이 없었다. 가끔씩 그들은 다투기도 했다. 진주는 늘 너무 참고 있었기 때문에 창문을 닫자는 말조차도 입밖으로 나올 때는 이미 절망적인 어조였다. 그것이 기의 기분을 상하게 하여 그는 폭풍처럼 밖으로 나가버리곤 했다.

기가 없으면 낮은 길고 저녁은 쓸쓸하고 밤은 공허했다. 그래서 진주는 창을 열고 거리의 악사라든가, 무용수, 가수들이 보도에서 공연하는 것을 무료히 내려다보았다.

"여자들이 아내나 어머니로만 살고 싶어 하지 않듯 남자도 아버지나 남편으로만 살고 싶지가 않은 거요. 누구나 자유롭게 살 권리가 있어. 외로운 두 인간이 서로를 방해하며 사는 인생 방법이 싫어."

기는 분명히 말하고 있지만 진주는 기와 결혼하고 싶었다.

"미스 오, 벌써 이렇게 사는 것도 일 년이 넘었어요. 지금 상태라면 기 씨하고는 그저 같은 상자 속에 속해 있다는 정도예요. 기 씨는 책임을 너무 중시하고 가족이란 것을 짐으로밖에 안 느껴요. 기 씨는 나보고 애인도 만들고 재미있게 지내라고 하지만 나는 그렇게 못하겠어요. 나마저 충실치 않으면 우리 사이에 뭐가 남겠어요. 아무것도 없어요. 물론 기 씨도 뭐 대단히 즐겁게만 사는 게 아니지요. 우선 직장 일이 고되고 집에 오면 다음 날을 위해서 자기 바쁘지요. 나는 언제나 가정 안에서만 살아와서 그런지 결혼이 주는 한계가 좋아요. 뭐는 해야 되고 뭐는 하면 안 된다고 그렇게 정해져 있는 것이."

싸움하고 집을 나간 경우, 며칠 후 기는 진주가 새로 힘을 모아 자신의 인생을 살고 있는가 마치 검사라도 하려는 듯 가만히 돌아오고는 했다. 진주가 웃는 얼굴로 맞으면 기는 적이 안심되는 듯 진주의 손을 끌고 낙엽 지는 숲으로 산보를 나가기도 했다. 그럴 때면 진주는 왕자님과 춤추며 발에서 피를 흘리는 인어 공주를 생각했다. 바람이 안 불어도 숲의 나무들은 머리를 빗듯 낙엽을 털어냈다.

어느 날인가 진주는 램프를 거울 앞에 바싹 당겨놓고 파란 화장 연필로 이마에 실핏줄을 그려 넣어보았다. 이마를 거의 거울에 대다시피 하고 오랜 시간 걸려 섬세하게 진주는 그 일을 했다. 에에, 송장 같아. 외출에서 돌아온 기가 말했다. 진주는 욕실에 가서 세수를 했다.

오정섭 씨에게

보내주신 편지 잘 받아보았습니다. 편지를 보고 스위스로 떠나는 날 케네디 공항에서 마지막 뵌 후로 이 년여의 세월이 흐른 것을 알았습니다. 스위스로부터 아주 한국으로 귀국하신다니 그러면 이제 만나 뵐 날이 더욱 먼 것 같군요. 저는 떠나실 때와 마찬가지로 그 직장에 그냥 있고 생활도 여전합니다. 물론 아직 시집도 안 갔고요. 진주의 소식을 물으셨는데 진주는 그 주소에서 이사를 했어요. 편지가 도로 돌아간 것도 당연하지요. 진주는 이사를 했을 뿐 아니라 전과는 아주 다르게 살아요. 진주의 얘기를 알고 싶어 하시니 말씀드리는 건데 진주는 지금 빌리지에서 기라고 하는 좀 별나고 커다란 목소리로 말 많이 하는 사람과 살고 있어요. 그 집에 가면 전부 기라는 이가 만든 물건들이고 그릇도 잔도 모두 기가 만든 거친 도자기지요. 거기에 홍차와 꿀을 담아서 마셔요. 커피도 마시고.

우린 언젠가 바다에 조개 구워 먹으러 갔던 일이 있는데 해 지는 것도 구경하고, 모래 위에 담요들을 펴놓고 밤늦게까지 놀았어요. 맥주들을 마시고 분위기가 아주 풀리고 재미있었는데 같이 갔던 사람 중 하나가 진주에게 달려들어 입 맞췄어요. 진주가 당황하니까 기 씨가 누워 올려다보고 웃으며 당신 에고에 좋은 일이야 하고 말했어요. 그때 있던 사람들은 모두 웃고 말았지요. 그날은 누가 뭐라고 한마디만 해도 웃고 그러는 분위기였어요. 그런데 입 맞춘 사람이 나중에 보니까 진주가 바다를 보고 앉아 몰래 울더래요. 그 사람은 지금 진주한테 반했다고 그러고 돌아다녀요.

그 기라는 사람은 어디에 있든지 주위에 특별히 영향을 주는 그런 타입의 사람이에요. 엉터리같이 보일 때도 있지만 지성이나 긴장감이 있어서 사람들은 그의 말을 잘 따르지요. 그런데 그 사람이 진주를 대하는 태도에는 특별한 것이 있어요. 이상하게도 사람들에게 진주가 참 좋은 여자라는 기분을 느끼게 하는 거예요. 그래서 가끔 나는 기가 여자를 만드는 남자인가 생각해보지요.

전에 우리가 조그만 방에서 살 때, 천장의 석회가 막 떨어져 내리고 쥐가 다니던 그곳에서 살 때 진주가 저녁 해놓고 부르던 일이며(국 한 가지 밥 한 가지의 저녁), 정섭 씨가 내 방 스토브 고쳐주던 일이며, 또 우리 두 사람의 성씨가 같아 불과 몇 달 차이밖에 안 나지만 내가 정섭 씨를 오빠라 부르고 진주를 올케라 하던 일들이 아주 옛날 같군요. 혹시 뉴욕에 들르실 일 있으면 전화하세요.

오수강 올림

문간에 인기척이 있어 몸을 돌려 무심히 내다보던 진주는 거기에 정섭이 서 있는 것을 보고 깜짝 놀랐다. 미스 오로부터 정섭에게서 편지가 왔더라는 것과, 그 편지에 의하면 정섭이 외국 생활을 청산하고 좋은 일자리를 얻어 귀국하려 한다는 소식을 들은 바 있지만 정섭이 이같이 홀연히 자기 집 문지방에 서 있으리라는 것은 생각지 못했었다.

"어머."

우선 진주는 부르짖었다. 그때 진주는 영화 속 한 장면처럼 섹시한 잠옷차림이 아니라 낡은 반바지와 티셔츠 차림으로 비눗물을 튀기며 욕실 청소를 하고 있었다.

"미스 오한테서 대강 들었어."

정섭은 문간에 어정쩡히 선 채 실내를 돌아보았다. 레코드와 책이 나무 궤짝에 담겨 있고 튼튼해 보이는 생나무 의자 위에 거친 천으로 만든 쿠션들이 놓여 있었다. 좋은지 나쁜지 우선 사는 사람의 개성이

첫눈에도 두드러져 보였다.

"기라는 분도 있었으면 좋았을걸."

정섭은 쳐들어오듯 갑자기 온 것을 사과하고 싶은 듯했다.

"그 사람은 남 노는 날도 일해요. 가게에 나가거든요. 남들 일할 때 놀기도 하고."

진주가 권하는 의자에 정섭은 앉았다.

"요새도 그냥 직장에 나가나?"

"네, 그동안 조금 승진도 했어요. 한 달 됐나. 그동안 결혼했어요?"

"아니."

잠시 쉬었다가 솔직한 어조로,

"그런데 약혼 비슷한 걸 해놓았지."

"색시도 안 보고?"

"봤어. 스위스에 그 아버지와 여행했던 여자인데……."

"아유, 세상 구경 막 다니고 양갓집 규수인가 봐. 그렇지요?"

진주는 정섭을 놀렸다. 지금만큼 정신을 차리고 살았더라면 정섭과도 잘되었지 않았을까, 진주는 생각했다. 그것이 유감스러웠다. 진주가 만든 음식을 먹고 그들은 거리로 나갔다. 현관문을 잠그기 전 스토브 가스를 다시 한 번 살피는 것을 보고 정섭은 웃었다.

"여전하군."

도시 전체에 안개가 자욱했다. 밤안개 속에 가로등이 빛났다. 여느 날과 다름없이 노천카페에는 사람들이 가득 차 있었다.

"우린 뉴욕에 살면서도 한 번도 이런 데 나와본 일 없었지?"

정섭이 말했다.

"마음이 바빴지요."

–그리고 조그만 여유가 생겼을 즈음에는 우린 서로 미워했지요.

"어머니는 천안 계시다지?"

"네."

"건강하시대?"

"잘 몰라요."

"미스 오와는 여전히 가깝게 지내는 것 같더군. 어제저녁에 미스 오 만났어."

"전처럼 서로 화낼 일도 생기고 그러지만 그래도 제일 가까워요. 이젠 정말 친해진 것 같아요. 내가 그 약혼했다는 분한테 선물 하나 사도 괜찮아요?"

'온 세계의 장신구'라고 간판을 건 상점으로 진주는 정섭을 끌고 들어갔다. 보지도 못한 정섭의 색시를 위해 조그만 초록빛 돌이 박힌 이어링을 사며 진주는 중국의 본마누라라도 된 기분이었다. 정섭이 지하철 층계를 내려가다가 문득 높이 서 있는 진주에게 오빠같이 혹은 아저씨같이 두어 번 손을 흔들었다.

4

그 겨울은 춥기도 했지만 눈이 많았다. 한 번의 눈보라 강타로 마비되었던 도시의 교통이 뚫리기 시작한 즈음 관상대는 다시 제2의 눈보라를 예보했다. 길옆에는 아직도 눈이 산적해 있는데 그 눈 더미 위에 다시 몇십 인치의 눈이 강풍에 실려 들이치리라는 것이었다.

세탁물을 들고 방으로 들어가던 진주는 잘 닫히지 않아 잠기지 않은 문 안에서 간지르듯 킥킥킥 웃는 소리를 들었다. 문을 연 진주는 삼십 중반으로 보이는 성숙하게 아름다운 동양 여자를 보았다. 굽실거리는 삼단 같은 머리를 허리까지 늘어뜨린 채 여자는 소파에 앉아 있고 기가 무릎을 꿇고 앉아 여자의 긴 장화를 벗겨주고 있는 참이었다. 기가 잠깐 그 무릎 안쪽을 쓰다듬는 것을 진주는 보았다. 낯선 여자는 진주를 보고 다리를 모으고 앉았다. 기는 당황한 듯,

"진주, 집에 있었군. 필라델피아에 간다고 하지 않았나?"

"눈이 온대요. 지금도 오지만."

진주는 식탁 위에 세탁물 바구니를 올려놓았다.

"하이."

여자가 진주에게 인사했다. 양심을 지키고 사회적인 관습에는 터부사항이 별로 없어 보이는 정직하고 활달한 태도가 있었다.

"중국 여자야. 박물관에서 만났어."

기가 말했다.

"진주, 여기 같이 앉지."

기가 찬장에서 유리잔을 꺼내어 물에 씻었다. 한마디도 목소리가 나오지 않는 진주는 식탁 의자에 앉아 깨끗이 빨린 세탁물을 개키는 도리밖에 없었다.

"이리 오세요. 같이 마셔요. 내 이름은 아이린."

중국 여자가 친밀히 웃으며 말했다. 여자는 마흔여섯 살의 기보다 훨씬 더 성숙해 보였다. 이제까지 진주에게 막강한 힘을 구사하던 기는 그 앞에 세월을 책임 없이 허송하는 한갓 신경질적인 자유주의자로 보였다.

"진주, 이봐. 이리 오라잖아."

마침 기의 러닝셔츠를 개키던 진주는 그것을 그대로 뭉쳐 쓰레기통에 던져 넣었다. 러닝셔츠 자락이 대나무로 짠 쓰레기통 변두리에 걸리며 쓰레기통이 넘어졌다.

"셋이 같이 주지육림의 향연이라도 벌이자고요?"

고개도 들지 않고 진주는 잇새로 뱉었다. 뜻밖에 그만한 소리라도 내어 체면을 세워준 자기의 목청에 대해 진주는 감사하고 싶었다. 그에 힘입어 진주는 앉았던 식탁 의자에서 몸만 돌려 아이린을 보았다.

"아, 뭐 내가 없다고 생각하고 마음대로 노세요. 이 방에 아무도 없는 것처럼 날 없는 사람이라고 생각하세요."

영어로 지껄이고 어쩌려고 그러는 가운데 자신도 놀랄 만한 충동으로 진주는 이번에는 의자에서 일어났다.

"정말이에요. 나를 없다고 생각하세요. 공기같이 그렇게. 그냥 공기라고만 생각하세요."

이번에 진주는 두 팔을 벌려보았다.

"보세요. 나는 정말 해롭지 않아요. 공기예요."

말을 마치고 앉는다는 것이 의자 자리를 잘못 겨냥해 진주는 그만 바닥으로 나가 동그라졌다. 엉덩이와 허리가 눈물이 콕 솟게 아팠으나 눈에 고이는 뜨거운 눈물은 반드시 아픔 때문만은 아니라는 것이 진주는 스스로에게 분했다.

"알 유 올 라이트?"

아이린이 한 발은 신을 신고 한 발은 스타킹뿐인 다리로 절뚝거리며 진주에게 왔다.

"네, 괜찮아요."

아픈 허리에 힘을 주고 의자 다리를 붙잡으며 진주는 일어났다.

"재밌게 보내세요. 제발 부탁이에요."

힘껏 웃어 보인 진주는 절둑거리는 자신의 걸음을 저주하며 그 방을 나왔다. 진주는 전등 빛이 어둠침침한 층계를 난간에 몸을 의지하고 간신히 걸어 내려갔다.

-기는 시종 가만있었다. 그는 골이 났을까.

일기예보대로 과연 심상치 않은 눈이 내리고 있었다. 센바람에 실려 과자처럼 큰 눈송이가 공중에서 엉기듯 날렸다. 진주는 휘익휘익 휘파람을 두어 번 불었다. 스스로를 가엾게 여겨 늘 눈물을 보이던 모친이 진주는 싫었다.

현관 입구에 진주는 앉아 있었다. 두 사람이 같은 방을 쓰는데 한 사람이 일방적으로 손님을 끌고 들어올 수 있을까. 내가 어디 간 줄 알았다 하더라도 나중 이렇게 된 경우에는 기가 그 여자를 끌고 모텔이나 호텔로 갔어야 하지 않을까. 아니면 공원이나 숲으로. 눈이 오면 어때, 얼음덩이라도 녹일 만큼 부풀었을 텐데. 하여튼 방에서는 나갔어야 하지 않을까. 생각의 사이사이에 기의 손이 여자의 다리를 더듬어 올라가는 상상을 하고 진주는 신음 소리를 냈다. 지금이라도 처올라가서 내 권리를 주장해야 할까. 아니면 기가 누누이 강조하는, 자기 인생은 자기가 책임지는 성숙한 인간으로 기의 생활과 엉키지 않게 나는 내 즐거움, 내 자유를 찾아 내 인생을 만들어가야 하는가. 그래도 같이 세를 내고 있는 방인데 역시 그 방을 그렇게 뚜쟁이처럼 선뜻 비워준 것은 잘못한 것 같았다. 잠시 동안 망설이다가 진주는 다시 층계를 오르기 시작했다. 이제는 걸음걸이가 훨씬 자유로워졌으나 진주는 혼란된 생각을 수습하기 위해 천천히 층계를 한 계단씩 올라갔다.

이 눈 오는 밤에 어디선가 파티라도 하는 듯 왁자지껄 웃는 소리,

전축 소리가 크게 울려왔다. 삼 층을 다 올라가도록 생각의 갈피가 잘 안 잡혀져서 진주는 복도 벽에 등을 붙이고 한동안 서 있었다. 설령 내가 필라델피아에 갔더라도 집에 그 여자를 끌어들인 것은 용서할 수가 없어. 내가 없더라도 그 침대의 반은 엄연히 내 것이고-. 바로 앞의 방에서 크읏 재채기 소리가 들려 나쁜 짓을 하던 아이처럼 놀라 벽에 붙였던 등을 떼었다. 소리가 난 곳은 기의 표현대로 하자면 저 죄의식에 사로잡힌 여인이 방문하는 방이었다. 지금 진주가 서 있는 곳쯤에서 기는 발을 탁 구르며 죽어버려, 내뱉곤 했었다.

진주는 짙은 녹색의 그 문을 가만히 밀어보았다. 문은 잠기지 않아서 그대로 열렸다. 방문하는 여인도 열쇠를 쓰지 않고 그대로 문을 열고 들어가던 것을 진주는 보았다.

어둠침침한 방 안 침대 위에 고목같이 마른 노인이 앉아 있었다. 다음 재채기를 기다리느라 턱을 치켜들고 두 손은 양쪽 무릎을 짚고 있었다. 가구도 별로 없는 방에 신문지며, 빈 깡통, 옷, 식품 봉투, 비닐봉투 같은 것들이 되는대로 어질러져 있었다. 조명은 침대 머리에 있는 독서용 작은 램프 하나뿐이었다.

진주가 살며시 문을 도로 닫고 돌아서려 할 때 방 안의 노인이 고개를 휙 돌렸다. 백발의 주름진 얼굴에 두 눈을 크게 뜨고 입술은 조금 열려 달싹거렸다. 이 사람이 나를 무서워하는구나. 미안해서 그럼 안 되지. 진주는 거의 닫았던 문을 열고 한 발 방문턱을 넘어 들어섰다.

"나는 해롭지 않은 사람이에요. 공기같이."

이십구 년 동안 자신을 기체와 같다고 생각해본 일이 한 번도 없었건만 이 밤 진주는 두 번이나 같은 소리를 지껄였다.

"당신 와이프는 잘 알아요. 여기 방문하는 여자. 나는 당신도 두어 번 본 일이 있어요. 복도 끝에 나와 창밖 바람 쐬는 것을 봤어요. 나는요 위층에 살아요."

손가락 한 개를 펴서 진주는 천장을 똑바로 가리켜 보였다. 진주는 자신이 하는 짓이 미치광이처럼 느껴졌지만 그냥 나오기도 어색해,

"뭐 도와드리고 싶어요."

노인은 한차례 기침을 하더니 진주에게 보냈던 시선을 자신의 앙상한 무르팍으로 떨어뜨렸다.

"아무 일도 없으세요? 그럼 전 가요. 바이 바이."

손바닥을 보이게 흔들고 진주는 뒷걸음으로 문께로 갔다.

"더운 차 좀 만들어주겠소?"

노인은 처음으로 우물거리는 목소리를 냈다. 진주는 귀를 의심하며 발걸음을 멈칫했다. 유리 같은 노인의 눈에 한 줄기 교활한 빛이 반짝 떠올랐다 사라졌다.

"커피로요?"

"아니, 홍차. 거기 그릇장 안 어디 있을 거요."

스토브는 지저분했다. 물소리에 커다란 바퀴벌레가 열 마리쯤 재빨리 흩어져 달아났다.

"당신 결혼했소?"

노인이 물었다.

"네."

"아이도 있소?"

바람이 창을 드르릉 흔들고 지나갔다.

"없어요. 밖에 눈이 와요."

진주는 창가로 가서 낡고 찌든 두꺼운 커튼을 걷어 보였다. 방 안의

모습이 깊은 거울로 비치는 어두운 유리창 밖에 눈이 빠르게 흐르듯 내리고 있었다. 노인은 다시 기침을 했다. 진주가 커튼을 놓고 스토브 앞으로 돌아가자 방 안은 도로 고인 웅덩이같이 되었다.

"설탕을 몇 넣을까요?"

스토브 주변에 어지럽게 놓인 조미료며 그릇들 속에서 진주는 설탕 그릇을 찾아내어 커피 테이블에 갖다 놓았다. 찻잔과 수저는 더운물에 오래도록 씻었다.

두 잔의 홍차를 만들어 램프를 사이에 두고 두 사람은 마셨다. 사나운 바람 소리를 들으며 진주는 지금 방 안에 있는 기와 여자를 괴롭게 떠올렸다.

"캐시가 내일 오는 날이오. 그래서 식료품도 다 떨어지고 냉장고 안에 배가 하나 있을 거요. 그거 먹어요."

"괜찮아요."

이 방을 나가 기와 여자 앞에 또 내가 공기 같은 인간이라고 선언하고 버티고 앉아야 할까, 아니면 나의 시간을 이 방에서 이 사람과 어쭙잖게 보내어 기 앞에 그와 무관한 나의 인생으로 내세울까.

"당신 와이프 자주 봤어요. 한번은 우리 집에 성냥 빌리러도 왔어요."

"아, 저 스토브 때문이지. 어떤 땐 성냥을 그어야 돼. 낡아서 가스 구멍이 다 막힌 모양이야. 동양 여자들은 친절하지. 당신은 어느 나라에서 왔소?"

왁자지껄 떠들며 한 무리의 사람들이 층계를 올라와 방 앞을 지나갔다.

"차 한 잔 더 만들어주겠소?"

진주는 다시 물을 덥혀 차를 만들었다.

"캐시는 내가 뭘 요구하면 화를 내요. 다음 잼을 살 때는 마멀레이드로 하지 말고 포도로 해달라고 해도 화를 내요."

죽어버려, 기는 저 사람에게 말했었지. 진주에게 비로소 노인에 대한 부드러운 감정이 솟았다.

"남편은(남편이 아닌 기는 그러면 친구인가? 적수인가? 아니면 원수인가?) 당신 와이프 얘기를 많이 해요. 당신 시장을 봐 오고 목욕을 시키고……."

"캐시 그년이 제 입으로 말했겠지."

노인의 얼굴이 노여움으로 일그러졌다.

"아무것도 아닌 나 같은 인간을 돌봐주는 자기는 얼마나 고매한 인간인가 하고."

진주는 캐시라는 그 여자가 언제나 우울하고 말이 없던 것을 생각했다. 성냥을 빌리러 와서도 웃지 않았다.

"그래, 그 고매한 희생정신의 인간이 어째서 마멀레이드 말고 포도잼을 사달라면 화를 낸단 말이오? 자기가 해주는 것은 신이 주는 것으로 알고 고맙게 받고만 앉았어라 이런 태도란 말이오."

다 마신 찻잔을 씻어 엎어놓고 진주는 어질러진 신문을 대강 개어 놓았다.

"당신은 정말 착한 여자요."

–그렇지 못해요. 의무가 아니니까 착한 짓 할 수 있어요.

진주는 텔레비전을 틀었다. 영상이 제대로 안 잡히는 흑백 텔레비전은 일기예보를 하고 있었다. 앨라배마 근처에서 생긴 폭풍은 해안을 끼고 북상해 메트로폴리탄 지역에 적어도 십팔 인치의 눈을 퍼부으리라고 했다. 이 겨울, 눈 때문에 도시는 수백만 불을 이미 지불

했다. 밤이 지나기도 전에 벌써 도시의 교통은 마비되고 시내의 호텔은 만원이고 식당과 바는 큰 혼잡을 이루었다. 2번가에서 누가 스키를 타고 있다고 아나운서가 말했다.

"이렇다면 내일 캐시가 못 오겠는데."

노인은 가식 없는 초조함을 보였다.

"염려 마세요. 집에 사다 놓은 식품 좀 드릴게요."

그러나 노인의 관심은 단지 식료품에만 있는 것은 아닌 듯 진주의 말을 듣고도 얼굴을 펴지 않았다. 또한 진주 자신도 눈 때문에 모든 교통이 두절되듯 이 방에 꽉 갇혀 다시 자기 집의 냉장고를 여는 일이 있을 것 같지 않았다.

"당신 남편은 뭐하는 사람이오? 그도 코리안이겠지."

"네, 아이들이 있으세요?"

"있지, 아들 둘이. 다 커서 멀리서들 살고 있지. 이봐요 아가씨, 저쪽 벽에 붙여놓은 종이가 보이는가? 스위치를 올리고 좀 읽어봐."

그의 말대로 진주는 스위치를 올리고 벽에 가보았다. 거기에는 네모난 종이가 붙어 있었다. 푸른 잉크로 프린트된 그 글씨를 진주는 읽어보았다.

로빈새의 생활

아빠 로빈과 엄마 로빈이 사과나무 가지에 둥우리를 만든다. 아빠 로빈이 풀을 가지고 오면 엄마 로빈이 튼튼하고 안전한 보금자리로 엮는다. 보금자리가 지어지면 엄마 로빈이 거기 알을 낳는다. 초록과 푸른빛이 섞인 알들은 대단히 예쁘다. 엄마 로빈은 자기 몸으로 알을 따뜻이 지킨다. 엄마 로빈이 알을 품고 있는 동안 아빠 로빈은 먹이를 가져온다.

새끼 로빈이 알에서 나오면 엄마 로빈은 부지런히 먹이를 갖다 준다. 새끼 로빈은 언제나 배가 고프기 때문이다. 새끼 로빈들이 튼튼해지면 엄마 로빈은 그들에게 나는 법을 가르친다. 때로 엄마 로빈은 새끼를 둥우리로부터 밀어내어 날도록 한다. 새끼 로빈은 일단 날게 되면 둥우리를 떠나 돌아오지 않고 아주 훨훨 날아가버린다.

"다 읽었어요."

진주는 뒤돌아섰다. 노인은 무표정히 앉아 있었다.

"로빈새의 얘기지요?"

"어디까지 읽었소?"

진주는 프린트된 글씨의 마지막 부분을 인내심을 가지고 읽어주었다. 새끼 로빈은 일단 날게 되면 둥우리를 떠나 돌아오지 않고 아주 훨훨 날아가버린다.

"아, 그것 말고 그 밑에 뭐라고 연필로 쓴 것이 보이지 않소?"

가까이 눈을 대고 진주는 들여다보았다. 남의 집 가족사진을 볼 때처럼 지루했다. 이거 보세요. 난 지금 이런 거 들여다보고 당신하고 얘기하고 그럴 여유가 없어요.

"거기 연필로 뭐라고 쓴 거 안 보여?"

"네. 있는 것 같아요."

"그게 내 작은아들이 생물 시간에 배운 교재요. 국민학교 이 학년인가 삼 학년인가, 그때 거기다가 우리 어린 조지가 뭐라고 썼는지 아오? 슬프고 슬픈 스토리라고 적었어. 날게 되자마자 새끼 로빈이 둥

우리를 아주 떠나는 것이 슬프다는 얘기지."

듣고 본즉 연필 흔적은 'Sad, Sad Story'인 것 같았다.

"그랬던 조지도 로빈새처럼 떠났지. 떠나면서 조금도 슬퍼하지 않았거든. 그도 지금은 벌써 외손자를 보았어. 요새 아이들은 빨라. 그 딸이 열네 살인데 아이를 낳았어요."

노인의 기분을 살펴서 진주는 프린트물을 좀 더 들여다보는 체하다가 전등을 껐다. 다시 침침한 방이 되었다.

"굉장한 폭풍이군. 망할 놈의 세상, 전부 눈구덩이에 묻혀라."

노인은 뱉듯 말하고 침대에 누우려고 했다.

"묻힐 거예요. 일기예보가 그래요."

"아무리 심한 폭풍도 이틀을 가는 법이 없어. 알겠소?"

진주는 누우려는 노인을 부축해주었다. 오줌이 찌든 습한 체취가 진주의 코에 닿았다.

"몇 살이세요?"

"예순둘이오."

"내 어머니와 같은 나이예요."

노인은 곧 잠이 들고 진주는 남의 방, 별로 편안치도 않은 의자에 둥그렇게 올라앉아 있었다. 이까짓 세상, 눈이나 펑펑 퍼붓고 또 퍼부어 종말이나 오라. 진주는 온 세상 사람들이 모두 제 구멍이 아닌 다른 구멍에 박혀 다른 짓들을 하고 있는 것같이 느꼈다.

나는 결코 윤마나 정신병원에 있다는 그 뒤의 여자처럼 되지 않으리라. 진주는 몰래 눈물을 씻었다. 미스 오처럼 울지 않으리라. 기가 내 앞에서 기는 날이 있게 하리라. 앉으라면 앉고 서라면 서는 날이 있게 하리라. 질투로 온몸이 초록색이 되는 날이 있게 하리라. 어떻게? 그건 생각해봐야지. 차차 잘 생각해봐야지.

하여튼 내 꼭 그런 날을 보고 말리라. 정섭이 떠날 때 천지가 없어지는 줄 알고 길거리를 울며 다녔던 내가 드디어 정섭 앞에 웃으며 설 수 있었듯 그렇게 기와 대적할 힘을 기르리라.

새벽 네 시에 진주는 노인의 방을 나와 층계를 올라갔다. 전등이 호젓한 층계 꼭대기에 기가 고아처럼 오뚝 앉아 있었다. 그도 또한 지옥을 지나온 듯 해쓱하고 창백한 쌍통을 하고 있었다. 주위는 죽은 듯이 고요했다. 기는 진주를 보고 펄쩍 뛰듯 일어났다.

"어디 갔었어?"

아무 대답 없이 진주는 현관문을 열었다. 기는 바싹 진주 뒤를 따라 들어왔다.

"눈보라가 심한데 어딜 갔었어? 코트도 없이. 나는 어디 가서 영 죽어버린 줄 알았지."

"내가 갈 데가 없을 줄 알구?"

진주는 비뚤어진 웃음을 띠웠다. 여자가 있을 때 꺼냈던 컵들도 다 치워지고 진주가 만지던 빨래도 안 보이고 방 안은 깨끗이 정돈되어 있었다.

"진주, 지금은 지하철도 기차도 막히고 호텔은 만원이고……. 염려가 되어서 죽을 뻔했어. 내가 너를 학대하는가. 아이린이 나를 그렇게 비난했어. 화를 내고 가버렸어. 우리 둘은 행복하지 않았어? 진주, 그렇지?"

기는 진주를 껴안았다. 진주는 기의 품에 안겨 왕자님과 춤추며 발에서 피 흘리는 인어 공주를 또 생각했다.

"아, 진주. 정말 걱정했어. 윤마와 경애처럼 나는 또 너마저 어떻게 되는가 했지. 내가 주변을 망치고 돌아다니는 사람이 되는가 했지."

어둠에 눈이 익자 방 안은 이상한 밝음으로 차 있었다. 쉐이드를 올린 유리창 너머로 보이는 희뿌연 빛의 하늘이 낮도 아니고 밤도 아닌 환상의 세계로 세상을 이끌고 가는 듯했다.

"우리 헤어지지 말자. 진주, 내 곁에서 너는 행복하라. 기쁜 생활을 이루라."

폭풍은 이틀도 가지 않아요. 위잉위잉 회초리같이 우는 바람 속에 진주와 기를 싣고 방은 하나의 애드벌룬인 양, 손바닥에 받아보면 금방 녹아버리는 한 송이 눈인 양 공중에 떠 휘날렸다.

5

잎이 무성한 나무들이 짐승의 털처럼 빽빽히 내려 박힌 계곡은 깊이 무겁게 밑으로 쑥 빠지듯 뻗어 내리고 그 밑바닥 숲 가운데에 작은 마을이 아스라이 내려다보였다. 스카이라인 산정 이곳은 우주 시대지만 저 밑의 마을은 아직도 중세기의 삶을 살고 있는 듯했다.

아름다운 날씨였다. 신랑 신부를 가운데로 하고 결혼식의 하객들은 부드럽게 계곡으로부터 불어오는 바람과 따뜻한 햇살에 목욕을 하듯 전신을 맡기고 서 있었다.

그날 오전에 기와 진주는 시청에 가서 법적인 혼인신고를 한 후 미스 오, 닥터 송 가족, 그리고 그 외 여러 차에 분승한 열 명가량의 하객들과 함께 베어마운틴 산정에 올랐다.

"독립된 정신만이 자유의 정신" 또는 "모든 인간은 자유롭게 태어났으나 그중 어떤 사람은 결혼을 한다."고 부르짖던 기는 이제 멍에 같은 신랑이 되어 검은 예복을 입고 구름을 등지고 웃었다. 산정의 기압은 약해서 귀가 멍멍했다.

진주가 머리에 꽂은 꽃 탓인지 자꾸 벌이 날아들었다. 그때마다 기나 하객들은 달려들어 벌을 쫓아주었다.

"잘됐어. 정말 잘됐어. 결혼을 안 하고 살면 여자만 손해야."

말하는 미스 오에게 진주는 활짝 웃으며

"미스 오도 얼른 결혼하세요."

이 결혼으로 진주는 늘 자기가 손님 같던 것, 당장이라도 짐을 꾸릴 용의가 있다는 듯 방어적으로 되어 살던 것, 오늘은 사랑하지만 내일도 사랑할지 자신이 없던 것, 부엌에 걸린 칠판을 떼어내는 것, 그런 추운 세계로부터 창문에는 묵중한 커튼이 내려지고 현관문이 튼튼히 닫히는 것으로 생각했다. 진주에게 있어서 결혼은 인생의 성취로서 어린 시절처럼 가족으로 사는 것만이 정당하고 가능한 인생의 방법이었다.

"신랑이 자꾸 웃어 싸서 딸만 낳겠다."

주례를 맡은 닥터 송이 말했다.

"제기, 악담하네."

"딸이 뭐 어떻다고. 전근대적인 사고방식은 기 씨답지 않아요."

미스 오의 말에 기가 입을 크게 벌리고 웃다가

"나는 말이오, 딸이고 아들이고 아이들 필요 없어요. 애들이란 일단 크면 부모를 좋아하지 않거든. 내 경우는 그랬어요. 어릴 때는 부모가 좋지만 일단 크면 안 그렇단 말이오."

"또 궤변 지껄여대네."

닥터 송이 말하자

"나는 그런 큰 실망 얻고 싶지 않소. 날 사랑하던 애들이 어느 날 갑자기 등을 돌리고 당신은 낡고 지루한 잔소리쟁이요, 다시 보고 싶지 않소, 할 것 아닌가."

"에에, 알았소, 알았어. 당신 생각 알았으니, 그런 얘긴 신부와 의논해 할 일이고 이제 그만 식을 시작하지."

닥터 송이 부인에게서 흰 장갑을 받아 들고 풀 위에 섰다. 길웅이라는 기타리스트가 접는 의자에 앉아 금방이라도 바람따라 떠날 듯한 모습으로 〈로만스〉를 연주하기 시작했다. 숲 향기 머금은 바람이 음향을 싣고 흩어졌다.

> 그러자 알민트라는 또다시 물었다. 그러면 스승이여, 결혼이란 무엇입니까.
>
> 그는 대답해 말했다.
>
> 그대들은 함께 태어났으며 또 영원히 함께 있으리라.
>
> 죽음의 흰 날개가 그대들의 생애를 흩어 사라지게 할 때까지 함께 있으리라.
>
> 아, 그대들은 함께 있으리라. 신의 말 없는 기억 속에서까지도.
>
> 허나 그대들의 공존(共存)에는 거리를 두라. 천공(天空)의 바람이 그대들 사이에서,
>
> 춤추도록
>
> 서로 사랑하라, 허나 사랑에 속박되지 말라.
>
> 차라리 그대들 영혼의 기슭 사이엔 출렁이는 바다를 두라.

서로의 잔을 채우되 어느 한편의 잔만을 마시지는 말라.
서로 저희의 빵을 주되 어느 한편 빵만을 먹지는 말라.
함께 노래하고 춤추며 즐거워하되 그대들 각자는 고독하게 하라.
비록 하나의 음악은 울릴지라도 외로운 기타 줄처럼.
서로의 가슴을 주라, 허나 간직하지는 말라.
오직 삶의 손길만이 그대들의 가슴을 간직할 수 있다.
함께 서 있으라, 허나 너무 가까이 서 있지는 말라.
사원의 기둥들도 서로 떨어져 있는 것을.
참나무, 사이프러스 나무도 서로의 그늘 속에선 자랄 수 없다.

심각히 들리는 경상도 악센트로 서너 군데 더듬으며 닥터 송은 지브란의 『예언자』를 읽고 기는 진주의 손가락에 부드러운 광택을 발하는 진주 반지를 끼워주었다. 진주의 이름과 같은 그 보석을 기 자신이 사서 손수 디자인해 만든 것이었다.

그대들은 함께 태어났으며 또 영원히 함께 있으리라. 자신의 실제는 없어지고 진주는 기와 주위 여러 사람의 느낌을 받아들이는 매개물 같은 투명한 상태가 되어 있었다. 심지어 햇볕의 미립자가 바람따라 흔들리는 첩첩 산 너머 너머 광활한 바다 저 건너 건너에서 이쪽 들녘을 바라보며 숨 쉬고 있는 천안 모친의 심장 고동까지도 진주는 느꼈다. 엄마, 미움으로서가 아니라 사랑으로 우리 다시 만나요. 엄마, 사랑해요.

오 분도 안 걸리는 예식이 끝난 후 일행은 또 여러 대의 차에 분승해 바로 앞 피크닉 장소로 향했다. 늠름한 산의 품속에 공원은 풍선같이 부풀어 보였다. 차 지붕을 빛내며 주차장에 빽빽이 딱정벌레같이 엎드린 차, 풀밭에서 뒹구는 아이들, 롤러스케이트장에서 흐르는 레코드음악, 볼을 차는 사람, 호수에 떠 있는 보트.

결혼식에 참석했던 지루해진 아이들은 차가 서자 차에서 튕기듯 달려 나가 푸른 물이 묻어 나는 잔디밭을 마구 굴렀다. 여러 대의 차에서 아이스박스가 내려지고 피크닉 테이블 위에 냅킨과 수저, 케이크, 떡, 김밥, 각종 나물 같은 것들이 차려지고 남자들은 불고기를 구울 석탄불을 피웠다.

그동안 진주는 휴게실로 가서 드레스를 벗고 기가 진주에게 제2의 피부같이 잘 맞는다고 말하는 진 바지로 다시 옷을 갈아입었다.

"잡혔어, 딱 잡혀버렸어. 색시 어디가 그리도 좋던가."

큰 소리로 들려 진주는 반쯤 열린 문 사이로 밖을 내다보았다.

기와 주례를 보았던 닥터 송이 옷을 갈아입고 나가자 사람들이 기를 놀리는 소리였다. 풀밭 위 식탁 위에 음식이 가득 차려지고 바비큐 고기는 연기를 내며 익고 사람들은 모두 웃는 얼굴이었다.

갑자기 진주는 자신이 너무 행복한 것 같았다. 자신이 너무 웃고 즐거워하면 이날의 행운은 곧 떠나버리고 어쩌다가 잡혔다고 후회하고 당황하며 다시 멀어지는 기, 다시 불확실한 주변들로 돌아가버릴 것 같았다. 행복이라면 진주는 그것을 지탱할 힘이 없음을 느꼈다. 그다음에는 무엇이 올까, 내가 계속 행복할 수 있을까, 자신에게 확신이 없다는 것, 그것을 안다는 확신밖에 없었다. 자신의 인생은 가식과 방어로 일관해온 것 같았다. 어른임이 분명한데도 언제나 모친을 의식하는 아이같이 느꼈다. 우울하고 실망하고 비참해 있으면 이 행복이 사라지지 않을 것 같아, 입을 다물고 쏘아보는 듯한 눈을 하고 벗은 드레스는 마치 쓸모없는 짚단이기나 한 듯 아무렇게나 옆에 끼고 진주는 일행에게로 걸어갔다. 그런 진주를 향해 기가 사진기의 셔터를 연방 눌러댔다.

"헤에 보소 보소, 그리도 신부가 고운가."

"신부는 무슨 신부, 구부요, 구부."

기가 카메라를 거두며 웃었다. 맥주로 얼굴이 붉어진 기는 정말 그런 상태이다가는 백 명, 천 명의 딸이라도 낳을 듯 웃고 즐거워했다.

신선한 공기 탓인지 시장했던 탓인지 음식은 전부 맛이 있었다. 식탁에 앉은 때가 이미 오후 세 시나 되었기 때문에 먹는 사이 어느덧 해는 서산에 기울고 햇볕 가득 찼던 공원은 습기를 머금고 땅거미에 잠겼다.

미국식으로 신부한테 뽀뽀 좀 합시다. 농담 속에 손을 맞잡고 흔들고 등을 두들기고 축복하는 사이 아이스박스가 도로 여러 대의 차에 실리고 식탁 주변은 깨끗이 치워지고 결혼식의 하객들은 올 때와 같이 여러 대의 차에 분승했다.

베어마운틴 전체가 자기 집이기나 한 듯 기와 진주는 주차장 입구에 서서 하객들의 차가 해 넘어간 숲 샛길로 꼬부라져 돌아갈 때까지 손을 흔들며 배웅했다. 그 많던 아이들과 어른들이 마음껏 뛰놀던 산은 이제 전설의 거인처럼 무겁게 침묵하기 시작했다. 기가 진주의 허리에 팔을 두르고 산 위로 덮이는 청회색빛 하늘을 우러르며,

"아이 좋다, 그런데 진주 너는 그렇지 않아? 왜 말도 없고 웃지도 않아?"

후회 없는 얼굴로 기가 좋다고 하므로 진주는 고개를 그의 어깨에 기댔다.

"우리 저기까지 경주, 하나 둘 셋."

힘이 남아도는 듯 기가 먼저 셔츠에 바람을 넣으며 이제는 거의 빈 주차장을 건너지를 때 진주도 땅거미를 힘껏 밟으며 그 뒤를 이어 달렸다. 그리고 그들은 차에 올라 그곳으로부터 두어 시간 거리에 있는 예약해놓은 산장을 향해 마치 항로를 출범하는 돛배인 양 지도를 꺼내들고 산을 떠났다.

6

파, 다시마 넣고 무국을 끓이고 은빛으로 번쩍이는 갈치는 소금을 뿌려 오븐에 굽는다. 직장에서 돌아온 진주는 옷도 갈아입을 새 없이 에이프런만 두르고 스토브 앞에서 움직였다. 일곱 시가 되어 별일 없다면 기는 두 블록 떨어져 있는 가게에서 돌아올 것이었다.

국과 밥이 끓는 동안 진주는 아침에 급히 나가느라 제자리에 놓여 있지 않은 물건들을 정돈했다. 어른 두 사람의 살림이므로 그것은 바닥에 떨어진 타월이라던가 기의 속옷, 혹은 진주의 머리 브러시 같은 것을 바로 하는 정도였다. 기에게 맛있는 음식과 깨끗하고 안락한 안식처를 제공하기 위해 진주는 새처럼 빠르게 움직였다. 다른 가정주부들 모양으로 진주는 고단하다든가 바쁘다는 소리를 못할 뿐 아니라 오늘은 빨래, 내일은 슈퍼마켓 하고 직장에서 돌아와 바삐 시간을 내는 눈치를 보이면 기는 성가신 표정으로 말했다.

"진주, 좀 쉬어. 편안히 기대앉아 사는 것 좀 즐겨요."

딩동 딩동.

벌써 퇴근일까, 벗던 스커트의 지퍼를 도로 올리며 진주는 문께로 걸어갔다.

"나예요. 아파트 2C".

진주는 문에 붙은 어안렌즈로 밖을 내다보았다. 뜻밖에도 아래층 노인의 이혼한 전처인 캐시였다. 진주는 문을 열었다. 캐시는 다른 때처럼 식료품이 담긴 쇼핑백을 무겁게 들고 있었다. 그는 특유의 표정 없는 얼굴로 빠르게 말했다.

"루이에게 무슨 일이 생겼나 봐. 아무리 두들겨도 기척이 없어. 문도 굳게 잠그고."

말하던 입을 다물면 마치 자물쇠를 채운 듯 입술이 옆으로 길게 꼭 다물어졌다.

진주는 쇼핑백을 받아 들고 캐시를 안으로 들어오게 했다.

"경찰을 부를까요?"

"우선 창문으로 해서 아래층으로 내려가볼까 싶어서. 루이를 본 게 언제쯤 돼요?"

"오래 못 봤어요. 한 달이 넘는지도 몰라요."

"지난주에 왔을 때는 오히려 건강해 보였는데."

가끔 복도에서 만나면 전과는 달리 간단한 인사를 주고받기는 하지만, 저 눈 내리는 겨울밤 이래로 진주는 루이와 오래 접촉할 기회가 없었다.

열흘 전쯤인가 집에 친구들이 왔을 때, 그중 한 사람이 플라멩고 춤을 춘다며 마룻장을 막 구르자 아래층에서 빗자루로 천장을 두들겼다.

"에이, 아래층에 병든 영감쟁이가 하나 있는데 좀 조용히들 하시오."

주인인 기의 말을 아랑곳 않고 술 취해 버릇없어진 손님들이 밤새도록 웃고 떠들고 춤을 그치지 않았건만 루이는 다시 신호를 보내지 않았다. 괴롭지만 참기로 한 모양이었다.

"영감쟁이 심술이 보통이 아닌데 웬일인가."

기가 말했다.

진주는 루이에게 고마움을 느꼈다.

"창문을 좀 올려주겠어? 비상계단을 타고 내려가보게."

진주는 창문을 힘껏 위로 올리고 커튼을 쳐들어주었다.

"무슨 일이 있으면 천장을 두드려서 곧 알리세요. 구급차를 부를게요."

캐시는 스커트를 넓적다리까지 올리고 창턱을 넘었다. 정맥이 푸르게 돋아난 굵은 흰 다리가 쇠다리 비상계단에 위험해 보였다.

"조심하세요."

캐시는 쇠난간을 위태롭게 잡고 곡예하듯 아래로 내려갔다.

오래 생각을 더듬어 루이가 살아 있는 기척을 느낀 것은 지금으로부터 열흘쯤 전이던가. 시끄럽던 그 파티 때가 마지막인 것을 진주는 깨달았다. 먹고 마시고 그 파티 마지막쯤에는 전등을 끄고 모두 뺨을 대고 몸을 붙이고 춤을 추었다. 기는 아이린과 온밤 내내 친밀히 굴었다. 아이린은 폭설로 온 도시가 마비되었던 날 집에 왔던 여자였다. 진주가 보는 눈앞에서 기는 곧잘 다른 여자들과 팔짱을 낀다거나 비스듬히 안고 있다거나 그런 행동을 잘하지만 진주는 어쩐지 아이린에게는 신경이 쓰였다. 아이린 옆에 있으면 진주는 자기 자신이 접시만큼 깊이가 없고 어리게 느껴졌다. 아이린은 파마를 해서 늘인 기다란 머리, 탄탄한 몸매, 윤나는 밀 빛깔의 피부, 용모도 무르익은 듯 성숙해 보이지만 성품도 사방으로 툭 터져서 그와 있으면 진주는 아이린의 봉투 속에 싸인 듯 느껴졌다. 그것은 스스로도 잘 모르는 이유로 별로 기분 좋게 느껴지지 않고 위협으로 다가왔다. 인생이 한결같은 음률인 진주와 달리 아이린의 생활은 늘 무슨 급박하고 중요한 일이 닥치고 있으며 아이린은 그 모든 일마다 심사숙고 끝에 선택하고 결정 내리는 듯했다. 아이린 옆에 있는 모든 사람, 모든 사물은 다 중대한 의미가 있어 보였다. 아이린의 남편은 말할 것도 없고 아이린이 만나는 사람은 다 특별한 사람들이며 특히 아이린의 두 딸은 보통 아이들이 아니고, 아이로서도 모든 의미를 가지고 있지만 앞날의 인류, 여성 운명과도 밀접한 관계를 지니고 있었다. ERA(남녀 평등 헌법 수정안) 자금 모집에 수표를 보낸 후 아이린은 말했다. 나는 오늘 우리 두 딸들에게 큰 투자를 했어요.

기와 아이린이 꼭 껴안고 음악에 맞추어 돌아갈 때, 기의 손이 등이 파인 옷을 입은 아이린의 등을 어루만질 때, 서양 사람인 아이린의 남편은 연기 낀 듯한 안경알 속에 시선을 감추고 말없이 소파에 몸을 낮추듯 기대앉았고, 진주는 램프 밑 바닥에 앉아 레코드를 걸기도 하고 재떨이도 비우고 먹을 것도 내오고 누가 권하면 춤을 추기도 했다. 진주의 신경은 아이린과 기에게 가 있지만 아이린의 남편은 어떤지 진주는 그 속을 헤아릴 길이 없었다. 새벽 무렵 모두 작별할 때 아이린의 남편은 조금도 기분 나쁜 내색 없이 아이린에게 숄을 씌워주고 떠났다.

"오 마이 갓(Oh my God)!"

창밖에서 부르짖는 캐시의 목소리에 진주는 불길한 상념을 떨치며 창으로 달려갔다. 캐시가 한 손은 쫙 펴서 자신의 머리를 덮고 한 손은 쇠난간을 잡고 매달려 있었다.

"내 가발."

캐시의 가발이 아래로 떨어져버렸다. 거리를 걸어가던 사람들 몇이 멈춰 서서 위를 쳐다보고 있었다. 난 또 뭐라고, 진주는 안도하며,

"내가 가서 주워 올게요."

"그래 줘요."

캐시의 흰머리가 쇠계단 아래로 쑥 사라졌다. 죽어버려, 언제부터인가 기는 루이의 방 앞을 지나며 그런 소리를 하지 않았다. 진주가 거리로 나가 가발을 집어 들고 문으로 들어서는데 전화벨이 울리고 있었다. 기였다. 오늘 늦겠다는 말씀이었다. 사원의 기둥같이, 두 개의 사이프러스 나무같이 그대들은 서로 떨어져 있으라. 그대들 영혼의 기슭 사이엔 출렁이는 바다를 두라. 천공(天空)의 바람이 그대들 사이에서 춤추게 하라.

"요전 날은 자칭 페미니스트라 떠들어 쌌는 미국 여자 친구 집 파티에 갔는데 여자가 뭐든지 다하고 그 여자 보이프렌드라는 자식은 앉아서 술이나 퍼마시고 아무것도 안 해. 대개 여성운동가라 하는 여자들은 실제 행동보다 말로만 해방된 것 같아요. 난 그런 건 질색이오. 말로 그림 그리고, 말로 영화 만들고, 말로 시 쓰고 그런 사람들 말이오. 나는 진주를 해방시키고 있소. 나는 말로만 하지 않고 실제 행동으로 옮겨요. 우리가 사는 방식에 대해 진주는 가끔 실망하지. 나도 알아. 진주는 우리나라 여자들이 대개 그렇듯 스스로 금기 사항이 많고 자유롭지 못해요. 진주더러 애인도 얻고 좀 재미있게 살라고 나는 말해요. 한 번 사는 삶인데 다른 사람한테 폐만 안 된다면 누구든지 원하는 것을 얻을 자유가 있지 않소."

친구들에게 기가 일장 연설을 하면 진주는 시장에 팔려고 내놓은 여자 노예처럼 가만히 앉아 있었다. 나는 여자임에도 불구하고 남자인 나의 남편보다 여자의 권리를 주장할 줄 모르는 바보입니다. 나는 무서운 남편이 사냥개처럼 떡 지키고 섰는 보통 가정주부와는 달라요. 진주는 기의 영혼과 자기 영혼의 기슭 사이에서 넘실대는 망망한 바다를 보았다.

딩동 딩동.

캐시였다. 두 손을 머리에 얹어 자기의 머리를 가리고, 캐시는

"영감이 웬일인지 골이 잔뜩 났어. 골이 나서는 나보고 다신 오지 말라는 거야. 문도 안 열어주고 겨우 창문에 매달린 내게 소릴 지르는 거야."

"그렇다면 다행이에요."

캐시는 진주가 집어준 가발을 들고 욕실로 가서 머리에 쓰고 나오며,

"이놈의 영감, 버릇을 고쳐줘야지."

화가 안 풀리는지 캐시는 씩씩 숨을 쉬었다.

"이렇게 심술을 부리면 장차 어떻게 되는가 단단히 교훈을 줄 참이야. 벌레가 든 깡통을 연 것은 내가 아니고 영감이니 어떻게 되는가 봐야지. 이제부턴 굶건 아프건 내 소관이 아니야. 물 한 컵 주겠어요?"

진주는 캐시를 식탁에 앉히고 얼음을 넣은 냉수를 주었다.

"처음부터 잘못된 결혼이었어. 첫 단추를 잘못 잠그면 끝까지 틀리게 마련이지."

물컵을 다 비우기도 전에 평소에 별말이 없던 캐시는 꼭 다문 입을

열고 이미 얼마나 인생이 자기를 잘못 대우했는가 한탄했다.

"사실은 정말 좋아하던 사람이 있었어. 그 사람하고 한번 살아봤어야 하는 건데……."

캐시는 작은 마을의 사탕 가게 집 딸로 태어나서 성장했다. 그녀의 연인은 같은 동네에 사는 변호사집 아들이었다. 남자의 집에서는 캐시를 떼어놓기 위해 아들을 큰 도시로 유학시켜 버렸다. 열아홉 살이었던 캐시는 자살해버릴 마음을 먹었을 정도로 큰 충격을 받았다. 세월이 흘러 어느 정도 마음이 잡혔을 때 캐시는 자기도 큰 도시로 떠나고 싶었다. 부모는 혹시 의사와 결혼할 수 있을까 하고 딸에게 간호원이 된다는 조건으로 허락을 내렸다.

"그 당시에는 간호원을 변기나 피 흘리는 사람을 만지는 어렵고 나쁜 직업으로 여겼지."

캐시는 도시로 나와 간호원이 되었으나 애인이었던 남자는 양가의 처녀와 결혼해버린 후였다. 캐시는 첫 번째로 구혼한 남자와 결혼해 버렸다. 그가 루이였다. 그 사이에서 두 아들을 얻었다. 아이들은 시끄럽게 자라서 조용히 떠나갔다.

"그런데 말이야, 요전 날 신문을 봤더니 옛날 남자가 상처를 했더군. 카드를 사서 조의를 표했어."

"아직도 그 애인을 만나고 싶으세요?"

"이예스."

캐시는 천천히 고개를 끄덕였다.

"루이와 사는 중에도 나는 늘 그를 구명대로 생각하고 있었으니까. 루이와 이혼할 때까지 나는 루이한테 불행하다고 말할 배짱이 없어서 옛 애인과 연애하는 공상만 계속했지. 루이는 술주정뱅이인 데다가

게을렀거든."

"그럼 지금은 혼자 사세요?"

"응, 이혼했을 때는 후회도 했어. 아무리 그런 남편이라도 헤어지고 나니까 가난뱅이인 채 나 홀로 남겨지고 새로 얻은 것이라곤 하나도 없었지. 그렇지만 결국은 잘된 일이었어."

"그렇지만 지금 계속 이렇게 루이를 보살펴준다면 별로 자유로워진 것도 아니지요."

"그래도 하여튼 결혼 생활은 견딜 수 없었어."

캐시는 문득 일어나서 벽에 붙은 동그란 거울로 다가갔다.

"뭐든지 지금 얻을 수 있는 것은 가지겠어. 어쨌든 오 년만 지나면 나는 할머니가 되니까. 건초는 해났을 때 말리는 것이지. 우리 모두는 늙어가."

캐시는 오 년이 지나면 몇 살이 되는가, 도대체 몇 살부터, 할머니인가. 진주는 오 년이 지나면 기가 늙어버린 자기를 돌아보지 않을 것이 두려워 괴롭던 때가 있었음을 생각했다. 누구나 다 오 년이 지나 늙는다고 생각한다면, 그렇다면 우리 모두는 젊은 거겠지.

"보니까 여자들은 모두 새로 시작하고 싶어 해요. 서양이나 동양이나 다 마찬가지인 것 같아요."

기와의 생활은 요즘 들어 극히 평온하고 자유롭고, 때로는 아버지같이, 딸같이, 친구같이 다정했다. 그러나 그것은 일종의 폭력이기도 했다. 기는 진주에게 좋은 것은 뭐든지 가지라고 하지만 진주는 자신이 무엇을 원하는지 명확히 몰랐다. 진주는 천천히 자살하고 있었다. 기와 진주 자신이 거대한, 육체가 분리된 두뇌로 느껴지기도 했다. 물론 기의 두뇌는 진주의 두뇌보다 훨씬 컸다. 혼자 있는 것보다 진주는 기와 있는 것이 더 외롭다고 생각할 때도 있었다.

"바쁜 저녁에 내가 너무 시간을 뺏는 게 아닐까."

"괜찮아요. 남편은 늦을 거예요."

무국이 맛있다며 캐시는 진주와 저녁을 먹고 쇼핑백을 무겁게 들고 가버렸다.

"이놈의 영감, 이걸 시궁창에다 던져버리는 한이 있어도 저를 주나 봐라."

책을 펴 들고 침대에 앉아 있으나 진주의 신경은 싱크대 앞에 서 있는 기에게 가 있었다. 그는 설거지를 마치고도 그대로 가만히 서 있었다. 그는 지금 무엇을 생각하는가(함께 노래하고 춤추며 즐거워하되 그대들 각자는 고독하게 하라). 이러한 순간이야말로 그들 사이에 언제 섹스가 있었는가 싶게 두뇌로만 있는 것 같은 때였다.

이렇게 마음이 안정이 안 되는 것은 단순히 기 탓이거나 환경만이 아닌 어쩌면 내 내부에 어떤 종류의 힘을 가지고 있어서인지도 몰라. 기도 그랬지. 내가 보물이 가득 든 광맥 같다고. 내 안에 보물이 들었는지(그럴까?) 몰라도 차라리 내가 아무것도 안 가진 것이 낫지 않았을까. 진주는 자신에게 자기를 학대하고 고통을 이겨나가는 굉장한 능력이 있을지도 모른다고 생각했다. 진주는 펴놓은 책 위에 이마를 댔다. 달리고 싶어. 껍질을 벗고 나 자신으로부터 달려나가 기가 추천하고 권해 마지않는 내게 좋은 것이란 것을 얻고 싶어. 기는 가지라지 않던가. 얼마나 많은 여자들이 여자를 시중꾼쯤으로만 아는 몰이해한 남자의 횡포 속에서 신음하고 있는가. 그러나 내가 원하는 것이란? 내가 원하는 것이란 오직 한 가지, 기가 갑옷 입고 투구 쓰고 방패가 되어 나를 세상의 슬픔과 고통으로부터 막아주는 사랑의 확인이다. 기는 내가 원하는 것을 보여주지 않고 나보고 가지라 한다.

앞날에 나는 어떤 여자가 되어 있을까, 그것이 가슴 가득히 자리 잡던 소녀 시기가 있었다. 맛있는 음식과 웃음이 가득한 가정에서 경제적인 어려움도 없고 성실하고 다정한 남편과 자녀들을 기르며 사는 것을 공상했다. 그러한 앞날을 위해 진주는 스타킹을 재빨리 신는 연습을 하고 자던 대로 곱게 깨는 연습을 했다. 여러 면으로 인생에 닥칠 불행의 가능성을 생각해보고 지금부터 정신을 똑바로 차리고 살면 그것을 피할 수 있으리라 생각했다. 그러나 이제 진주는 모친이 겪었던 것과 대동소이한 인생이 자기 앞에 있다는 것을 인식하고 또 그 사실을 받아들이게 되었다. 삶이란 병들고 늙고 죽어야 된다는 대전제 아래 계속되는 것이며 일을 많이 해야 하고 어떠한 억울한 일도 일어날 수 있었다.

"여자에게 있어서 옳은 것이란 도대체 뭘까요?"

"지성을 가지고 기쁜 일을 기대하며 사는 것이지. 인생에서 좋은 자극을 얻으려 애쓰는 것이지. 굳이 여자뿐 아니라 어떤 인간에게도 해당되겠지."

"맨날 인생이니 주의니 하지만 말고 먹고사는 얘기 좀 해봐요. 나는 그런 게 중요해요. 머리가 깨지게 경제적인 것이 걱정이 되어요. 보세요. 우리 둘은 꽤 벌어들이지만 저축 하나 없지요. 나는 당신과 달라 돈이 있어야 기를 펴요. 누구에게 금전적인 폐를 끼치면 금방 기운이 없어져요."

기는 대꾸 없이 앉았다가 불쑥,

"진주, 너는 지금의 우리 생활을 어떻게 생각해?"

진주는 바가지를 긁은 것이 문득 부끄러워졌으므로 이번에는 조용히,

"글쎄요, 우리가 부부인 것을 만족하는가 봐요. 단지 왠지 마음이 안정이 안 되는 것 빼고는."

"이제 곧 좋은 사람도 만나고 그러게 될 거야."

진주는 수치심에 얼굴이 빨갛게 달아올랐다.

"그렇게 말 안 해도 나한테도 당신만큼 유혹이 있어요. 남자나 여자나 그런 면에서는 마찬가지예요."

기는 빙긋 미소를 지었다. 어이, 미워라. 진주는 기의 웃는 얼굴을 무섭게 쏘아보았다.

"알고 있어. 그러니 날 그렇게 보지 말고, 지금 우리 집에 나 좋다고 오는 친구들 사실은 다 진주 네가 좋아서 오는 거야."

"어마, 어떻게 그런 소리를."

진주는 들고 있던 책을 힘껏 집어 기에게 던졌다. 책은 기 못 미쳐서 바닥에 떨어져버렸다.

"당신은 어떻게 된 사람이에요? 당신이 나를 조금이라도 가치 있는 인간이라고 생각한다면 그런 얘기를 안 할 거예요. 당신이 그럴 때 나는 짐 싸서 도망가고 싶어. 귀찮게 이혼도 할 것 없이 그냥 도망치고 싶어. 당신이 내 앞에서 거리낌 없이 다른 여자들을 유혹하고 다른 여자들도 와이프 같은 건 무시하고 대담하게 당신에게 접근하고 전화 걸고 그런 거 볼 때 내 마음이 어떤지 아세요? 질투하리라 생각하세요? 천만, 천만, 천만에요. 당신이 얼마나 흥미 없어지는지. 무슨 추물 같고 괴물 단지 같고."

무슨 더 아픈 소리가 없을까, 한마디 말로 그 심장에서 붉은 피가

하늘로 치솟는 그런 말은 없을까.

"진주, 내 말 좀 들어봐. 결혼이 파탄 나는 건 대개 다른 사람이 좋아지는 경우야. 그런데 그 좋아지는 것이란 게 대단히 일시적인 것이지. 나는 누가 우리 사이에 들어왔을 때 우리가 헤어지게 될까 봐 두려워. 나는 우리 결혼의 반석 같은 안정을 구해. 진주 너도 알겠지만 나는 너에 대한 특별한 감정을 가지고 있다. 우리는 비슷한 점이 너무 많다. 우리의 관계는 언제나 정답게 해두고 싶다."

낯선 눈으로 진주는 기를 바라보았다.

"당신은 정말 나를 특별하게 생각하나요?"

"진주, 나는 늘 궁금한 게 한 가지 있어. 너는 한 번도 다른 사람을 좋아한다거나 연애 같은 것을 생각해본 적이 없니?"

정섭과 둘이 피크닉을 갔을 때였다. 아름드리나무가 하늘을 찌를 듯 서 있고 들꽃들이 발밑에 깔려 있는 곳이었다. 점심 바구니를 풀며 진주는 불현듯 두려움을 느꼈다. 이게 전부 내가 가진 것이다. 내가 꿈꾸던 것은 이것이다. 이게 내가 가질 것의 전부이다. 그리고 이건 충분치 않다. 충분치 않다……. 내부의 소리를 들으며 진주는 미지의 다른 남자를 그리워했다. 그런 감정은 가끔씩 나타나서 진주를 두렵게 했다.

"요샌 떠다니는 당신 쳐다보느라고 정신이 없어요."

"내가 비행긴가, 떠다니게."

기는 씩 웃고,

"우리 일주일에 하루는 각자 자유의 시간을 가지기로 하자. 반드시 이성을 만나야 된다는 게 아니라 서로 어떤 설명도 필요 없는 성숙한 인간으로서의 자유 시간 말이야. 우리 생활을 봐. 노예제도는 없어졌다 해도 우린 모두 경제적인 노예들이야. 먹고사느라고 정신 없어. 비록 육체는 허덕이더라도 정신은 저 높은 곳에서 구름같이 지내야지."

"새삼스럽게 말하지 않아도 당신은 지금 그러고 있지 않아요?"

"그래, 문제는 당신이야. 나는 혼자 어디 가면 죄의식을 느껴. 집으로 돌아올 때 진주 당신을 볼 일이 늘 신경이 쓰여."

나보고 바람 피우라고, 외로운 들개처럼 이 도시를 쏘다니며 남자 사냥을 하라고?

"당신은 와이프하고 너무 가까워지는 게 두렵죠. 엄마에게 삼켜졌듯 내게 또 삼켜져버릴까 봐 겁내지요. 윤마나 경애같이 지긋지긋한 인간관계가 될까 두렵죠. 똑똑한 당신 친구 제리가 내게 가르쳐줬어. 심리학적으로 그런 카테고리에 드는 사람이라고. 당신은 자유롭지 못해요. 나보다 몇 배 더."

"제리 제까짓 게 뭘 알아. 하고 있는 핵무기 반대 운동이나 열심히 할 것이지. 내가 무슨 카테고리라고?"

"당신 친구들이란 게 전부 머리통하고 입만 있는 사람들 같아. 문어 같아요. 그런 괴물들이 국가 · 인종 · 성별을 초월하여 모여 앉아 궤변을 지껄이고 있어요. 덕분에 나는 점점 똑똑해져 가요. 정말 이렇게 똑똑해지다가는 나중에 도로 작아지지 못할까 염려가 될 지경이에요. 부부 중 하나가 애인을 가지는 건 섹스보다 프라이드의 문제예요. 이제까지 가만있기는 했지만 난 정말 싫어요."

"정신이란 떠돌아다니는 집시다. 부부랍시고 붙어 앉아 있어도 그런 거야."

"그래도 나는 서랍에는 양말이 있고 찬장에는 그릇이 있고 수도는 틀면 물이 나오게 되어 있고 이렇게 모든 것이 책임 있는 게 좋아요. 믿을 수 있고 안심할 수 있는 게 좋아요. 이상해, 당신은 반석 같은 결혼의 안정을 위해서 오히려 연애를 하자고 하니."

"호오, 진주, 말이 많이 늘었어."

기는 갑자기 웃음을 터뜨렸다. 진주는 분연히 일어나 욕실로 갔다. 단칸방의 아파트이므로 진주가 기로부터 몸을 숨길 곳이라고는 그곳밖에 없었다. 문을 잠그고 진주는 타월 선반에 놓여 있는 트랜지스터 라디오의 볼륨을 있는 대로 크게 틀어놓았다. 화가 나서 견딜 수 없었다. 좁은 욕실 공간을 휘저으며 음향은 되는대로 벽이나 창문에 부딪쳤다. 저년이 미쳤나 보다 기는 그러겠지. 그러라지.

진주는 욕조 주변에 걸터앉았다. 나는 당신에게 복수하겠어. 그런데 저 자식에게는 어떤 게 복수일까. 아이를 한 열쯤 낳아 안겨줄까. 화가 어느 정도 가라앉아 그곳에서 진주가 나왔을 때 기는 이미 없었다. 집 안은 안절부절 못하리만큼 공허해 보였다. 어찌할 바를 모르겠는 듯 진주는 그 복판에 우두커니 서 있었다. 나 자신 탄생도 안 했는데 어떻게 아이를 가져.

7

빌리지 거리는 해가 지기 시작하는 무렵부터 활기를 띠기 시작했다. 급사나 여급들이 급히 직장을 찾아들고 쇼 비지니스 사람들도 제자리를 찾아가고 거리의 악사며 무희도 이곳저곳 처마 밑에 서면 거리는 연인과 관광객들로 붐볐다. 낮과는 다른 빌리지 특유의 예술,

사랑, 술 같은 인생의 꿈 빛깔을 띠기 시작했다. 그러나 인생은 역시 마음 놓을 수 없는 것이라고 가르쳐주려는 듯 그 좁은 길 한복판을 간혹 앰뷸런스, 경찰차가 요란한 경적을 울리며 지나가곤 했다.

손금 보고 카드점 치는 여자들도 낮에는 여느 아낙네나 다름없이 야채 가게에서 과일을 사고 소다수를 사 먹고 길에 나와 아이들을 놀리다가도 밤이 오면 갑자기 신비로운 집시가 되어 고객의 운명을 쥐고 흔들었다.

진주는 성장을 하고 거리에 나섰다. 매주 수요일은 진주의 외출 날로 되어 있었다. 진주여, 즐기라. 맘껏 즐기고 돌아오라. 삶의 기쁨 같은 것이 넘쳐나는 거리를 진주는 공허하게 걸어갔다. 진주는 되도록이면 시간을 끌기 위해 양품점의 쇼윈도를 기웃거리고 어느 한곳에 들어가서는 집에 가지고 있는 것과 거의 비슷한 옷을 입어보기까지 했다.

"여자들은 남편에 대한 복수로 옷을 산다. 무시당하거나 섹스의 불만 혹은 권태 같은 데 대해 복수하느라 옷을 산다."

기의 말이 떠올라 진주는 입어본 블라우스를 화난 듯 벗어 도로 옷걸이에 걸어놓았다. 어떤 행동이나 사고에도 기는 진주를 이끌고 다니는 듯했다.

이제는 부티크나 옷 가게를 기웃거리지 않고 진주는 볼일이라도 있는 사람인 양 빨리 걸어가서 다운타운 극장가로 가는 지하철을 탔다.

영화는 현대 남녀의 사랑 이야기였다. 병아리는 필요 없어도 달걀이 필요하듯 인간관계도 병아리는 안 좋아도 달걀을 갖게 되는 부수적인 것 때문에 이럭저럭 지속된다는 것 같았다. 빌리지 거리에서 진주가 한 번 본 일이 있었던 여배우가 실물보다 훨씬 크고 생생한 모습으로 주인공 역을 해내고 있었다.

뉴욕의 밤거리는 여자 혼자 걷기는 무서웠다. 창녀들이 선정적인 옷차림으로 서 있고 외설 영화가 돌아가고 불량해 보이는 소년들이 이리저리 뛰었다. 기는 진주가 얼마나 특별한가, 진주가 떠나면 그는 아무것도 가질 수 없으며 진주와 될 수가 없으면 아무하고도 될 수가 없다고 말했다. 만일 그렇다면 기는 그 특별한 사람을 이러한 거리로부터 걱정해주고 지켜주어야 하지 않는가.

진주는 피자집에 공중전화가 있는 것을 보고 미스 오에게 전화를 돌려보았다. 미스 오는 집에 있었다. 옷감에 염색을 하느라 온 집 안에 일감이 흩어져 있었다. 미스 오는 대강 치우며,

"내 생각에 기 씨가 새삼 그런 제안을 한 것은 지금 어떤 여자가 있기 때문일 거야. 그냥 지내는 여자가 아니라 상당히 심각하게 생각하는 여자. 진주야, 넌 뭐 집히는 데가 없니?"

"미스 오도 잘 알지요? 그 사람한테는 여자가 많은 것 같지만 또 특별한 여자는 없는 것 같고 그런 거. 모르는 사람이 보면 기 씨하고 미스 오도 보통 사이가 아니라고 생각하겠지. 또 그렇게 생각하는 사람도 실제로 있고, 그 사람은 나한테 물어보기까지 했는걸."

"그래, 넌 뭐랬니?"

"모른다고 했지. 정말 모르니까?"

미스 오는 재미있다는 듯 웃었다.

"넌 그럼 지금 기 씨가 누구한테 반해 있는지도 모르겠구나."

진주는 흐린 머릿속 구석구석을 뒤졌다. 글쎄, 갑자기 진주는 앉았던 소파의 팔걸이를 주먹으로 쳤다.

"나는 하나도 모르겠어. 이렇게 살다가 늙으면 나는 비비 꼬이고

사방에 히스테리나 부리는 늙은이가 되겠지. 그래 가지고 미움이나 실컷 받다가 죽어버리겠지."

젊은 시절에는 아름답고 명랑했던 여자들이 의심 많고 교활하고 미친 할머니로 변하는 것을 진주는 많이 봐왔다.

진주는 계속 수요일이면 혼자 거리로 나왔다. 아무도 없다는 것을 기에게 보이기 싫었다. 진주는 영화를 많이 보고 친구들도 가끔 만나고 장신구나 향수 같은 것을 사서 선물인 듯 포장해 기의 눈에 띌 만한 곳에 놓아두기도 했다.

전화가 왔을 때 진주는 어린애 우는 소리 때문에 전화를 안정된 마음으로 받을 수가 없었다.

"헬로우, 진주."

아이린이었다.

"이번 여름휴가는 시골에서 보낼까 하는데, 그 집 부부 우리 집 부부, 이렇게 두 집에서. 진주는 어떻게 생각해요? 시골에 별장을 빌렸어요."

"시간이 맞을지요. 우리는 십 일부터 휴가예요."

"알아요. 우리도 그때로 잡았어요."

진주 품 안에서 아이는 몸까지 뒤로 버팅기다 더욱 극성스럽게 울었다.

"난 뭐 괜찮지만 기 씨가 어떨지요."

"아, 그러면 됐어요. 기는 좋다고 이미 말했으니까. 그런데 웬 애예요."

"이웃집 애예요."

"그럼 진주, 가는 걸로 알겠어요. 바이."

전화가 끊겼다. 진주는 우는 아이를 밀차에 태우고 실내를 돌아다녔다. 창밖을 내다보면 손바닥만 한 아파트 뒤뜰은 나무로부터 꽃가루가 떨어져 깔려 있었다.

마미 마미 마미, 아이는 계속 울었다. 아가야, 마미가 뭐야 엄마지. 그런데 아가야, 너네 엄마는 이따가 온다. 이따 저녁때에나 온단다.

진주는 어쩌다 쉬는 휴일에 할 일도 못하고 이런 고생을 하는가, 그야말로 '노(No)'라고 말하는 방법을 배워야겠다고 스스로에게 다짐했다. 아침에 이 아이의 엄마는 전화를 걸고,

"오늘 시간 있으세요?"

진주는 아침 커피 하자는 말인 줄 알고 선선히 네, 대답했다.

"그럼 잘됐어요. 오늘 어디 좀 나갈 일이 있는데 우리 광희 좀 봐주시겠어요? 오늘 고등학교 동창 대항 볼링 대회를 하는데 우리 부부가 선수로 뽑혔으니 안 나갈 수도 없고 좀 부탁해요."

그때 가서야 오늘 빨래를 하고 다림질을 할 계획이 있었다는 사실을 얘기하기에는 너무 늦었다. 진주는 다음 주말까지 기의 양말과 속옷이 있는가 생각해보았다. 진주는 또 아이린의 제의에 선뜻 허락을 해버린 것도 화가 났다. 언제나 아이린에게는 다 양보만 하게 되는 것 같아. 정말 싫을 때 '노'라고 말하는 법을 단단히 배워야겠어.

커다란 관광버스 두 대가 천천히 진주의 집 앞 거리를 지나고 있었다. 연기 낀 듯 푸른 빛깔의 유리창 안 사람들은 호기심을 갖고 창밖을 내다보았다. 여기가 바로 오 헨리가 즐겨 그렸던 뉴욕의 명물 빌리지 거리입니다. 여자들이 더 예쁜 거리입니다. 혹시 이 거리에서 수염을 기르고 일 미터 칠십 정도의 키에 말랐지만 준마와 같이 민첩해 보이는 몸집을 가진 남자를 보게 되면 저 동양의 코리아에서 온 기라

는 사람이라고 아세요. 세상에는 정치, 경제, 예술, 스포츠, 각 분야에 걸쳐 평론가 내지는 논평가라고 하는 사람이 있지요? 인생 전반에 걸쳐 기는 바로 그런 사람입니다. 아니 그냥 평론가가 아니라 한 걸음 더 나아가 평론가들의 평론가 같은 사람입니다. 나는요, 그 평론가에게 잘 보이려고 애쓰는 꼭두각시예요.

아마도 아이린의 제안을 받고 기는 이렇게 말했겠지. 나는 좋아요. 진주에게는 직접 물어보시오. 잘 생각해보면 아이린은 기가 진주에게 되라고 하는 여자의 모습이었다. 자기의 인생을 책임지는 여자, 자기가 일하는 것을 분명히 아는 여자, 게다가 레스토랑에 들어가면 모든 사람의 고개가 돌아갈 정도로 아름다웠다.

미스 오의 추측이 맞아. 지금 기가 심각히 생각하는 여자가 있다면 아이린은 아닐 것이, 아이린이라면 기가 얼마든지 진주의 눈앞에서 스스럼없이 정다히 굴고 있는 터였다. 그런 아이린 때문에 특별히 일주일에 한 번씩 진주를 거리로 내보낼 필요는 없었다. 진주는 그렇게 생각했다.

쿵쿵쿵, 마룻장 울리는 소리가 났다. 아래층의 루이겠지. 심심한가. 언제는 마나님을 쫓아 보내시더니 오늘은 나를 불러 동무 하자시는 건가. 이제는 울음을 그치고 눈을 비비고 있는 아이를 안고 진주는 침대로 갔다. 잠이 오는가 봐. 아가야 착하지. 아줌마랑 침대에 눕자. 누워서 코오 자자. 잠만 온다면 자는 게 제일 편하지. 근심 걱정 다 잊어버리고.

쿵쿵쿵쿵, 다시 마루 치는 소리가 났다. 이번에는 쉬지 않고 오래 계속하고 있었다. 루이한테 무슨 일이 생긴 건가, 많이 아픈가? 진주는 눕히려던 아이를 다시 일으켜 안았다. 열 번만 자장자장 하면 금방 자게 생겼는데. 아이는 한동안 너무 운 탓인지 이제는 기운 없이 가만히 있었다. 진주는 아이를 안고 아래층으로 내려갔다.

루이가 현관문을 열고 벽에 이마를 대고 서 있었다. 어깨는 새같이 굽고 바지 위로 엉덩이의 윤곽이 앙상하게 나타났다. 진주를 보고 루이는 이마를 벽에 쿵쿵 찧었다.

"왜 그러세요?"

"캐시가 자살했어. 약을 먹었어."

"어마, 죽었어요?"

"아직. 병원에서 전화가 왔어."

루이는 울며 소리를 질렀다.

"이기적이야. 세상에 이런 나를 두고 죽으려 하다니 이기적이야. 제가 없으면 내가 꼼짝 못하는 줄 알면서……."

그는 미친 사람 같았다. 진주 품의 아이가 또 울기 시작했다.

캐시는 옛 애인 윌리의 아내 부고를 신문에서 보고 카드를 사서 부쳤다. 그 후 윌리에게서 감사 편지가 왔다. 그들이 만난 것은 그로부터 두어 달 흐른 뒤였으나 그것은 적어도 사십 년 만의 해후였다. 두 번째 만났을 때 그들은 침대에 들었다.

"윌리는 많이 변했어. 십 년 전에 중풍이 왔대. 그래서 몸을 떨면서 잘 걷지도 못하고 몸에서는 늙은이 냄새가 났어. 루이보다 나을 게 하나도 없었어. 게다가 윌리는 아들딸 여섯에 손자가 열다섯이나 되고 시골에 땅이 있고 외롭지가 않았어. 내가 다섯 번 전화 걸면 그는 한 번이나 걸었어."

병원에 찾아간 진주에게 캐시는 침대 시트를 움켜쥐고 담담히 말했다.

8

하이웨이를 버리고 차는 주유소며 쇼핑센터가 있는 마을로 들어섰다. 기가 운전하고 진주는 지도를 보고 있었다. 이 근처에서 길을 잃어 그들은 같은 길을 몇 번이나 돌아다녔다. 날씨는 덥고 기는 있는 대로 짜증을 부리기 시작했다.

"뭐야? 좌회전이라고? 세다 스트리트를 지난 거야, 안 지난 거야. 에잇, (지도를 확 잡아 쥐며) 지금 우리 있는 데가 도대체 어디야?"

기가 한번 이와 같이 신경질이라는 것을 내기 시작하면 진주는 죽었다 살았다 했다. 기는 친구고 여자고 체면이고 뭐고 없이 미친 사람같이 되어 야단을 치고는 했다. 기가 그럴 때면 진주는 입 막고 귀 막고 시간이여 흐르라 하고 가만히 있으면 곧 기는 내던 화 끝에 쿡 웃음을 터뜨리고 소낙비 뒤에 햇살처럼 더 신선하고 더 정다워지고 더 이성적이 되었다.

기와 진주가 마침내 도착했을 때는 이미 어둠이 덮여 아이린 내외가 빌린 섬머하우스는 창마다 불을 밝히고 있었다. 차에서 내리자 진주는 곧 축축한 대기 속에 풀벌레 우는 소리를 들었다. 주변은 만월의 은빛 달빛 속에 목욕하듯 젖어 있었다.

"야, 좋은 데군."

기가 감탄하듯 말했다.

"아이린이 구했으니까요."

잠깐 현관 쪽이 어수선해지는 듯하더니 아이린 내외가 나왔다. 아이린은 가슴만 겨우 가린 손수건만 한 홀터에 흰 반바지를 입고 벤도 역시 반바지 차림이었다. 아이린의 머리에는 뜰에서 꺾은 것으로 보이는 시든 장미 한 송이가 꽂혀 있었다.

"생각보다 늦어 오늘 안 오나 보다 했어요."

아이린이 서양식으로 떠들썩하게 기와 포옹하며 말했다.

"길을 못 찾아 한참 헤맸어."

진주 부부는 그들이 앞으로 일주일을 지내게 될 섬머하우스를 대강 둘러보았다. 통나무 목조 가옥은 침실이 셋이었다. 조금 걸어 나가면 호수가 있었다. 낮이면 그들은 호수에 나가 수영을 하고, 낮잠도 자고, 공치기도 하고, 각각 적당한 데 틀어박혀 책을 보거나 레코드를 듣거나 했다.

아이린의 계집아이들은 곧 이웃집 아이들과 친구가 되어 몰려다니며 잘 놀았다. 시간은 느릿느릿 지나갔다. 매일 점심은 포도주를 사다 놓고 맛있게 해 먹었다. 네 사람의 어른이 돌아가면서 음식을 하고 접시를 씻었다.

"여자에게는 남의 시중을 들면서 살아야 되는 호르몬이 따로 있는 게 아니에요."

아이린의 말이었다.

모두 모여 앉아서 요리책을 들고 요리 메뉴를 짤 때, 제일 화제가 풍부했다. 이제까지 먹어본 음식, 한국 음식, 서양 음식, 중국 음식, 말로만 듣던 원숭이 골, 돼지 새끼 같은 진기한 음식에 대해 아는 대로들 떠들었다.

"오늘 식사 당번은 나란 말이지."

기는 식탁 위에 놓인 요리책을 덮으며,

"내 조개를 구울게."

기는 혼자 차를 몰고 시장으로 가고 그동안 벤은 뜰에 바비큐 불을 피웠다. 샤워를 하고 난 진주는 부엌 창으로 지는 해를 받으며 불을 피우는 벤을 바라보았다. 기와 아이린 사이에 일고 있는 안타까운 정욕 같은 것이 그들 주변의 공기를 팽팽히 만들어놓고 있었다. 어떤 때 진주는 시선을 어디에 두어야 좋을지 모를 듯 느낄 때도 있었다. 혼자 생각인가 아니면 벤도 나와 동감인가. 벤은 석탄불의 연기를 피해 지금은 나무 밑에 가서 서 있었다. 호수 위로 요트 하나가 황혼에 묻혀 지나갔다. 진주는 잔디 위를 맨발로 걸어도, 창가에서 머리를 빗어도, 의자에 앉아 있어도, 무언가 잡을 수 없는 것이 있었으며 인생의 끝 같은 것을 느꼈다. 아이린의 계집아이들이 제 친구들을 끌고 와 재깔재깔 떠들 때도 기와 아이린과 벤과 또 자기 자신이 먹고 마시며 웃고 얘기하다가도 진주는 갑자기 자신의 내부에 참을 수 없는 돌 같은 정적을 느꼈다. 그러나 이 휴가도 이제는 이틀밖에 남지 않았다.

진주에 이어 샤워를 마친 아이린이 들어오며,

"아이스티 하겠어? 아니면 소다?"

"아이스티로 주세요."

아이린은 두 컵의 아이스티에 얼음을 넣어가지고 와서 진주 앞 식탁에 앉았다. 젖은 머리의 그 둘은 한동안 말없이 창밖을 응시했다. 아이린과 진주 사이의 침묵은 점점 무거워지고 있었다.

"진주, 어제저녁에 마음 상하지 않았어요?"

아이린의 어조에는 무시할 수 없는 긴장감이 스며 있었다.

"나하고 기 씨 둘만 산보를 가서 너무 늦게 돌아왔지. 내 마음이나 우리 주변 일들에 대해 나는 진주와 의논하고 싶어요. 삼 년 전쯤인가, 박물관에서 기 씨를 만나는 즉시 나는 이상하게 기 씨한테 끌렸어. 그렇지만 그동안 아무 일도 없었어요."

"……."

"나는 다른 여자를 짓밟고 그 남편 되는 사람과 지낼 생각은 없어요. 그렇지만 진주, 기에게는 어쩔 수 없이 끌려요."

아이린은 대학 다닐 때 남자들이 젊다는 그 이유로 젊은 여자들에게 빠지는 것을 보고 그런 남자의 아내들에게 깊은 동정을 느꼈으며 동시에 힘겹고 더러운 집안일을 하고 아이를 돌보는 자기 아내들을 대하는 남자들 태도에 같은 여자로서 분노를 느꼈다고 말했다. 아이린의 말도 기의 말처럼 대단한 설득력이 있었다.

"나는 기에게 끌리는 것만큼, 아니 그보다 더 진주에게 끌리고 있어. 처음 기 씨 집에 갔을 때 그때 나는 기 씨가 혼자 사는 남자인 줄로 알았어요. 그랬다가 진주를 보고 상당히 미안했어요."

그 눈 내리던 밤의 수치스럽고 괴롭던 기억을 진주는 아이린의 머리로부터 씻어 없애고 싶었다. 그러려면 저 여자가 죽어야만 될 것이다. 아이린의 과일같이 둥글고 신선한 얼굴을 바라보며 진주는 사는 것이 핏기 없이 창백한 것 같은 그 익숙한 우울감을 다시 느꼈다.

"나는 남편을 훔치려는 게 아니에요. 이렇게 넷이 휴가를 같이 지내고 여행 다니고 그러는 것이-내가 기 씨와 자지만 않는다면 괜찮을 것 같아. 절대로 자지는 않겠어. 이렇게 친구로 다 같이 지내요. 진주, 괜찮지?"

"왜 내 허락을 받으려 하세요. 나한테 무슨 권리가 있다고……. 나는 말예요, 다른 사람의 사생활에 관여하지 않으려고 노력하고 있어요."

눈시울이 갑자기 뜨거워져서 진주는 당황히

"아이린의 마음을 벤도 알고 있어요?"

"응, 벤은 내가 기와 지내도 좋다고 말했어. 나는 언제나 남자가 생기면 애기하고 벤은 늘 허용해요. 벤은 질투처럼 무모하고 파괴적인 감정은 없다고 말해요. 나는 이때까지는 다른 여자에게 상처를 입히는 것이 싫어서 애인을 독신 남자나 미혼인 사람들로 택해왔어요. 그러다가 그만 기에게 빠져서. 진주, 잘 알잖아요. 그 특별한 기의 매력."

"아, 그럼 당신이 기와 지내지 않는 것은 순전히 나 때문이란 말이지요."

벤은 이제 나무 밑에 등을 보이며 무릎을 세우고 앉아 있었다. 늘 그렇듯이 아이린의 봉투 속에 진주는 싸이고 있었다. 아이린의 봉투는 더욱 두껍고 커지는 듯했다. 진주는 의지할 곳 없는 막다른 골목에 다다른 것 같은 기분을 느꼈다.

"이제는 여자도 뭔가 원하는 것을 가질 때예요."

아이린은 기와 똑같은 말을 했다. 기가 낡아 빠진 그들 부부의 폭스바겐을 몰고 자랑스럽고 밝은 얼굴로 돌아왔다.

"여이, 이리들 와서 조개 좀 봐요. 얼마나 크고 좋은가."

조개들은 불 위에서 입을 딱딱 벌려가며 익었다. 아이린과 기는 석탄불 주위에 서서 술잔을 들고 웃었다. 이제 그들은 벤에게도 진주에게도 공인된 사이였다. 거의 절망적인 눈길을 진주는 그들에게 보냈다. 벤은 안경알을 햇볕에 반사시키며 늘 하듯 말없이 진주의 건너편 식탁에 앉아 있었다. 기가 구워진 조개를 접시에 수북히 담아가지고 와서 식탁에 놓았다.

"아, 맛있게 됐어. 먹어요."

어느새 장미 한 송이를 또 머리에 꽂고 이제는 아이린도 식탁으로 돌아왔다.

"오늘 부두에 갔다가 좋은 식당을 봐뒀어. 우리 내일은 거기서 저녁을 먹지. 물탱크 속에 든 산 가재를 즉석에서 요리하더군. 노천 식당인데 갈매기가 머리 위로 날아다니고."

"굿. 그럼 내일은 산으로 피크닉을 갔다가 거기서 저녁 먹고 오도록 합시다."

벤이 수월히 동의했다.

구워진 조개에 기는 고춧가루를 뿌려 먹고 벤은 버터를 발라 먹었다.

"진주, 보이프렌드 얘기 좀 해봐요."

"아이린."

벤은 아이린의 말이 적당치 못한 화제라고 생각하는 듯싶었다. 아이린은 스스럼없이 대꾸했다.

"베니, 한때는 아내들이 애인 있는 것을 숨겼지만 요새는 애인 없는 것을 숨겨요."

아이린의 말이 채 끝나기도 전에 급히 마신 포도주가 올라 어찔어찔 얼굴이 빨갛게 된 진주는,

"대부분 남자는 나한테 어필하지 않고요. 그보다 더 중요한 얘기겠지요. 그 남자들도 나를 매력 있다고 안 봐요. 그런 의미로 기 씨는 특별해요. (진주는 술을 한 모금 삼켰다.) 기 씨는 정직하고 또 굉장히 성적인 분위기를 풍기지요(아이린 당신이라면 또 달라질지 모르지만 실제로는 별로 그렇지도 못하지요)."

진주는 술을 또 한 모금 꿀꺽 삼켰다.

"그래서 나는 저 사람을 좋아해요(아이린 너만 좋아한다고 폼 잡지 말

아라). 바로 기 씨 같은 사람이 애인이었으면 좋겠어요. 정말 남편이 아니고 애인이면 좋겠어요."

그 말이 듣기 싫지 않은지 천진한 소년같이 빛나는 웃음을 웃고 있는 기에게 이번에는 고개를 돌리고 진주는,

"당신은 정말 같이 지내기 좋은 사람이에요. 저 말이지요, 우리가 이혼하거든 가끔가다 와서 나하고 지내요, 네?"

아이린이 자리에서 일어나 진주의 팔을 잡았다.

"진주, 너무 술을 많이 마신 거 아니야? 수영도 많이 했는 데다가 날씨도 덥고 안색이 나빠요."

아이린의 말이 끝나기도 전에 진주는 토하기 위해 맨발로 욕실을 향해 달려가고 있었다. 그리고 그날 저녁 내내 진주는 침대에서 일어나지 못했다. 침대 머리 창밖에서 나무가 수런거리고 커튼이 바람에 부풀어 올랐다가 납작해졌다 했다. 진주는 이상하게 안식을 느꼈다.

아이린은 얼음을 싼 수건으로 진주의 얼굴을 닦아주고 얼음물을 마시게 했다. 가끔 눈을 떠보면 초저녁 어스름 속에 아이린이 진주의 손을 잡고 침대 옆에 앉아 있었다.

진주가 잠이 깨었을 때는 한밤중이었다. 머릿속도 맑아져 있었고 약간 시장기가 느껴지며 몸도 아주 편안하게 되어 있었다. 달빛에 바깥이 환했다. 건너편 침대에서 잠든 기를 건너다보며 진주는 침대를 벗어나 나왔다.

밤이면 이 집은 하나의 북으로 변하는 듯 조그만 소리 하나도 온 집안에 울려 퍼졌다. 진주는 조심해서 층계를 내려갔다. 부엌 바닥에 달빛이 들어와 있었다. 진주는 냉장고에서 과일 주스를 한 컵 따라가지고 뜰로 나왔다. 검은 호수에 빛기둥이 길게 드리우고 잔디에는 이슬

이 내려앉았다.

달려드는 모기를 쫓으며 진주는 곧 거기에 한 사나이가 서 있음을 보았다. 벤이었다. 그는 진주를 보고 걸어왔다.

"진주, 당신이로군. 좀 나아졌나요?"

"네, 아주 좋아요."

그들 머리 위에서 나무 잎사귀가 소리를 냈다.

"잠이 안 와. 당신은 해 뜨는 것 구경하고 싶지 않아? 바다로 나갈까?"

벤과 진주를 싣고 차는 젖은 풀잎 위로 굴러 뜰을 빠져나갔다.

아침에 일어나서 진주와 벤이 보이지 않으므로 아이린과 기는 그들이 어디 산보를 나갔거나 쇼핑을 하러 갔다고 생각했다.

아이린의 다섯 살, 여섯 살 난 두 딸들은 평소에 훈련된 대로 저희들끼리 토스트도 굽고 시리얼에 우유를 부어 식탁에 둘러앉아 아침을 먹었다. 양쪽으로 땋은 밤색 머리카락에 노란 리본이 매여 있었다. 걔네들은 네 살 때부터 혼자 샌드위치를 만들었어요. 그러면 햄이나 치즈를 잘 싸놓지 않아서 말라가지고 샌드위치 한 조각에 오 불씩 드는 셈이 되지만 그래도 자기 일은 자기가 한다는 자각, 그것은 대단히 중요하다고 생각해요. 나는 사내애들이라도 그런 훈련을 시켰을 거예요. 사내라고 해서 와이프 없으면 굶고 앉았고 짝짝이 양말 신고 다니는 그런 어른으로 애들을 기르는 것은 정말 여자의 수치예요. 여자가 남자들을 그렇게 만들어요 하고 아이린은 여러 사람 앞에서 얘기한 바 있었다.

아이린과 기는 손을 잡고 아침 해가 부드럽게 퍼진 뜰을 거닐었다. 기는 피어 있는 들꽃 하나를 꺾어 아이린의 머리에 꽂아주었다.

오전 열한 시가 되어도 진주들이 안 돌아오기 때문에 그들은 과일과 토스트, 커피로 간단히 아침을 먹었다. 기는 뜰로 내려가고 아이린은 강연 원고를 쓰기 위해 타자기 앞에 앉았다. 이제 휴일도 오늘로 끝나고 내일은 일찍 도시로 떠나야 했다. 아이린은 뜰의 장의자에 앉아 사포로 나무토막을 갈고 있는 기를 잠시 바라보았다. 기와 이렇게 한집에서 지내는 것도 내일로 끝이구나 하는 생각에 아이린은 불현듯 불행을 깨달았다. 진주를 의식하고 모럴과 자유 사이에서 갈등을 겪는 이 세상의 단 하나의 기혼녀인 듯 괴로웠다. 자기와 같은 운명의 배에 탄 사람은 없는 것 같아 자신에 대해 죄의식과 노여움을 동시에 느꼈다. 아이린은 거칠게 타자기를 두들겼다. 중국인 교회 부녀회에 나가서 할 연설이었다.

과학과 의술의 발달로 말미암아 이제 여성에게도 무슨 일인가 일어나고 있습니다. 그것은 아직 짙은 구름 뒤에 숨어 비치는 단 한 줄기의 은빛 광선과 같이 약한 것이지만 오늘에 이르러서야 이 사회는 여자에게도 독립된 인생이 있다는 것을 인식하게 되었습니다. 과거에는 여자는 바보니까 교육도 시킬 필요가 없다고 했던 때가 있었습니다. 세계에서 인권이 가장 존중되고 있는 나라 중의 하나라는 이 미국에서조차 백인이고 젊고 예쁜 여자에게는 그런대로 그 권리가 부여되고 있지만 나이가 들었다거나 흑인이거나 혹은 우리같이 소수 인종인 경우에는 아직도 갈 길이 험난합니다. 이 사회에서는 아이를 가진 삼십 세 이상의 여자는 언덕을 이미 넘은 것으로 느낍니다. 의술의 발달에 따른 피임의 보급은 여성해방에 크게 기여했습니다. 자기 몸의 완전한 주인이 된다는 것은 중요한 일입니다. 암살당한 케네디 대통령의 모친인 로즈 케네디 여사도 남자들이 애를 낳는다면 이미 유산은 합법화되었을 것이라 하지 않았습니까.

여성해방이 반드시 여자들에게 행복을 가져올까요? 일부에서 인식하듯 남자들에게 밥과 청소나 시키자는 것일까요? 이런 경우가 있어요. 어떤 한 쌍의 남녀가 동거 생활을 했는데 여자가 아이를 가졌어요. 그 후 여자는 그 아이를 데리고 다른 남자와 정식 결혼을 했어요. 아이의 아빠는 아버지로서의 권리를 주장할 수 없게 되었다 이 말입니다. 이런 경우 얼른 보면 이거야말로 여권신장이 가져온 현상의 하나라 생각하겠지만, 아이러니컬하게도 이 남자가 아버지의 권리를 주장할 수 있는 법적 근거는 남녀동등권에 있다는 것입니다. 이제 나중에 남녀동등권이 확립되면 법률적으로 무엇이 달라지는 것인가 조목조목 설명해가겠지만, 우선 말하고 싶은 것은 우리는 더 고독해진다는 것입니다. 그러나 자아의 인식, 그리고 주체성은 남자나 여자나 다 중요한 것이며 인류 각자가 그것을 깨달을 때 이상적인 사회가 될 것입니다. 여성은 이제 서로 연관되어 있다는 사실을 깨달아야 합니다. 우리는 과거에 우리들 여성 사회 속에서 서로를 해쳤던 성의 추악한 경쟁의 안갯속에 다시는 사로잡히지 말아야 합니다. 우리 여성은 자매들이며 서로의 아픔과 이해를 나누어야 합니다…….

여기까지 단숨에 쓴 후 아이린은 다시 한숨을 쉬고 뜰의 기를 바라보았다. 기는 아이린이 자기와 자지 않는 것을 대단히 부자연스럽고 어리석은 일이라고 화를 내고 있었다.

"난 배고프면 밥 먹고 잠이 오면 자요. 그 이상한 독선 좀 집어치워. 일단 성인 남녀 두 사람이 만났으면 그 뒷일은 누가 뭐라 안 해도 다 생각해서 하기 마련이오."

그럴 땐 꼭 어린애 같지, 아이린은 손끝으로 책상을 툭툭 쳤다.

아이린의 모친은 열여덟 살 처녀로 중국 광둥 땅으로부터 미국에서 나서 성장한 아이린의 중국인 부친에게로 시집을 왔다. 아이린이 태어났을 때 이미 양친은 중국인들이 많이 하는 직종인 조그만 세탁소를 경영하고 있었다. 가게는 좁고 빨래 보퉁이가 널리고 어두웠으며 그 어두운 가게의 더 어두운 조그만 골방에서 양친과 아이린의 언니, 그리고 아이린, 이렇게 네 식구가 살았다.

변소는 옆에 있는 피자집과 공동으로 쓰고 있었는데 그곳으로 나가는 통로는 좁고 창문이라고는 하나도 없어서 대낮에도 자기 손이 안 보일 정도로 깜깜했다. 아이린이 무서워했으므로 변소에 갈 때면 모친은 손전등을 들고 문에 지켜 서 있었다.

아이린의 모친은 지금도 영어를 잘 못하지만 그때는 지금보다 더 서툴렀다. 가게에 도둑이 들면 당황하지 말고 자꾸 말을 시키라고 부친은 모친에게 일러주었다.

어느 날 아이린의 모친은 가게에서 혼자 재봉틀을 돌리다가 문득 고개를 들었는데, 거기에 불량배로 보이는 낯선 청년 하나가 서 있는 것을 발견했다. 아이린의 모친은 벌벌 떨면서 말했다. 아자찌, 아자찌 문으로 들어오셨습니까. 창문으로 들어오셨습니까. 도둑은 잠깐 망설이는 기색이더니 마치 고객이기나 한 듯 그냥 문을 열고 나가버렸다.

자식이 큰 이제 와선 공허해진 모친은 자식들을 잡으려 하고 자식의 생을 살려고 하고 남편의 생을 살려 하고 물건에 집착했다. 아이린은 모친처럼 도둑에게 아자찌 아자찌 문으로 들어오셨습니까 하고 물어보는 여자가 되고 싶지 않았다. 자기의 모든 것을 다 자식에게 헌신해 인생을 보내고 만년에 이르러 노여워하는 여자가 되고 싶지 않았다. 아이들이 자기가 해준 음식을 안 먹으면 어른의 상식을 벗어나고 인간의 센스를 벗어나서 아이들에게 화를 내는 엄마가 되고 싶지 않았다.

진주와 벤을 태운 차가 돌아와서 아이린은 책상에서 일어났다. 차가 멎고 벤과 진주가 차에서 내려 나무 그림자 속을 걸어왔다. 뜰에 있던 기가 먼저,

"어이 어디들 갔었어? 아침을 안 먹고 기다리다가 조금 전에 먹어버렸지."

아이린은 벤과 진주 둘 다 머리가 젖어 있는 것을 발견하고 즐거운 듯,

"벌써부터 수영?"

"목욕해서 그래요."

진주는 짧게 대답했다. 낯선 여자 같은 태도가 있었다.

"나 이 층에서 좀 쉬게 올라오지 마세요."

기에게 말하고 진주는 층계를 올라갔다. 진주의 벗은 발이 나무 계단을 밟는 것을 세 사람은 잠시 바라보았다. 마침내 진주의 모습이 안

보이고 이 층 침실 문 열리는 소리를 들었을 때 벤은 문득 뜰 저쪽에서 놀고 있는 두 아이를 불렀다. 벤은 아이들을 데리고 호수로 낚시하러 가버리고 얼굴을 마주 보던 기와 아이린은 잠시 망연히 서 있었다. 진주에게 의논한 이래 사정은 더욱 견디기 어려워진 것을 아이린은 깨달았다. 천천히 머리를 흔들고 강연 원고를 마치기 위해 자신도 침실로 향했다. 이 층에 올라온 아이린은 진주의 침실 문이 반쯤 열린 것을 보고 잠깐 망설이다가 고개를 디밀어보았다. 진주는 침대 위에 무릎을 모으고 앉아 있었다. 창의 빛을 역광으로 받고 앉은 탓으로 미처 그 표정은 보이지 않는데 문득 꽉 잠긴 듯한 진주 목소리가 들렸다.

"아이린?"

"……."

"난 벤하고 잤어요. 당신이 시한폭탄처럼 조마조마하게 구는 게 싫었어요. 남의 남편이나 아내를 뺏는 것은 인간 역사 이래 쭉 있어온 일이에요. 영화도 소설도 전부 그런 얘기예요. 당신은 좋은 대로 하세요. 나 상관 말고."

아이린은 놀란 듯 걸어와 진주 옆에 앉으며,

"진주, 정말 아무렇지도 않아요?"

"정말이에요. 그건 짐승도 하는 행동이에요. 그런 일을 가지고 아이린 당신은 유난하게 굴 것 없어요."

"진주, 나는 정말 마음 상하게 할 생각은 없어. 기 씨는 머리가 좋고 사려가 깊고 재미있는 사람이야. 벤으로 말하면 기 씨보다 더 건실하고, 기 씨는 일종의 방랑자지. 나는 기 씨를 내 생에 하나의 더하기로 원하는 거지 벤과 이혼할 생각은 없어요. 기 씨처럼 자기가 살고 있는 생에 즐거움을 추구하는 사람을 만나는 것은 기분이 좋아요. 남편이 남편이 아니고 주인이 주인이 아닌 남자."

기도 그래요. 성숙한 성인이라면 두 사람을 동시에 사랑할 수 있다고. 무감동한 시선을 진주는 자기 발가락께로 던졌다. 아이린은 진주에 대한 감사의 염으로 가슴이 뜨거워지는 듯,

"이제 우린 친구 이상의 것이야. 진주 정말 괜찮아? 어쩐지 상심하고 있는 것같이 보여요. 후회 안 해?"

－후회? 천천히 자살해가고 있다가 너무 괴로워 중간에서 마음을 돌렸을 때 신비롭게 어떤 사람이 와서 그 독소를 뽑아버려 줬는데요.

"어느 때보다도 편해요."

9

겨울의 초입이 되었다. 천둥 번개가 우르릉 꽝 번쩍이는 부엌 쪽 창가에 의자를 갖다 놓고 앉아서 진주는 비 내리는 바깥을 바라보았다. 물보라를 뿜으며 굵은 빗방울이 잇닿은 지붕 위로 번질번질 흘러내리고 있었다. 늘 이쪽 창의 풍경은 진주의 마음을 위로했다. 여러 아파트 건물들이 등을 대고 있는 곳으로 이 도시에서는 드물게 지붕과 지붕이 사각의 조그만 공터를 놓고 잇닿아 있었다. 비가 오지 않는 날은 지붕을 가로지르고 건물과 건물 사이에 달아맨 빨랫줄에 누군가의 빨래가 하나 가득 널리어 나부끼고는 했다. 잎이 큰 남양풍의 나무 하나가 지붕 위로 그 잎을 펴 올리고 있었다. 나무는 마음이 함께 흔들리는 진주의 친구였다.

오늘은 주말이고 기는 지금 가게에서 근무 중이지만 일과가 끝나고 곧바로 집으로 돌아오지 않을 것이었다. 그렇게 말하면 오늘 저녁 진주도 제리와 영화를 볼 약속이 있었다.

시간이 되었으므로 진주는 창을 떠났다. 샤워를 하고 옷을 입으며 자신이 장차 어떤 방향으로 변해갈 것인지 진주는 문득 두려워졌다.

진주가 레인코트를 입고 우산을 꺼낼 때 전화벨이 울렸다.

"여보세요."

"진주?"

아이린의 목소리였다. 진주는 대뜸 방어적이 되는 마음을 숨기고

"아, 아이린."

"진주, 오늘 저녁에 우리 집에 오겠어요?"

늘 그랬지만 특히 여름휴가 이후로 아이린은 여러 가지로 진주에게 마음을 써주고 좋은 선물도 가끔씩 사주었다. 진주는 아이린에게 방어적이 되다가도 곧 부끄러움으로 큰 파도 같은 그녀의 온정에 방어적이 되었던 것만큼이나 굴욕적이 되어 굴복했다. 기의 사랑을 나눠 가지려면 아이린과 친구가 되는 도리밖에 없었다.

"아이린, 난 오늘 저녁 약속이 있어요."

"아, 알아. 제리 말이지. 데이트 끝나고 와요. 아무리 늦어도 좋아요. 기 씨도 매듭 클래스 때문에 오늘 늦게 온다고 했으니까."

아이린은 제리와 약속이 있다는 것도 알고 있었다. 기와 아이린은 얼마나 친한 사이면 그렇게 무슨 얘기든 다 하는 것일까. 기가 일주일에 한 번씩 노부부에게 매듭을 가르치고 있다는 사실도 진주는 아이린을 통해서 들었다. 진주가 묻자,

"응, 아이린이 소개해줬어. 네가 나보다 돈을 더 벌면 곤란하잖아!"

기는 웃으며 대답했다.

"아이린이 당신에 대한 얘기 이것저것 해줄 때는 싫어요. 그런 친절은 필요 없다고 하세요. 비밀이 있는 게 좋아요. 비밀은 말예요, 적어도 배려라든가 애정 같은 게 있어요."

"그 친구는 비밀로 하기에는 대단히 정치적이야. 자기 생은 혼자가 아니라 인류와 연결되어 있다, 자기는 인류의 한 구성원이다라는 생각이 뚜렷하고 먼저 살았던 사람들이 저질렀던 우를 범하지 않으려고 애쓰는 여자야. 어떻게 보면 너무 추상적이고 너무 지적이라 정말 원하는 생을 찾을까 싶어. 이 친구 이러면 안 되는데 싶은 때도 있어. 지금 나보고 사랑 사랑 해대지만 사랑보다 아이린은 사랑이란 이래야 한다는 플루트을 찾는 것 같아. 그렇지만 아이린에 대해 찬양심이 생겨. 용기 있고 훌륭한 여자야."

기는 아이린과 진주 사이에서 안정을 얻는 듯했다.

"그럼 당신은 뭐예요? 여왕벌에 봉사하는 수벌이에요?"

그 소리에 기는 입을 벌리고 한참 웃었다.

"진주 너는 말이야."

기는 웃음 때문에 말도 제대로 못하다가,

"어떻게 그렇게 어린애 같은 말로 정수를 꼭꼭 집어내니. 이상한 유머센스가 있어."

진주는 정말로 마음이 상했기 때문에 기가 칭찬을 해도 웃지 않고 가만히 있었다.

"지금 내 친구들이 진주 너 좋다고 야단났어."

여전히 마음을 풀지 않고 진주는 말했다.

"실컷 구박하다가도 누가 데려갔으면 해서 당신이 나를 선전하니까. 장사꾼이 물건 선전하듯 굉장한 애라느니 신비한 데가 있다느니. 그럼 그 소리 듣고 인사로라도 그런 말 안 할까."

기는 또 고꾸라지듯 웃음을 터뜨렸다.

영화는 채플린의 옛날 작품이었다. 영화가 끝나고 나오니까 이미 어둠이 덮이고 비는 그쳐 있었다. 뒤뜰의 한 그루 나무만큼도 요즈음 진주의 마음을 채워주는 것은 없었다. 술주정뱅이 걸인 하나가 진주가 그냥 지나가자 "거지 같은 차이니즈가 아이리쉬를 몰라봐?" 주먹을 공중에 내저으며 소리 질렀다.

"리슨!"

제리는 발을 멈추고 진주에게 인종적인 모욕을 가한 데 대해 걸인에게 한마디 할 생각이었다. 그는 늘 홀로 온 세상을 개혁시킬 수 있다고 믿는 듯했다. 그의 말을 들으면 이 세상은 위기로 가득 찬 곳이었다.

"그냥 가요. 정신없이 취해 있어요."

진주는 제리를 잡아당겼다.

"난 괜찮아요."

식당을 찾으러 그들은 한참을 걸었다. 고인 물에 거리의 네온이 떠 있었다. 진주는 요즈음 제리와 거의 정기적으로 만나고 있었다. 제리는 몇 해 전 남태평양에 이 년간 갔던 일이 있었는데 그때 악성 말라리아에 걸렸다. 그는 아직도 병원에 다녀야 하는 아픈 사람이었다. 진주가 그를 만나는 것은 사랑이나 섹스 때문이 아니라 나가서 누구를 만나는 데 더 큰 의미가 있었다.

걸으면서 제리는 아동 학대에 대한 얘기를 했다. 요전에 만났을 때는 산아제한을 역설했었다. 지구상에는 일 초에 네 명이 태어나 두 명이 죽으므로 무섭게 불어나는 인구가 먹을 음식을 생각해보라.

제리의 방에 가면 "이 세상 젊은이는 뭉쳐라, 미래는 당신의 것", "총을 들지 말고 책을", 이런 플래카드를 들고 찍은 사진이 있었다. 젊은 얼굴이 헐렁한 바지를 입고 여러 동료들에 둘러싸여 있었다. 이제 그는 이미 젊은이가 아니었다.

오믈렛을 먹으며 제리는 말했다.

"아이는 제 아비의 팔에 꽉 붙들린 채 몹시 울었어. 트렁크를 들고 제 엄마는 아이의 한 팔을 잡아 쥐었어. 부모 둘 다 술에 취해 있었어."

길에서 벌어진 흑인 부부의 싸움 광경이었다. 아이는 건장하고 힘센 아버지의 손아귀에 꽉 쥐여서는 도망 간다고 고래고래 떠들어대는 어머니를 보고, 필사적으로 발을 동동 구르며 울었다.

"그때 그 아이의 슬픔은 순전히 어른들 때문이야. 생각해봐, 아이라고 해서, 단지 아이라는 그 이유만으로 그런 고통을 받아야 하는가."

"그렇겠지요. 아이라고 해서, 차이니즈라고 해서 단지 그 이유만으로 박해받으면 안 되겠지요."

열성도 없이 진주는 동의했다.

"그래, 그런데 지금도 얼마나 많은 아이들이 울고 있을까."

아이린의 아파트까지 제리는 진주를 지하철로 데려다 주었다.

아이린의 아파트는, 검소하고 실질적인 진주의 아파트와 달리 고급스럽고 안락했다. 잘 가꾼 화분의 화초들, 묵중하고 커다란 소파, 마루에는 두껍고 커다란 방석들이 여기저기 놓여 있었다. 아파트임에도 불구하고 호사스러운 가정 같은 분위기가 있었다.

얼굴이 비치는 전기기구들과 은그릇들이 늘어 놓여진 밝은 부엌에서 기가 혼자 늦은 저녁을 먹고 있었다.

"진주는 먹었어?"

아이린이 물었다.

"안 먹었으면 와. 여기 김치도 있어."

기가 입에 음식을 넣은 채 말했다. 아이린은 기를 위해 김치도 사는 모양이었다.

"먹었어요. 먹고 바로 오는 길이에요."

진주는 레인코트를 벗었다. 남의 집 부엌에서 커다란 식탁을 앞에 하고 혼자 먹고 있는 기는 진주에게 낯설었다.

벤이 와서 진주의 머리에 키스했다.

"베니, 당신의 노래 진주에게 좀 들려주세요. 진주, 베니가 오늘 오전에 노래를 하나 작곡했어."

진주는 마루에 놓인 방석을 편안하게 만든 다음 벽에 몸을 기대고 다리를 뻗고 앉았다. 기가 다 먹은 그릇을 씻어놓고 술잔을 들고 거실로 들어왔다. 기는 앉으며 하품을 했다.

벤이 피아노 앞에 앉아 러시아 민요풍의 노래를 연주했다.

"아름답지 않아요? 참 훌륭해요, 벤."

이미 들어봤으련만 아이린은 놀랍다는 듯 앞장서서 남편을 칭찬했다.

벤이 피아노에서 몸을 돌리고

"진주, 우리는 저 방에 가서 바그너 들을까, 새로 레코드를 하나 샀어요."

"잠깐, 오늘 이렇게 모이게 한 것은 다 같이 의논해야 될 일이 있기 때문이에요. 우리 모두와 관계되는 중대한 문제예요. 참 진주, 요전 날 맛있다던 치즈케이크 사다 놨어, 가지고 올게요."

피아노로부터 벤이 진주 옆에 와서 앉았다.

"제리는 잘 있나?"

"네, 사기는 여전해요."

그 말을 듣고 기가,

"진주, 다른 사람을 만나봐요. 제리는 환자야. 그리고 그 사람 좀 지루하지 않아? 남이 예전에 다 해놓은 소리만 하는 것 같아."

남의 집 부엌에서 밥을 먹고 게다가 그릇과 수저까지 씻어 엎어놓고 들어온 그가 미워서 진주는 쌀쌀히 말했다.

"사람은 다 다른 방법으로 친구가 돼요. (벤에게) 애들은 어디 갔어요?"

"다 자."

아이린이 케이크와 치즈와 과일을 내왔다. 아이린은 중대한 말을 할 때는 늘 그러듯 긴 머리를 한번 뒤로 젖히고,

"알다시피 지금 기 씨와 나는 산발적으로 만나고 있어요. 이런 관계는 정력과 돈의 낭비가 많아요. 예를 들어 이미 약속이 있지만 기 씨가 시간이 빈다 하면 나는 선약을 취소하고 기 씨와 지내요. 우리 네 사람의 시간이 함께 관계돼요. 이렇게 우발적인 관계는 싫어. 무슨 얘긴지 알겠어요?"

벤도 기도 잠자코 있었으므로 진주도 가만히 있었다.

"나는 지금같이 오다 가다의 관계는 싫어요. 또 진주도 벤도 그러리라 싶어요."

기의 컵 속에 든 얼음이 소리를 냈다.

"애인과 지내는 것은 남편과 지내는 것보다 즐겁지요. 그 중요한 이유 중의 하나가 애들이 없다는 것이에요. 애들이 자고 있는 침대 위로 난장판으로 기어오르지 않고 밤중에도 일어나 샴페인을 마시고 야간 레스토랑에도 나갈 수 있어요. 이혼한 남편들은 한 달이나 일주일에 몇 번씩, 정기적으로 애들을 만나지요. 이때에 아이들을 맡았던 아내들은 자유 시간을 갖게 돼요. 그 시기가 정기적이므로 아내들은 시간 계획을 세울 수가 있어요. 왜 이 사회에서는 결혼 중에는 그런 자유를 허용 안 하나요? 꼭 이혼이라는 큰 값을 치러야만 그런 자유를 얻을 수 있나요?"

"몰라."

기가 한국말로 대답했다. 그 단어는 벤도 아이린도 알고 있어서 잠시 웃음이 일었다.

"나는 기 씨와 일주일에 한 번은 집에서 아이들과 지내고 일주일에 두 번은 점심, 그리고 두 밤은 밖에서 지내고 싶어요. 나는 아이들이 우리가 같이 있는 것을 보는 게 좋아요. 엄마의 생에 아버지 외에 다른 남자가 있었다는 게 뭐가 나빠요. 특히 걔네들은 여자들이기 때문에 그런 것을 알게 됨으로써 안정감 내지 자신감을 얻을 거예요."

"뭐 별로 대단한 말도 아닌 걸 가지고 길게 굴고 있어. 지금도 뭐 그 정도로 지내고 있지 않소?"

기의 말에,

"그렇지만 시간표를 짜놓는 게 나아요. 지금은 그냥 들뜬 상태니까요."

"좋도록 해요."

벤이 고개를 끄덕였다.

"진주는 어때요? 진주도 그렇게 정해놓는 게 좋지? 그래야 다른 일을 계획할 수 있으니까."

"네. 지금은 사는 게 복잡해요."

"우리 네 사람의 관계는 대단히 귀중하고 가치가 있어요. 인생의 경험을 넓히고 현재 결혼 생활이 주는 여러 가지 불합리성을 극복하고 우리 모두 함께 자라갈 수 있지요. 여성회 모임에 나가서 그런 얘기를 하니까 모두 나보고 행운아라고 그래요. 우리 네 사람처럼 다 같이 그렇게 지적 수준이 맞기가 어렵다고 말이죠."

"우리 한번 다른 사람들 앞에 내보일 수 있도록 훌륭한 이 인간관계를 지속시켜 가요. 사실 애인 때문에 부부가 헤어져야 한다는 것처럼 비합리적인 사고방식이 없어요. 부부 생활에도 아이들이 방해될 때가 많은데 자기 아이가 아닌 아이들이 뭘 요구한다고 생각해보세요. 남의 아이고 내 아이고 간에 아이란 것은 사랑스럽긴 하지만 엄밀히 말하면 일거리예요."

"그런 복잡한 소리 그만 집어치우고 오늘 모두 모였으니 좀 재미있게 놉시다."

기가 벽 램프 하나만 남기고 방 안의 불을 전부 돌아가며 꺼버렸다.

"얼음이 더 있어야겠어."

아이린이 얼음통을 들고 부엌으로 갔다.

"진주, 우리 같이 레코드 들어. 자 여러분, 우린 저쪽 방으로 옮깁니다."

벤이 이끄는 대로 진주는 스테레오가 놓여 있는 방으로 갔다. 가는 길에 진주는 조금 열린 문으로 미래의 여성인 아이린의 두 딸들이 침대에 누워 천사같이 잠든 것을 보았다.

레코드를 얹고 벤은 진주 옆에 와서 앉았다.

"베니, 당신은 정말 질투를 안 해요?"

레코드에 귀 기울이던 벤은 처음에는 진주의 말뜻을 얼른 못 깨닫는 듯하더니,

"응, 질투는 바보 같은 짓이지. 결혼 전에 좋아했던 여자가 딴 사람하고 결혼했을 때는 정말 화나고 가슴이 아파서 혼났어. 아무것도 못 하고. 아, 그 감정과 육체의 소모."

진주에게 있어서 그는 다른 세계, 다른 별에서 온 이방인이었다.

음악만 들리고 한동안 조용했다. 벤이 천천히 고개를 기울이더니 진주에게 입맞추었다. 몹시 부드럽고 따뜻했다. 잠을 재우는 것 같았다. 진주는 지쳐버린 어린 계집아이처럼 그의 목에 팔을 둘렀다.

벤의 품에서 진주는 문득 잠을 깨었다. 음악은 멎어 있고 무거운 커튼이 내려진 실내를 램프가 호젓이 밝히고 있었다. 조심스럽게 진주가 몸을 일으키자 잠결에 벤은 소파 등받이 쪽으로 몸을 돌려 누웠다.

진주는 주변에 떨어진 옷을 집어 들고 욕실로 갔다. 가는 길에 부엌 창밖에 희뿌연 새벽이 와 있음을 보았다. 기도 아이린도 이 집 어느 방구석에선가 잠들어 있으리라. 욕실은 넓고 다른 어느 방보다 사치스러웠다. 바닥에는 주홍빛 카펫이 깔리고 선반에는 향료가 든 예쁜 비누와 샴푸, 여러 가지 빛깔의 타월들, 전기면도기, 헤어드라이어, 헤어클립 같은 것들이 놓여 있었고, 아이린 것으로 보이는 분홍빛 욕의, 물빛 전화기 같은 것도 보였다.

진주는 갑자기 주변의 모든 것이 아주 멀고 다른 세상같이 느껴지며, 답답하고 두꺼운 공기 안에서 이루어지듯 샤워의 물을 조절하는

자신의 동작이 영화 속의 슬로모션 같았다. 세게 샤워기를 틀고 진주는 그 속에 가서 섰다. 물방울은 진주의 얼굴과 몸을 때리고 비누 거품은 허물처럼 진주의 몸을 타고 흘러내렸다. 진주는 문득 욕조 주변에 놓여 있는 크림곽 하나를 집어 거울을 깨뜨려버리고 싶은 충동을 느꼈다. 거울은 산산조각이 나고 그것이 계기가 되어 진주는 미친 듯이 손에 잡히는 것마다 집어던졌다. 그래서 나중에는 유리창까지 깨지고 파편은 길로 떨어져 행인을 다치게 하고 경찰이 앵앵 달려와 벌거벗은 진주를 잡아갔다. 연상이 거기까지 이르자 진주는 몸을 떨었다. 나는 늘 착하고 말 잘 듣고 남의 마음에 드는 아이가 되려고 하지 않았는가. 나는 얼마든지 기분 좋고 예절 바른 손님일 수가 있지 않은가. 집어던져서 거울을 깨고 싶던 사기빛 크림곽을 진주는 오히려 벽 쪽으로 잘 갖다 놓았다.

물소리가 센 탓인지 기가 어느새 샤워 커튼을 들치고 들어선 것을 진주는 모르고 있었다. 기는 뒤로부터 진주를 안고 그의 손은 미끄러운 진주의 몸을 헤맸다.

한동안 진주는 무슨 일이 일어나고 있는지 깨닫지 못했다. 갑자기 있는 힘을 다해 진주는 그를 뿌리쳤다. 기우뚱 기가 몸의 균형을 잃은 틈을 타서 진주는 욕실 밖으로 튀어나와 문손잡이를 쥐었다. 자신도 파악할 수 없는 이상한 느낌이었다. 기를 안아줄 수 있었을 것 같기도 하고 욕실을 안 튀어나올 수 있었을 것도 같은 —안 그래도 되는데 공연히 화를 낸 것 같은, 알 수 없는 스스로의 감정이 유리창 저편으로 보듯 둔하게 간접적으로 느껴졌다. 물방울이 몸에서 흘러 바닥을 적셨다. 머리카락으로부터 눈으로 흘러드는 물기를 한 손으로 씻어내며 한 손으로는 문에 귀를 대보았다. 물소리만 들릴 뿐 욕실 안에서는 아무 인기척이 없었다.

진주는 대강 옷을 입었다. 몸이 젖어 있어서 옷은 잘 입혀지지 않았다. 진주는 발끝걸음으로 현관문을 열고 층계를 걸어 내려가 밖으로 나갔다. 어제 내린 비가 깨끗이 씻어 내린 거리에 가로등이 바랜 빛으로 불을 켜고 서 있었다. 일요일 아침이었다. 집에 가기 위해 – 집밖에는 아무 데도 갈 데가 없었으므로 – 진주는 택시를 잡으려고 차도 쪽으로 걸어갔다.

잠깐 아찔하더니 갑자기 진주는 장님이 되었다. 태양을 직시할 때처럼 모든 것은 어지러운 암흑으로 변했다. 차 지나가는 소리는 들렸으나 아무것도 볼 수 없었으며 발 한 짝 떼어놓을 수 없었다. 모든 세상은 갑자기 진주로부터 절연되고 이방이 되었다. 예기치 않게 닥친 이 현실에 진주는 겁이 났다. 마침내 한 노파의 목소리를 들었다. 이른 새벽 개를 산보시키러 나온 노파였다.

"내가 도와줄까? 아파 보이는군."

"네."

진주는 얼른 대답했다.

"저를요, 저 아파트 안으로 좀 데려다 주세요."

진주는 금방 자기가 나온 아파트의 방 번호를 겨우 들리는 소리로 말했다.

그날 진주는 경적을 요란하게 울리며 차량의 한복판을 가로지르고 달려온 앰뷸런스에 실려 병원 침대에 눕혀지고 강한 진정제 주사를 맞았다. 진주는 잠 속으로 빠져들어 가 어수선한 꿈길을 헤맸다. 식은 땀을 흘리며 깼는가 하면 꿈은 다시 다른 스토리를 가지고 나타났다. 악몽에서는 소리를 지르고 깨었다.

진주에게

부탁한 책 다섯 권과 슬리퍼, 향수 하나, 잡지 한 권 사서 보낸다. 잡지는 왜냐하면 이번 호에 흥미로운 부부 기사가 났기 때문이야. 두 부부는 결혼한 지 십오 년이 되었는데, 이제 이 세상과 아주 절연을 하고 부부와 아이 둘, 이렇게 네 식구가 인적미답의 벌판에 가서 살기로 작정했어. 남자는 대학교수였는데 직장에도 사표 내고 집도 재산도 정리해 떠나는 건데, 그 이유가 재미있어. 사람 많은 곳에 살면 친구니, 식구니 해서 무슨 트러블이 있을 때마다 가서 상대방의 나쁜 점을 호소하고 위안을 얻고 또 간혹 연애도 하게 된대. 그러나 아이들이 있는 한 부부는 헤어지지 말아야 한다는 결론을 얻고 아무도 없는 곳에 가서 살기로 한 거야. 부부는 그렇게 외부적인 조건으로라도 꽁꽁 묶여 같이 가야 하는지? 결혼하는 순간을 생각해봐. 얼마나 우연이고 운이니. 그러나 그 이후로 같이 헤쳐나가는 인생길이다. 읽어보면 알겠지만 인터뷰하는 사람이 조금치의 주저도 없느냐 한즉, 그 남편이 짐 싸고 주변 정리하고 그러는 동안에도 가끔 와이프가 미울 때면 맙소사 내가 저 여자 하나 믿고 거기까지 가야 하나 생각한다고 대답했어. 천천히 시간 있으면 읽어. 시집가고 싶다가도 이런 거 볼 때면 혼자가 편하지 싶구나. 이제 거의 회복되었다지? 아마 여러 가지 스트레스가 쌓였다가 잠시 폭발했나 봐. 의사도 그렇게 말했어.

나도 말이다. 허리도 결리고 너무 고단하고 그래서 종합 진단을 받아봤다. 그 병원에서 만일 죽으면 어떻게 하겠다고 유서 같은 거 쓰는 게 있더구나. 여기 사람들은 아무렇지도 않게 생각하는 것 같지만, 나는 그것을 쓰며 정말 내가 외로운 몸임을 뼈저리게 느꼈다. 거기에 내가 미국에서 죽으면 너희 부부에게 화장을 해달라고 쓰고 만일 한국에서 죽으면 고향에 묻으라고 그랬다(너는 또 금방 새침해지는 그 특유의 표정으로 그까짓 죽은 몸 하나 고향까지 못 데려가줄까 봐 그러겠지만, 그렇게 믿어지는 우정이 어디냐). 그렇지만 내 죽은 몸뚱이 뭐하러 귀찮게 끌고 다닐 필요가 있니? 병원에서 그러고 오니 네가 입원했다는 소식이더라.

기 씨는 네가 정신병원에 묶여 실려 간 것이 그렇게도 큰 충격일 수가 없는가 봐. 네가 부탁한 책 찾으러 너의 집에 간즉, 술에 취한 기 씨는 술을 마시고 마룻바닥을 뒹굴며 소리 지르고 울고 있더라. 진주는 자신의 내면을 보는 눈이 있고 재미있는 데가 있으며 친구도 많고 잘 지내고 있는 줄 알았는데 그렇게 되다니, 그런 소리도 하면서.

이제 겨울이다. 너 있는 곳은 경치가 아주 좋은 곳이라지. 아이린이 다녀와서 그러더라. 곧 퇴원할 거라고? 아이린은 좀 싫기도 하지만 굉장히 능력 있는 여자지? 병원에 가서도 의사니 누구니 다 만나보고 왔는가 봐. 하여튼 누구를 잘해주면 얼마든지 잘해줄 힘이 있는 사람이더라. 이번 크리스마스 파티는 크게 해야지. 우리 모두 너를 기다린다.

오수강

마차가 있는 마을에 아득히 눈이 내리는 좀 이른 미스 오의 크리스마스카드 그림을 진주는 한동안 들여다보았다. 흐린 하늘 밑에 늦은 낙엽이 지고 있었다.

어제 의사는 앞으로 석 달간 직장에만 안 나간다면 퇴원해도 좋다고 말했다.

"내가 집에 가서 전과 같이 살 수 있단 말이지요?"

"그렇지요."

진주를 돌봐주는 중년의 여의사는 부드럽게 대답했다. 한참 동안 공허한 시선으로 진주는 앉아 있었다.

"그렇다면 전 여기 있겠어요."

실제로 진주는 어찌해야 좋을지 몰랐다. 집도, 미치광이들이 들끓고 있는 병원도 다 무서웠다. 이 병원을 나가 집으로 간다면 이제까지 자신이 이루려다가 결국은 실패하고 만 그 노력을 다시 해야 될 것이 두려웠다. 진심으로 건강해지고 싶어서 진주는 의사의 말을 잘 따르고 맑은 공기를 마시기 위해 초겨울의 병원 숲을 자주 산보하기도 했다. 자신의 운명이 경애라던가 하는 미친 여자로 끝나지 않기 위해서. 자신의 운명 속에 미친 운명이 있는가 두려웠다.

진주의 병으로 기는 덫에 갇혔다. 좋은 동무였던 진주는 이제는 기의 인생을 위협하고 어렵게 하고 외롭게 하고 그 외 기가 생각할 수 있는 모든 고통을 주었다. 진주는 힘겨운 짐이 되었다. 윤마나 경애처럼 일생의 짐이 될지도 몰랐다. 기는 진주가 나을 것을 진주 못지않게 바랐고, 그리하여 자기가 그런 두려움에서 해방될 것을 간절히 바랐다.

그 새벽 아이린의 집에서 낯선 노파의 부름을 받고 놀란 기와 아이린 부부가 로비로 내려갔을 때 오래 앓은 환자같이 진주는 벽에 두 손을 짚고 간신히 서 있었다. 몹시 어지러워 보였다. 샤워를 한 탓에 진주는 머리와 블라우스의 등 군데군데가 젖어 있었다.

"진주 웬일이야. 어딜 갔었어?"

기의 손이 진주의 팔에 닿자 갑자기 진주는 비명을 지르기 시작했다. 자기의 손길에 소리를 지르다니, 기로서는 쇼크였다. 스위치를 넣은 자동 경보기같이 진주의 그 비명은 앰뷸런스에 실려 주사를 맞을 때까지 멎지를 않았다.

퇴원해도 좋다는 소리를 듣고도 두 주일을 더 병원에서 지내고 진주가 퇴원했을 때 진주와 기의 이별은 불가피한 것이 되었다. 두 사람 다 서로 함께 지내기를 두려워했다. 회복되었다 해도 기는 진주가 언제 또다시 그렇게 될까 겁이 났다.

미스 오의 아파트 건물 안에 작은 방을 얻어 진주는 짐을 옮겼다.

그러나 진주와 기는 생각보다 깊이 엉켜 있어서인지 그것으로 끝이 아니었다. 진주가 다시 출근하게 된 후에도 몸에 밴 나쁜 습관같이 그들은 가끔 만나고 한번은 여행도 갔었다. 그들 사이에 미래란 없었다. 멀어지는 기를 문에서 전송하며 여러 번 진주는 오늘로 끝 하고 자기 자신에게 다짐했다. 그것은 기도 마찬가지인 모양으로, 그도 몇 달씩 소식을 끊기도 했다.

기가 총 오발 사고로 죽을 때까지 그런 관계는 계속되었다. 기는 방에 앉아 일을 하다가 벽을 뚫고 날아온 총알에 머리를 맞고 숨을 거두었다. 옆방 남자가 총을 소제하다가 오발을 한 것으로, 그 남자는 기가 죽은 것도 모르고 총알이 자기를 다치지 않고 벽을 뚫고 나간 것만을 안심하고 있었다.

기의 죽음은 옆방 남자를 감옥 속에 집어넣었을 뿐 아니라 그를 일생토록 죄의식에서 헤어나지 못하게 했으며 진주, 미스 오, 그 밖의 여러 사람의 눈물을 흘리게 했다. 미스 오는 울며 진주에게 말했다.

"기 씨가 날 용서해줄까, 그냥 왠지 자꾸 기 씨한테 잘못한 것 같구나. 얼마나 가엾니. 죽은 지 일주일 만에 발견됐다니."

장의사는 빨리빨리 차에 오르라고 재촉했다.

"거기 열두 시까지 못 가면 땅 파는 사람들이 점심 먹고 올 때까지 기다려야 해요."

벤과 이혼 중이어서 아이린은 장례식에 혼자 참석했다. 벤은 사랑하는 여자가 생겼다고 어느 날 이혼을 요구했다. 언제나 벤에게 충실했던 아이린은 깊은 충격을 받았다. 이혼만은 피하려고 노력을 기울였다. 아이린에게도 어려운 시기였다. 남편은 떠나고 애인은 죽었다.

기의 죽음으로 제리는 여생을 총기 없애는 운동에 적극 참여했다. 그리고 이미 구문이 되겠지만 자살 미수가 된 캐시와 루이는 플로리다 노인촌으로 이사해 함께 살고 있었다.

10

오늘 아침 진주는 길을 가다가 '진주' 하고 부르는 그 특별한 억양의 기의 목소리를 듣고 문득 고개를 들었다. 그리고 곧 그가 이 세상에는 아무 데도 없음을 깨달았다.

잠과 꿈

1

공원은 밤새 내린 이슬에 젖은 채 신선한 훈기를 뿜으며 새로운 날을 시작하고 있었다. 무성한 나무가 칙칙하게 서 있는 숲 사이의 시멘트 포장 산책길에 혜기는 서 있었다.

다섯 살이 된 그의 아들 완이는 짧은 토끼 바지를 입고 떨어진 도토리를 찾아 젖은 풀밭 속을 쪼그리고 돌아다녔다. 나무에서 떨어진 연초록빛 작은 열매들이 풀밭 속에서 썩어가고 있었다. 다람쥐가 이리저리 달리는 나무숲 너머 저쪽 정구 코트에서 공 치는 소리가 건조하고도 경쾌하게 이곳까지 들렸다.

벤치가 젖어 앉지 못하고 서 있는 혜기의 곁을 개를 산책시키는 사람, 달리기하는 사람, 자전거를 타는 사람들이 지나갔다. 저쪽 길 끝으로부터 이방의 남자들이 나타날 때마다 혜기는 그가 가까이 와 총을 옆구리에 찌르고 이 검은 숲 어디로 데리고 가서 강간을 하면 어쩌나 잠시 긴장하고는 했다. 그들이 제대로의 보조로 다가왔다가 저편으로 가버리면, 누가 너를 탐이나 낸대? 혜기야 진정해, 혜기는 자신을 타일렀다.

"완이야, 이제 그만 들어가자."

집에 가기 싫은 완이는 엄마 말소리를 듣고 더 저쪽 숲으로 가버렸다. 부르기를 그만두고 혜기는 머리를 묶었던 손수건을 풀어 이슬을 대강 닦은 후 벤치에 앉았다. 잘디잔 장미꽃 무늬의 수건은 금세 젖고 더러워졌다. 밤새 비었던 벤치의 습기가 혜기의 온몸을 써늘하게 했다.

오늘 새벽 남편 순구는 보스턴으로 출장을 떠났다. 무역 회사의 뉴욕 주재원인 순구는 출장이 잦은 편이지만 왠지 요즈음 혜기는 순구가 출장을 떠나면 화가 나고 아주 안 돌아올 듯 쓸쓸해졌다. 안개 뽀얀 이른 새벽 운전석에 앉은 순구를 차창으로 들여다보며 같이 가고 싶다고 말하고 싶었다.

혜기는 머리를 쓸어 올렸다. 이 인생에서 중요한 것들을 자기는 붙잡지 못하고 그냥 지나치고만 있지 않은가 하는 익숙한 불안이 잠시 머릿속에 떠올랐지만, 그러나 지금은 신선하고 둥근 해가 부드러운 빛을 이 세상에 던지는 아침이므로 밤에 눈을 훌쩍 떴을 때 달려드는 것처럼 두렵지는 않았다.

그때 공원 저편 나무숲 사잇길로 불쑥 자전거를 탄 동양 여자가 나타났다. 바람에 짧게 자른 머리를 뒤로 흩날리는, 몸집이 작은 젊은 여자는 가까이 올수록 혜기에게 알 만한 얼굴이 되었다.

"어머, 서윤아."

혜기는 벤치에서 일어났다. 자전거 위의 여자도 혜기를 알아보고 좀 지나쳐 자전거를 세웠다. 밑을 잘라버린 진 바지에 까만 블라우스를 입고 있었다.

"이거 혜기 아냐? 너를 여기서 만날 줄은."

갈라졌던 서윤의 앞머리가 자리를 잡자 혜기에게 익숙한 서윤의 얼굴이 되었다.

"언제 왔니?"

두 해인가 세 해인가 전에 서울의 혜기는 서윤에게서 편지를 받은 일이 있었다. 미국을 어떻게 해서 가게 되긴 했는데 여비로 돈 백 달러만 보내달라고, 가서 돈 벌어 갚겠다던 서윤의 편지에 혜기는 여유가 없어 돈도 못 보내고 편지 회답도 못 냈다. 그것이 떠올라서 친구를 단순한 얼굴로 반가워만 해도 되는 건지 분별이 서지 않았다.

"응, 거의 이 년이 돼가."

어마, 이 년이 되기까지…….

"너 참 많이 컸구나, 이 아줌마 알겠니? 너 요놈 서울에서 봤을 때는 기어 다니더니 말이야."

어느새 가까이 와 혜기의 블라우스 자락을 잡고 섰는 완이를 서윤은 혜기에게 했던 부탁은 잊은 듯 밝은 얼굴로 안아 올렸다. 마르고 작았지만 어딘가 소년 같은 순함이 몸놀림에 있었다.

"넌 애가 있니?"

"없어, 나 미스터 김과 헤어졌다. 여기두 혼자 왔어."

"그럼 지금은 혼자?"

"아니야, 우리 아파트 언제 놀러 와. 여기서 두 블록만 가면 돼. 난 아침마다 자전거를 타지. 우리 맨해튼에서 여기 이사 온 지 얼마 안 돼. 와보니 동네랑 좋구나. 공원도 좋은 게 있고."

"우리 집은 여기서 꽤 돼. 여섯 일곱 블록쯤이니까. 너 사는 데하고는 반대쪽으로."

천천히 손을 뻗어 혜기는 자기가 살고 있는 집 쪽을 가리켰다.

도토리 때문에 젖어 더렵혀진 불룩한 주머니를 작은 손으로 막고 완이는 서윤에게서 내리겠다고 발을 버둥거렸다. 서윤의 팔에서 혜기는 완이를 받아 내려놓았다.

"완이 아빠는 안녕하시지?"

"응."

혜기의 숙인 흰 목에서 가는 은줄 목걸이가 햇살을 받아 반짝거렸다.

"그런데 맨날 출장이야."

공원 입구까지 서윤은 완이를 자전거에 태우고 밀어주었다.

"오늘도 꽤 덥겠지?"

"응, 넌 출근하니?"

"그럼. 집에 가서 샤워하고는 출근하지."

노란색 스쿨버스가 와 멎더니 야구 운동복에 모자를 쓴 고등학생 십여 명을 공원 입구에 내려놓았다.

그 소란스러움 속에 혜기와 서윤은 서로의 전화번호를 나뭇잎에 적어가지고 헤어졌다. 완이 손을 잡고 서서 혜기는 저쪽 길모퉁이로 자전거를 타고 달려가는 서윤을 잠시 부러운 듯 바라보았다.

축축한 그늘 같은 감정이 다시 숲 사이를 스미는 안개처럼 혜기에게 다가왔다. 외롭고, 남편은 모호하게 느껴지고, 자기 자신은 가치 없이 느껴졌다.

혜기는 블라우스 포켓에서 서윤의 전화번호가 적힌 꽤 큰 잎사귀를 꺼내보았다. 공원에서 주운 못으로 썼던 전화번호 때문에 엽맥을 따라 나뭇잎이 찢겨 있었다.

같은 여자고등학교를 졸업한 그들이었으나 그 두 사람을 친하게 묶어놓았던 시절은 대학 졸업 후 은행에 다녔을 때였다. 책상 하나에 마주 앉아 그들은 일했다. 옆방 조사부에 있던 미스터 김은 그들의 사무실로 들어와 잡담도 하고 차도 사주었다.

"어제 다방의 그 아가씨 만났지. 차 타고 가는데 그 아가씨가 덕수궁 앞으로 지나가잖아. 그래서 클랙슨을 한 번 빵 누르고 뛰어가서는 당신같이 눈이 예쁜 여자는 처음 본다고 그랬지. 그러고 차를 타고 휙 떠나니까 그 여자가 멍하니 서 있더라. 그날은 그쯤 해두고 가야 매력적이야, 가가갈갈."

"그렇게 막 유혹하면 나중에 그 여자들이 결혼하자고 안 해요?"

혜기들이 물으면

"헤어지긴 간단해. 한 반년 사귄 다음에 막 미친놈처럼 굴거든. 그러면 이크, 이 사람하고 더 있다간 큰일 나겠다 하고 도망가지. 난 말이야, 결혼했다는 말도 꼭 해. 하긴 해도 장난같이 하거든. (두 손을 허리에 대고 웃어 보이며) 난 결혼했어, 그러면 여자들이 정말? 그러지. 그다음엔 그냥 웃는 거야."

"어마, 나쁜 사람이다."

미스터 김의 여자들은 자주 바뀌었으나, 그때마다 미스터 김이 혜기들의 사무실로 와서 재미있는 말로 얘기했기 때문에 혜기들은 그 당사자를 보았건 못 보았건 알고 있었다. 한번은 다방 얼굴마담하고 좋아하며 과부인 그 여자가 어린 아들과 먹을 밥상을 사주러 인사동으로 나가야겠다고 미스터 김은 서윤에게서 돈을 꾸기도 했다.

혜기는 그 당시에 ROTC로 군대에 가 있던, 지금의 남편과 사귀고 있었으나 서윤에게는 일정한 애인이 없었다. 혜기 남편의 친구였던 철원이가, 모두 함께 갔던 등산에서 돌아오는 버스에서 술에 취해 서윤의 발등을 막 밟으며, 야! 너를 좋아한다, 소리를 질러 서윤이 울듯 어쩔 줄 모르는 것을 혜기는 보았다. 그런데 서윤은 어쩐 일인지 철원이와도 누구와도 사귀지 못했다. 그 대신 아버지, 어머니, 언니, 동생, 삼촌, 고모, 조카…… 혜기 같지 않게 집안이 번화한 서윤은 줄곧 끌려다니며 선을 보는 것 같았다. 서윤의 밑으로 계속 여자 동생이 셋이나 있어 서윤은 빨리 시집을 가야 된다고 어떤 날 퇴근 무렵엔 서윤의 어머니가 아래층 수부에서 서윤을 기다리고 있기도 했다. 서윤의 어머니는 서윤에게 옷을 맞춰주고 핸드백을 사주고 가기 싫다는 미장원에도 끌고 갔다.

"너는 참 좋겠다. 너네 어머니는 우리 어머니같이 시집 못 보낼까봐 안 그러시잖아. 배운 분이라 그런가."

"우리 어머니는 결혼하지 말라고 해. 해봐도 그게 그거라고 하지."

당시 공무원으로 도서관에 근무하고 있던 혜기의 어머니와 혜기는 둘만의 식구였다. 어렸을 때는 할머니가 있었지만 좀 크면서부터 혜기의 가족은 어머니와 혜기 단 두 사람뿐이었다. 늘 쓸쓸한 집안이었다.

"미스 장, 수부에 손님이십니다."

어느 오전 수부로부터 걸려 온 전화를 받고 내려갔던 서윤이 한 시간쯤 후에나 올라와 뜻밖에도 미스터 김의 부인을 만나고 왔다고 말했다.

"미스터 김이 벌써 한 달째 집에 안 들어왔대. 나보고 여자들 누구 만나느냐, 그런 얘기 해달라고 그래. 앞으로도 종종 올 테니 잘 봐뒀다가 말해달라고. 곤란했었어."

그날 아침도 혜기들 사무실로 와서 차를 사주고 얘기를 하다가 돌아간 미스터 김이었다.

"미스터 김이 자기 집이 좋다고, 아버지가 사준 집이 욕실이 두 개고 정구 코트가 있다고 그랬잖아. 그건 벌써 옛날 얘기래. 그 집은 잡힌 지가 아주 오래고, 자꾸자꾸 전셋집을 줄여 지금은 애하고 단칸방에서 지낸대. 아버지가 사준 집을 벌써 두 채나 그렇게 했대. 집안에서도 내놓은 자식이래. 이혼하겠다고 부인이 막 울었어. 이것 보세요 하면서 입을 딱 벌려 보이는데, 민망해서 들여다볼 수도 없었지. 어제는 금이빨을 빼서 쌀을 샀다는 거야."

금이빨을 빼내어 쌀을 사면 한 되를 사는가 아니면 다섯 되쯤은 되는가 한 홉을 사는가, 혜기는 가늠하려 애썼다. 미스터 김에 대한 미움의 공감이 두 처녀를 휩쌌다.

혜기가 결혼해 완이를 낳고 누워 있을 때 서윤이 그 미스터 김과 결혼한다는 소식을 들었다. 그들이 부부가 된다는 사실을 혜기는 충격적으로 받아들였다. 그때는 직장을 그만둔 지도 이 년째 접어들고 서윤을 못 만난 것도 일 년이 넘었을 무렵이었다.

산후여서 결혼식에도 못 간 혜기가 어느 날 주소를 가지고 인천 서윤의 셋집을 찾았을 때 서윤은 우동을 만들어주었다. 미스터 김은 그곳에서 택시 사업을 하고 있다고 말했다. 서윤은 말을 조금씩 아주 천천히 했었다.

"너 저기 이영기 씨 생각나니? 미스터 김과 같은 과에 있던 이. 그 사람이 우리 집에 놀러 왔다가 저녁 먹고 갔어. 우리 일하던 자리에 요새 대학 갓 졸업한 애가 둘이 또 들어왔대. 걔네들을 보면서 조것들은 또 얼마나 붙어 있다가 시집을 갈까 생각한다구 그래. 소문처럼 말이야, 그 사람 그때 너를 심각하게 생각한 것 같았어."

"누가 꼭 좋아서라기보다 다 뭐 청춘의 방황이 아니겠니. 니가 좋다고 한참 완이 아빠 졸라대던 철원이도 지금은 딴 여자애와 약혼했지. 이 마음 저 마음 헤매다가 부딪고."

혜기가 웃자

"그래, 현실로부터의 탈출이 아닌 결혼이 어디 있니."

서윤이 역시 느릿느릿 말했다.

"넌 어떻게 갑자기 결혼했니? 소식 듣고 굉장히 놀랐어."

"으응, 저 말이야, 미스터 김이 방 얻으러 다니다가 우리 집에 온 거야. 우리가 문간에 방 하나 들이고 세를 놓았거든. 물론 미스터 김은 우리 집인 줄 몰랐지."

"아, 너희 집에서 그럼……."

"아니야, 방은 다른 데 얻었지만……. 물이 끓었어. 내가 금방 우동 만들어 올게. 잠깐 앉아 있어."

말하며 서윤은 문을 탁 닫고 밖으로 나갔었다.

서윤과 헤어져 혜기가 완이를 데리고 천천히 걸어 집으로 왔을 때는 거의 아침 여덟 시가 되어 있었다. 여름 학교의 노란색 스쿨버스가 집 앞에 선 아이들을 주워 싣고 떠나는 것을 여러 번 볼 수 있었다. 아파트는 아침에 남편을 전송하던 그대로, 침대 시트는 구겨져 있고 식탁에는 순구가 두어 모금 마신 과일 주스 컵이 미지근해진 채로 놓여 있었다.

순구는 지금 어디를 달리고 있을까, 순구의 차바퀴가 달려가며 뒤로 뒤로 밀어내는 매끈한 길과 빙글빙글 돌아가며 다가올 길가의 가로등, 먼 산의 숲, 차 속에 울릴 라디오 음악, 잠깐씩 멎어 요기할 커피숍이나 햄버거집, 그 창가에 어리는 햇살, 차 지붕을 덥히는 뜨거운 태양, 서서 마시는 종이컵 속의 커피, 부러워라.

오늘은 굉장히 더울 모양인가. 혜기는 창가에 서서 밖을 내다보았다. 어느새 강한 햇살이 길 건너편 아파트 벽에 부서지고 그 앞 가로수 잎이 많이 흔들리는 것으로 보아 바람이 심히 부는 것을 알 수 있었다. 뚱뚱한 여자가 쇳소리 나는 식료품 손수레를 햇살에 반사시키며 슈퍼마켓으로 끌고 가고 있었다.

홍차를 만들어 혜기는 침실의 거울 앞에 가서 앉았다. 창문을 통해서 들어온 햇살이 빛 바랜 녹색 카펫 위에 커튼의 섬세한 무늬를 얼른얼른 띄워놓았다. 혜기는 거울을 보며 차를 마시고 라디오를 틀어놓고 댄스도 좀 해보았다.

갈수록 순구는 혜기에게 모호한 존재였다. 그가 무엇을 생각하는지, 아내와 아이는 어느 정도 그 마음을 차지하고 있는지, 혜기처럼 그도 이 가정을 속박으로 느끼고 바람에 나부끼는 깃발 같은 자유와 독립을 꿈꾸는 때가 있는지. 수상한 눈으로 보자면 완이 또한 미지의 존재였다. 그 애가 계집아이였다면 혜기는 그 애의 세계를 어느 정도 알 수 있을 듯했다. 그 정도 나이의 여자아이는 무엇을 가지고 싶어하고, 그 아이 혀에 닿는 사탕맛은 어떠하며, 새 옷을 입었을 때, 새 신을 신었을 때의 기억은 어떠한가. 긴 낮잠에서 깨어 어둑한 저녁에 눈을 떴을 때의 기분과 아무도 없는 빈집에 누워 구름을 볼 때는 어떤

가. 그러나 그는 사내아이였다. 혜기는 한 번도 좋아해본 일이 없는 권총을 양 허리에 꽂고 종이에는 자동차와 소방수와 순경만 그리는 아이. 여자다운 것을 경멸하는 조그만 사내아이. 그러나 완이에 한한 한 그것이 혜기는 좋았다.

다음 날 오후 세 시경 순구로부터 전화가 왔다. 혜기는 빨래를 개키다가 전화를 받았다. 아파트 지하층 세탁실에서 꺼내가지고 올라온 빨래는 아직도 뜨거웠다.

전화 저쪽의 순구는 만날 사람을 못 만나 하루 더 일정을 연기해야 되겠다고 말했다.

크리스마스이브의 밤이었다. 어두운 방구석 한편에 장식된 크리스마스트리가 세워져 있었다.

서양식으로 꾸며진 어두운 실내. 두꺼운 마호가니 식탁에 우리 식구들이라고 혜기 자신이 생각하는 사람들이 등이 높은 의자에 둥그렇게, 유령들이 회의하는 듯 창백한 얼굴로 입을 꼭 다문 채 앉아 있었다. 창문은 완전히 밀폐되었다고 했다. 이 방 어느 곳에서도 공기 하나 새지 못했다. 이윽고 염소처럼 마른 노인이 촛불을 켜 들고 조용히 일어섰다.

방 안에 타오르는 불빛, 숨소리조차 없이 고요했다. 노인이 그림자처럼 조용히 촛불에 입을 가까이 댔다.

후 하고 입을 오므리는가 했더니 꺼지는 촛불.

죽음과 삶의 갈림으로 숨이 막힐 것 같은 긴장이 흘렀다. 그 촛불의 연기가 가는 방향에 앉은 사람은 내년 크리스마스까지 살지 못한다고 했다. 그러나 촛불의 연기가 꼿꼿이 공중으로 올라가면 이곳에 모인 사람들은 내년에도 전원 다시 만나 크리스마스를 함께 보낼 수 있다.

가슴이 두근거려 참을 수 없는 순간 촛불의 흰 연기는 혜기에게로 흘러왔다. 앗! 내게로, 숨을 죽이고 혜기는 자기에게로 흘러오는 죽음의 흰 연기를 바라보았다.

모습은 잘 보이지 않으나 그 의자 중 어딘가에 앉았을 어머니를 향해 혜기는 기쁜 듯 울부짖었다. 아 됐어, 나한테로 왔으니 됐어, 난 꼭 살 자신이 있으니까, 나한테로 와서 다행이야, 허세인 듯 공허한 자신의 목소리에 혜기는 잠에서 깨었다.

엄마, 엄마가 아니어서 다행이야.

꿈을 꾸다 깨면 무서웠다. 혜기는 불을 켜고 침대에 걸터앉았다. 한 시 반. 별로 자지도 못하고 깨었다. 엄마가 아픈 것은 아닐까, 지금 서울은 낮이겠지, 하루하루 소모되어 가며 혜기를 향해 멀리서 구원의 손을 애타게 흔드는 모습으로, 어머니는 보여졌다.

어머니의 행복은 오로지 혜기 자신인데, 먼 곳에 이렇게 떨어져 살며 자식 노릇을 해야 할 자기가 또 자식을 낳고 지내는 것에 혜기는 부끄러움을 느꼈다. 어머니는 혜기를 끌고 다녔다. 늙음, 사라진 행복, 신경통, 술, 이런 어머니의 모든 것이 사슬이 되어 혜기 몸을 동여매고 있었다. 보고 싶은 혜기에게, 일주일 동안 편지 못 받았다, 편지 없는 날은 하루 종일 문간에 나가본다, 무슨 일이 있느냐, 무슨 일이 있든지 엄마에게 전부 말해라, 엄마에게 말 못할 일이 무엇이겠니, 네 편지 받는 게 오직 엄마의 낙이다.

결혼도 안 한 스물다섯 살의 시골 여선생이 얼굴도 모르는 남자에게 강간당하고 임신이 된 아기를 낳아 혼자 키웠다.

혜기가 대학에 들어갈 때쯤 해서 어머니는 근무하던 도서관을 그만

두고, 삼촌의 유산으로 우선 식구가 단출했기에 살아갈 수가 있었다.

“어머니가 지금 우리 집에서 막 떠나셨는데 좀 과음하신 것 같아 택시를 태워드렸으니까 혜기 네가 좀 나가 있다가 어머니 모시고 들어가라잉.”

어머니 친구의 전화를 받고 밖으로 나가 어두운 골목길에 서 있으면 택시 한 대가 가로등이 호젓한 골목 입구를 돌아 오는 것이 보이고 그 안에 어머니는 정신없이 누워 있었다. 핸드백은 열리고 화장품이며 돈지갑이 다 보였다. 택시에서 내려서도 어머니는 자꾸 길에 눕겠다고 말한다. 술 취한 어머니는 무거웠다.

2

저녁 무렵의 슈퍼마켓 안은 퇴근길에 장을 보는 사람들로 인해 분주했다. 물건을 사 가지고 계산대로 가던 혜기는 뜻밖에도 거기에서 서윤을 만났다.

서윤은 직장에서 돌아오는 듯 잿빛 계통의 블라우스에 진 스커트를 입고 커다란 핸드백을 어깨에 메고 있었다. 피에 젖은 것같이 새빨간 서윤의 열 손톱이 혜기의 눈을 쏘는 듯했다.

두 사람은 계산대 앞에 나란히 서서 계산을 기다렸다. 서윤의 손수레 안에는 소꼬리와 닭 내장, 오렌지 주스 한 통이 있었다. 값싼 고기를 사는 것은 서윤이 가난해서일까. 혜기는 탐색의 시선을 보냈다. 껌을 좋아하는 완이는 계산까지 못 참아 혜기의 손수레에서 껌을 꺼내어 손에 들고 있었다.

"내가 전화했더니 너 없더라. 일이 힘드니?"

"뭐 누구나 할 수 있는 일이야. 그림 그리는 건데, 아주 간단한 것, 그릇에도 그리고 장신구에도 그리고."

망설이다가 혜기는 물었다.

"두 번 다 어떤 남자가 전화 받았어. 누구니?"

없어요, 일 나갔습니다, 목이 좀 쉰 듯했던 전화 목소리였다.

"같이 사는 사람이야."

"어떤 사람인데?"

잠시 생각하다가 서윤은 대답했다.

"새 같은 사람이야."

계산을 마친 그들은 물건 봉지를 안고 집 방향으로 황혼의 거리를 함께 걸었다.

"이제 장을 보면 저녁이 좀 늦지 않니?"

"저녁은 해놓고 나왔어. 난 말이야, 저녁때만 되면 이상하게 마음이 초조해진다. 완이 얼굴도 더 쓸쓸해 보이고."

"저녁은 외로운 때라고 그러지. 저녁에 태어난 사람은 외롭다고 선생님이 그러셨어."

"선생님?"

"응, 우리 집의 선생님. 내가 저녁때 나서 외로울 거라고, 저녁때는 새도 둥우리를 찾아든다고."

"우리 집에 가. 완이 아빠한테 공원에서 뜻밖에도 너를 만났다고 했더니 한번 데리고 오라더라. 여기서 가까워. 저 모퉁이만 돌면 돼."

혜기가 과일을 씻는 동안 서윤은 집에다 전화를 걸었다. 전화 거는 태도가 공손한 것이 혜기로서는 의외였다.

"선생님, 동네에 사는 친구 집에 들렀어요. 지금 혼자 계셔요? 네, 그럼, 저 저녁 먹고 들어갈게요."

"선생님이라고 부르니?"

전화를 끊은 서윤에게 혜기는 물었다.

"응, 우리 동생 대학 때 잠시 강사로 가르친 일이 있었거든. 굳이 말하자면 우리 동생의 선생님이 되시나."

오늘도 순구는 늦을 모양이다. 순구가 오면 저녁을 같이 먹자고 서윤을 붙잡아두었건만 시계는 아홉 시를 넘어서고 있었다. 예고도 없이 늦어지는 순구가 혜기는 부끄러워지기 시작했다. 맛있는 음식 냄새가 가득한 집 안, 아이의 웃는 소리, 단란한 저녁 시간 같은, 혜기가 생각하는 즐거운 가정의 이미지를 자기 가정의 모습으로 남편도 아이도 없는 서윤에게 자랑하고 싶었다. 행복해 보이는 것도 행복이라지.

지붕 위의 나무 잎사귀가 바람에 흔들렸습니다. 스위쉬 스위쉬
찻주전자가 물이 끓었다고 소리를 냈습니다. 히쓰 히쓰
아, 얼마나 조용한 소음인가 하고 할아버지는 말했습니다.

잠자리의 완이에게 읽어주는 동화책으로 이 마지막 페이지를 덮을 때 혜기는 따뜻함을 느꼈다.

좀 더 순구를 기다리다가 혜기와 서윤은 육개장에 밥을 말아 저녁을 먹었다. 보스턴 출장에서 돌아온 것이 이틀 전이건만 어제 하루 일찍 들어오고는 전화도 없이 늦어지는 순구가 미워져 혜기는 서윤과 얘기를 길게 할 여유가 없었다. 거의 침묵 속에서 두 사람은 뜨겁고 매운 육개장을 먹었다.

갑자기 숟가락을 쥐었던 혜기가

"어머, 재가 뭘 해."

어느새 완이가 서윤의 핸드백에서 콤팩트를 꺼내 들고 있다가 바닥에 떨어뜨렸다. 거울은 깨지지 않았지만 콤팩트 뚜껑은 떨어져 나가고 케이크로 된 분홍빛 분이 카펫 위에 흩어졌다.

"괜찮아, 괜찮아."

"그건 또 언제 꺼냈지?"

무서운 엄마의 눈을 피해 아이는 서윤에게 구원을 청하는 엄살 섞인 울음을 터뜨렸다.

"괜찮아, 난 분을 안 바르니까. 완이 착하지, 울지 마."

말은 그렇게 하면서도 완이가 주스 달라, 우유 달라, 이것 오려달라, 저것 그려달라, 무언가를 망가뜨리고 울고 서윤은 빨리 이 집을 떠나고 싶었다. 서윤은 내색을 않도록 노력하며 이제는 다 식은 육개장을 먹고 말리는 혜기를 뿌리치고 저녁 설거지를 했다. 그리고 젖은 손을 손수건에 닦으며 너무 늦어버렸다고 작별을 고했다.

완이 손을 잡고 혜기는 아래층 아파트 현관까지 서윤을 배웅했다. 한저녁을 지낸 피곤한 우정이 그들 얼굴에 서려 있었다.

서윤을 보내고 엘리베이터에서 나온 혜기는 자기 집 문 앞에 같은 아파트 이 층에 사는 미시즈 윤이 앉아 있는 것을 보았다. 침침한 불빛 탓인가 꼬부리고 앉은 모습이 작은 계집애같이 보였다.

"오시네요."

미시즈 윤이 일어섰다.

"여기 웬일이세요?"

"집에 왔더니 문이 잠겼지 뭐예요. 마침 열쇠를 안 가지고 일을 나갔는데……. 여태껏 집 앞에 앉아 기다리다가 완이 아빠 계셔도 염치없지만 좀 들어가 있자고 올라왔어요. 그런데 여기도 또 안 계셔서 지금 어떡하나 하고 그냥 앉아 있는 거예요."

"잘하셨어요. 완이 아빠도 아직 안 들어왔어요. 들어왔어도 상관없지만."

아파트 열쇠를 돌리며 혜기는 생각한다. 이 열쇠를 돌려 문이 열리면 거기 순구가 있지 않을까, 혜기 자신도 완이도 지금 부엌 식탁쯤에 모두 둘러앉아 단란하게 과일이라도 먹고 있지 않을까.

가만히 문이 열렸다. 분이 얼룩진 카펫 위에 괴어 있던 분내 나는 공기가 혜기를 맞았다.

"저녁도 안 드셨겠네요."

"괜찮아요, 아까 점심을 늦게 먹었어요."

혜기는 국을 덥히고 수저를 놓았다. 식탁에 턱을 괴고 앉아 미시즈 윤은

"생각해보세요. 이 미국 천지에서는 죽었다고 그러면 그만이에요. 누가 울어줄 거요. 네 남편이랑 애들이 사고가 났다 그러면 그만이잖아요."

"뭐 꼭 그렇게만 생각하세요. 어디 놀러 갔다 늦으시는지도 모르는데."

"어디 갔는지는 알아요. 오늘은 애들 아빠 비번 날이라 안양서 친하게 지내던 집에 놀러 갔는데 열 시까지는 집에 와 있겠다고 했거든요. 그런데 지금이 몇 시지요? 열 한시나 됐잖아요. 전화번호가 적힌 수첩도 집에 있지, 난 모르고."

미시즈 윤의 초조함이 뭔가 잡히지 않고 안타까운 혜기 마음에 젖은 연기를 끼얹는 듯했다. 행선지까지 알면서도 한 시간쯤 늦었다고 그렇게 겁을 내세요, 더 기다려보세요, 나는 아침 네 시 다섯 시 여섯 시 일곱 시까지 기다려본 일도 있어요, 오늘 저녁만 해도 완이 아빠가 곧 돌아오는 줄 알고 저녁도 안 먹고 친구를 오랫동안 붙잡고 앉아 있었어요.

오히려 혜기 편에서 미시즈 윤을 붙잡고 초조, 불안, 시기, 갈망, 심술, 분노, 이 여러 괴롭고 부끄럽게 뒤끓는 자기의 감정을 풀고 싶었다.

미시즈 윤은 혜기가 권하는 대로 밥을 먹으려고 노력을 하다가 정말로 목으로 넘어가지 않는 듯 수저를 놓았다. 졸린 눈으로 앉아 있는 완이의 손을 붙잡고 미시즈 윤은

"그래도 완이네같이 출장 나온 이들이 제일 나아요. 학생 때 온 것도 아니고 우리같이 나이 들어가지고 와서 이제 생전 안 하던 막노동을 하자니 일은 고되지, 말은 안 통하지……. 글쎄 이게 뭐요, 응. 애들 생각하면 그것들이 가엾어서."

미시즈 윤은 눈물을 닦았다. 미시즈 윤은 과일 가게에서 낮일을, 남편은 병원에서 밤일을 하고 있었다. 애 보는 이에게 나가는 돈을 줄이려 부부가 밤낮 교대로 일을 하고 있지만 부득이 저녁 다섯 시부터 여덟 시까지 세 시간은 아이들 혼자 집에 있게 되었다. 네 살, 세 살 된 연년생 두 계집아이들이 어수선한 집 안에서 저희들끼리 소꿉장난도 하고 냉장고에서 과자도 꺼내 먹으며 놀았다.

부모가 단단히 일러준 대로 그 애들은 아무리 벨을 눌러도 현관문을 열지 않고 빈집인 듯 숨을 죽일 줄도 알고 있으며 불이 나면 엄마

가 창턱에 놓아준 망치로 유리창을 깨뜨리고 비상계단에 나가 서라는 말도 명심하고 있었다.

드디어 미시즈 윤의 전화가 통했다. 남편과 아이가 집으로 돌아온 것이다. 전화 저쪽의 미스터 윤은 아내가 와 있지 않아 오히려 걱정했다고 말하는 듯했다. 미시즈 윤의 얼굴이 금세 펴졌다.

"아유, 밤늦게 이렇게 수선을 떨어서 완이 엄마한테 미안해서 어쩌나. 완이 아빠는 퍽 늦으시네요."

미시즈 윤은 집으로 내려갔다.

식탁을 치우고 혜기는 아이 옆에 누웠다. 가로등의 흐린 빛뿐으로 침실은 잠긴 듯 어두웠다. 인접한 아파트 빌딩 차고의 문 여닫는 소리가 가끔씩 들렸다.

사람이 과연 새같이 살 수 있을까, 새 같다는 서윤의 동거인은 어떤 사람일까, 깃을 치고 솟구쳐 오르고 또 오르며 노래를 부르는 늠름하고 자유로운 한 마리의 새, 할 수만 있다면 이 괴로운 감정의 찌꺼기들을 탁 차버리고 혜기 자신도 한 마리의 새가 되어 살같이 솟아올라 이 밤의 별빛과 바람을 가르고 싶었다.

혜기가 눈을 떴을 때는 이른 아침 밝은 햇살이 커튼에 스며 방 안에 온화한 빛을 채웠다. 혜기는 머리맡의 시계를 집어 들었다. 아홉 시 십 분. 혜기는 조그만 손목시계의 태엽을 감았다.

순구는 천장을 보고 누워 바위처럼 무겁게 잠들어 있었다. 시트를 걷어찬 털 많은 두 다리가 무겁게 보였다. 활개를 뻗은 겨드랑 밑으로도 숱한 검은 털이 보였다.

순구는 어제도 새벽 네 시가 넘어서 들어왔다. 현관문을 열쇠를 가지고도 열 수 없도록 혜기는 쇠줄 빗장을 두 번이나 질렀다가 초인종

소리에 이웃이 깨는 것이 두려워 도로 내려놓았다. 언젠가 한번 그랬을 때 순구가 눌러대는 초인종 소리에 이웃이 문을 열고 쉿쉿 욕을 했기 때문이었다.

순구가 오기까지 하늘로 솟구쳐 오르는 새가 못 되고 어둠 속에 혜기의 온몸은 그대로 하나의 가련한 귀가 되어 침대에 누워 있었다. 몸 하나에 귀만 있는 게 무어게? 바늘.

창으로 새벽빛이 제법 또렷해질 무렵 혜기가 순구가 열쇠 돌리는 소리, 거실에 불 켜는 소리, 양치질하는 소리, 소변 보는 소리, 옆방에 잠든 완이를 만져보는 소리를 들었다.

러닝셔츠와 팬티 차림으로 순구는 혜기가 잠든 줄만 알고, 몸을 건드리지 않도록 조심하며 침대에 몸을 눕혔다.

침대가에 걸터앉아 혜기는 미운 눈으로 순구를 보았다. 잠을 못 잔 탓에 머리가 휭 돌고 귀가 멍한 혜기의 골 속을, 어느 집에선가 내는 청소기 소리가 위잉위잉 흔들어댔다.

토요일이라 아침부터 계속되는 텔레비전 만화영화를 완이는 오뚝 앉아 보고 있었다. 부엌으로 나온 혜기는 우선 찻물부터 얹고 식탁에 앉았다. 여름 오전의 햇빛이 거리에 깔려 있었다.

찻주전자가 물이 끓었다고 알렸다. 찻주전자가 소리를 냈습니다, 히쓰 히쓰, 뜨거운 물에 금세 녹아난 인스턴트커피를 혜기는 한 모금 마셨다.

네가 알 것 다 알고 침묵할 때는 얼마나 근사할까, 성적인 욕망으로 떨며 육군 소위 순구는 자기와 자주지 않는 애인 혜기에게 말했었다. 그해 밤 벚꽃놀이가 시작된 첫날 창경원 돌층계에서였다. 아직 꽃들도 봉오리인 채 피지 않은 것이 많고 오후에 비까지 내려 꽃놀이하는 사람들도 별로 없는 축축한 고궁의 어둠을 나무에 달아놓은 등불이 밝히고 있었다.

순구는 강원도 먼 부대에서 불편한 버스에 시달리며 한나절을 왔건만 갓 핀 잎사귀같이 신선하기만 했었다. 그때 한 말을 순구는 기억하고 있을까. 이제는 애도 낳아보고 섹스에 대해서라면 대강 알 것 다 알고 있는, 게다가 침묵까지 하고 있는 당신의 아내가 여보시오 정말 근사한가요.

"아, 이거 너무 자버렸는걸. 오늘 바다에 가자고 진길이와 약속했는데."

급히 침실에서 걸어 나온 순구가 과장된 기지개를 켜며 창밖을 내다보았다.

"다행히 날이 아주 좋군."

"그걸 인제 말하면 어떡해요. 점심 준비도 해야 되는데. 요전에도 그 댁에서 음식을 너무 많이 싸 와서 미안했는데."

"괜찮아. 가다가 마실 거나 좀 사고 프라이드치킨이나 사고 그러지. 자, 빨리 준비해. 열한 시까지 우리 집으로 온다고 했어."

김진길 일가는 열한 시가 조금 못 되어 혜기의 집 앞에 도착했다. 순구가 거의 비다시피 한 얼음도 못 채운 아이스박스와 수영복이며 타월이 든 가방을 차에 싣는 동안 챙이 넓은 비닐 모자를 쓴 미시즈 김은 타고 온 차에서 내려 혜기와 반가운 인사를 했다.

"그동안 별일 없으셨어요? 선글라스가 아주 멋지네요."

"괜찮아요?"

웃으며 혜기는 다리를 좀 굽히고 차창에 얼굴을 비추어보았다. 무성한 가로수 그림자가 그 창에 떠 있었다. 부인과 아이를 태우고 두 집의 남편은 각각 자기 차에 올라 핸들을 잡았다. 앞차의 미시즈 김이 뒤 차창을 향해 손을 흔들었다. 김진길의 차가 구르기 시작하고 이어 혜기의 차가 따라 출발했다.

그때 뒤에서 요란하게 경적을 울리며 스포츠카가 달려왔다.

“이봐요, 같이 가세요.”

차창을 내리고 우리말로 젊은 여자가 소리쳤다. 갈색으로 염색한 중간 길이의 머리가 바람을 받고 막 흩어져 얼굴을 가렸다.

순구가 고개를 돌리는가 했더니 차를 정지시켰다. 앞서 가던 김진길의 차도 길옆으로 대어 멈추었다.

소형차에서 붉은 타월 티셔츠를 입은 남자와 몸이 실한 소녀가 내렸다. 볼연지를 짙게 바른 유행 화장을 한 소녀는 혜기의 차로 가까이 와 차창으로 안을 쑥 들여다보며 친숙한 사이같이 웃었다. 햇볕에 붉은빛으로 머리가 반짝였다.

“안녕하세요. 좋은 데 가신다고 해서 같이 가려고 왔어요.”

순구가 문을 난폭하게 열고 내렸기 때문에 여자의 몸이 퉁기듯 밀렸다. 순구는 여자를 무시하고 소형차 근처에 어정쩡히 서 있는 사내에게로 바싹 다가갔다. 사내는 뭔가 큰 죄라도 지은 듯 뒷머리를 만지며 두어 발짝씩 물러서고 순구는 더 바싹 다가섰다.

여자는 창으로 고개를 디밀고

“같이 놀러 가게 해주세요, 네?”

무언가 대담함이 그 태도 속에 있었다. 영문을 몰라 어색한 웃음을 띠고 있는 혜기에게

“처음 봬요. 경옥이라고 해요.”

순구가 돌아왔다. 여자는 차에서 두어 걸음쯤 물러섰다.

따라갈게요, 먼저 가세요. 여자는 운전석의 순구에게 말했다. 세 대의 차가 나란히 움직이기 시작했다.

"누구예요?"

"재가 바로 한명우야."

아 그 사람, 순구의 고등학교 동창으로 독신주의자고 걸프렌드도 많다는 사람. 가끔씩 순구 친구들끼리 모인 자리에서 혜기는 그에 대해 들은 일이 있었다.

"여자는?"

"데리고 온 사람이겠지."

뱉듯이 순구는 말했다. 순구는 말없이 차를 몰았다. 뜨거운 여름 햇살이 주말을 즐기러 나온 자동차 행렬 위에 부서지고 반사했다.

> 내 그대 이름 부르기를 배운 이래로 세상은 전과 같지 않아
> 전에 나는 산골짜기 냇물
> 이제 나는 대양(大洋)의 의미를 아네.

차 속에서도, 백화점에서도, 슈퍼마켓에서도 노래는 사람들에게 사랑의 꿈을 심어주며 흐른다. 세상이 사랑을 구가하는데 너는 외롭게 무엇하느냐고 노래는 충동질을 한다.

"뭐 불편한 것 없어?"

갑자기 순구가 무서울 정도로 상냥하게 혜기에게 물었다.

"아니, 없어요."

> 생명으로 태어나 청년이 되고 곧 백발로 늙어가네

두 손 사이로 흐르는 인생은 그렇다고 사라지는 것은 아니야.
두 손은 곧 우리 가슴 위에 접혀 놓이고
어떤 것이 최선의 인생인지 알 길은 없어
죽음은 죽음일 뿐이나 인생은 사랑
그래 나는 너를 생각하네.

짜고 따뜻한 파도가 커다랗고 둥글게 다가오고 있었다. 혜기는 두 팔을 위로 힘껏 뻗고 가까이 온 파도에 온몸을 두둥실 실었다. 맑게 갠 하늘 위로 영화 광고용 비행기가 날고 있었다. 비행기 꼬리에 길게 달린 '우리 같은 도둑들'이라는 글씨를 눈 속으로 스미는 짠물을 닦아내며 혜기는 읽었다.

흰 비키니를 입은 소녀와 빨간 수영복을 입은 청년이 물에 선 채 입을 맞추고 있었다. 무엇이 못마땅한지 순구는 말도 없이 비치파라솔 밑에 가만히 앉아 있다가 가끔씩 성난 걸음으로 물속으로 들어가 멀리까지 헤엄쳐나갔다. 사다리 위에 높이 앉은 라이프가드가 호각을 불어 두 번이나 멀리 나간 순구를 불러들였다.

완이는 한명우가 데리고 온 경옥과 모래성을 만드느라 바빴다. 종이컵으로 모래를 파고 물을 펐다.

순구가 말을 안 하는 탓인지 여자를 즐기고 잘 논다는 한명우도 즐겁지 못한 얼굴로 혼자 헤엄을 좀 치더니, 비치파라솔 밑에 타월을 깔고 정말 자는 것인지 자는 체하는 것인지 엎드려 있었다.

"오세요, 미시즈 강."

모래 속에 두 다리를 파묻고 있던 김진길 부인이 손을 들어 혜기를 불렀다. 물에서 나와 혜기가 미시즈 김에게로 가자

"물이 그렇게 좋으세요. 종일 물에만 있으면 춥지 않아요?"

"한번 들어가보세요. 참 따뜻해요."

"수영복도 없이 왔는걸요. 난 미국 온 지 삼 년이 돼가도 한 번도 물에는 안 들어가봤어요. 맨날 모래밭에서 놀다 갔지."

다리 위를 덮은 모래가 자꾸 흘러내려 갈색으로 그을은 살이 보이는 곳을 미시즈 김은 손으로 모래를 집어 계속 덮다가

"여기다 첫사랑 이름을 써보세요. 뭐, 김진길 강순구 이런 남편 이름 말구."

"없어요."

"거짓말."

"정말이에요. 근데 애기는 어디 있어요?"

"저기 파라솔 밑에서 자요. 겨우 돌을 지나 깨어 있으면 한시도 가만히 있지 않아요. 언제 크나 싶어요."

물속에서 나온 김진길이 가까이 오더니 모래를 덮은 아내의 머리 위에 무엇인가를 던졌다.

"어마."

두 여자는 깜짝 놀라 일어섰다. 게였다. 온몸에 모래를 묻힌 게가 곧 죽을 듯 움직였다.

"뭐 좀 먹자, 배고픈데. 먹을 것 있지?"

"있지요, 얼마든지 있지요."

"순구도 오라고 합시다. 오늘 하루 종일 어디가 아픈 놈같이 시무룩해 있어."

김진길은 손을 둥그렇게 만들어 입에 대고

"어이, 순구."

불렀건만 순구는 못 들은 듯 더 큰 파도를 향해 헤어나가고 있었다.

"여기 와서는 하루 종일 물에 들어가 허부덕거릴 필요없다구. 여기 그야말로 눈요깃거리가 얼만데."

오일을 바른 몸을 누이고 일광욕하고 있는 이방의 여자들 위로 그의 시선이 한 바퀴 돌았다.

순구 부르기를 단념하고 김진길과 두 여자는 비치파라솔 밑에 있는 아이스박스를 향해 걸어갔다.

"저 여자 말이야, 명우가 데리고 온 여자. 완이를 데리고 제법 잘 노는데."

김진길의 말에 혜기는 꽃무늬 수영복을 입고 완이와 놀고 있는 살이 오른 몸이 단단한 경옥에게 눈을 주었다. 흘러내리는 머리를 손에 모래가 묻은 탓으로 손등으로 쓸어 올리고 있었다. 혜기는 별다른 이유도 없이 처음부터 경옥이 싫었다. 이제부터 한판 여자로서의 매력을 발산해야겠다는 듯 완이를 데리고 부리는 처녀의 수선스러움이, 그 신선한 치기가 부러우면서도 싫은 감정을 일으켰다.

점심을 먹은 것이 불과 두어 시간 전이건만 그들은 다시 김밥, 프라이드치킨, 김치 등의 음식을 꺼내놓고 경옥과 완이도 불러 함께 먹었다. 그렇게 주의했건만 음식에서는 모래가 씹혔다.

한명우는 정말 자는지 어깨를 몇 번 흔들어도 일어나지 않았다. 경옥은 완이가 자기 아이나 동생이라도 되는 듯 완이야, 우리 먹자, 뭐 먹을래? 김밥? 아무것도 안 먹어? 아냐 안 돼, 먹어야 돼, 그래야 스트롱해지지, 장군 되지, 그치요? 봐, 엄마두 그러시잖아.

"완이 아빠는 참 자상하시죠?"

경옥의 말을 자르고 미시즈 김이 말했다.

"이이는 마누라 고생하는 건 모르고 맨날 손님만 청하래요. 손님 오시라 해서 같이 먹는 건 나도 좋아하지만 그게 보통 일이에요? 글쎄, 음식 하는 것은 재미있기도 하지만 청소해야죠, 미리 김치랑 담가야죠, 일주일 전부터 신경을 쓰고 손님 오시는 날엔 욕실에 타월이 바로 걸렸나 가서 보고 조금 있다가 또 가서 보고 그래야 돼요. 우리 집 애가 돌아서기만 하면 어지르거든요. 생각해보세요. 학교도 다녀보고 그런 사람이 어떻게 설거지하고 밥하고 빨래하고 청소하는 일만 하고 살며 만족할 수 있겠어요. 그런데 나보고 그런 일만 하며 살라고 그래요. 남들은 장도 봐주고 청소도 해주고 설거지 같은 것도 잘해주더구만 이이는 쓰레기 하나 버려주지 않아요."

"다 마찬가지예요. 우리 집 완이 아빠는 집에 못 하나 안 박아요. 집에 있는 시간도 별로 없구요."

가끔씩 경옥이 몰래 훔쳐보는 시선을 혜기는 귀찮게 느꼈다.

혜기는 어제도 늦게 들어오고 오늘 하루 종일 골을 내고 있는 순구, 게다가 명랑과 유머의 대명사처럼 불리던 한명우라는 사람이 오늘은 엎드려 잠만 자고 풀이 죽어 있는 것, 그래서 김진길 내외가 희생적으로 즐거운 분위기를 만들려고 애쓰는 것, 경옥의 생경한 수선스러움, 이런 모든 것이 잘깍 찍힌 한 장의 흑백사진같이 평면적으로 멀리 느껴졌다.

남은 음식을 아이스박스에 집어넣고 혜기는 천천히 물가로 내려갔다. 바닷새가 억센 날개를 접고 사람들 주변에 내려앉았다. 물결로 젖은 모래 위에서 수영복 차림의 청년들과 여자 둘이, 그중 한 청년이 맨살 어깨에 멘 라디오 음악에 맞추어 원 투 스리 앤 포 파이브 식스, 댄스 연습을 하고 있었다.

찬물에 발을 담갔을 때 바람을 불어 넣은 비닐공이 두둥실 떠 혜기 앞을 지나 파도를 타고 저만큼 흘러갔다. 완이 또래의 수영복 입은 계집아이가 울듯이 멀어져가는 공을 바라보았다. 혜기는 천천히 헤엄쳐가 공을 집어 소녀에게 주었다.

얼굴의 물을 닦다가 혜기는 한명우와 경옥이 희게 빛나는 뜨거운 모래를 비틀비틀 밟으며 가방을 들고, 누워 있고 앉아 있는 사람들 사이를 헤치고 저편 탈의장 쪽으로 녹아들듯 걸어가는 것을 보았다.

여름 저녁 청량한 어둠이 해변에 내려앉았다. 일렬로 늘어선 키 큰 가로등이 둥근 달처럼 어둠 속에 빛나고 해변로 주위의 나무와 풀들 사이로 불 밝힌 집집 유리창이 오래된 노래처럼 정다웠다. 길가의 풀 위로 반딧불이 날아다녔다.

"완이 놈은 자나?"

뒷자석에 누워 있는 아이를 백미러로 살피듯 하며 순구가 물었다.

"응, 하루 종일 고단했지. 너무 잘 놀았거든요."

스치는 길가의 숲 사이로 흔들리는 흰 들꽃들이 슬프게 혜기 눈에 비쳤다.

"창문을 닫지, 완이 자는데 춥지 않을까."

혜기는 창문을 올렸다. 귓가를 울리던 바람 소리가 멎고 차 안은 어항 속처럼 가라앉았다. 혜기는 팔을 뻗어 라디오를 켰다.

웰컴 투 호올 월드

웰컴 투 호올 월드 오브 팬암.

비행기 회사 광고의 힘찬 노래가 들렸다.

"왜 한명우 씨들은 먼저 가셨어요?"

"몰라."

순구는 간단히 대답했다. 그리고 잠시 후 라디오 다이얼을 이곳저곳 맞춰보는 혜기에게

"피곤하지 않아?"

깜짝 놀랄 정도로 상냥하게 순구가 물어서 혜기는 어리둥절해서 말했다.

"좀 일찍일찍 들어와봐요. 나 사실 어제저녁 들어올 때까지 안 자고 있었어. 한번 반대로 내가 나가서 서너 시까지 안 들어온다고 하고 그때까지 한번 기다려봐요. 온몸의 기운이 다 진해지지."

"알았다니깐."

역시 상냥한 음성이었다.

3

이틀 동안 굶다시피 한 경옥은 이틀 전에 지어놓은 언 밥을 냉장고에서 꺼내어 물을 부어 먹으려다가 현관문 열쇠 돌아가는 소리에 흠칫 놀랐다.

경옥이 들어 있는 이 방은 예순이 넘은 독신녀 미시즈 로즈의 아파트로, 형편이 궁핍해가는 그녀는 방 하나를 세주고 있었다. 하녀용의 좁은 방이지만, 간단한 샤워장이 붙어 있고 출입은 따로 뒷문을 쓰게 되어서 부엌을 같이 쓰는 불편만 빼고는 경옥으로서는 자기 아파트

같은 곳이었다.

경옥의 현관문을 열쇠로 열 수 있는 사람은 경옥 빼고는 순구 혼자이다. 바다에서 돌아온 이래로 경옥은 두려운 대로 식료품 가게에 출근도 안 하고 그의 전화를 기다리고 그를 기다려왔었다.

만 이틀간의 완전한 침묵 후에 나타나는 그를 경옥은 몸을 굳히고 기다렸다. 복도에 서너 번의 구둣발 소리가 나고 그쳤다. 잠시 정적. 견딜 수 없어 고개를 든 경옥은 방문 앞에 노한 얼굴로 창백하게 우뚝 선 순구를 보았다. 넥타이를 맨 양복 차림으로 두 손을 바지 주머니에 찌르고 있었다. 그는 장승처럼 서 있고 경옥도 움직이지 않았다. 침묵을 깬 것은 경욱, 키영욱, 갈라지고 쉰 미시즈 로즈의 목소리였다. 경옥은 그 소리를 기회로 밥숟갈이 든 밥그릇을 들고 일어섰다. 방문을 지날 때 순구는 약간 몸을 비켜 경옥이 지나도록 해주었다.

리슨 켱욱, 부엌으로 간 경옥의 손을 미시즈 로즈는 냉장고 문을 열고 잡아당겼다.

"이게 무어야, 킴치, 이거 좀 제발 먹지 말라고 그러지 않았어. 영양도 없는 이런 걸 왜 먹니? 어젯밤에 네가 기침하는 소리를 들었어. 균이 옮는단 말이야. 약은 먹었니? 의사는 보였니?"

김치 냄새가 싫은 미시즈 로즈는 김치가 영양가가 없다는 것을 설명하려 하고 경옥이 기침이라도 하면 감기 균이 옮는다며 질색을 했다. 그러나 젊고 튼튼한 경옥보다 미시즈 로즈가 감기에 걸려 수건을 목에 퉁퉁하게 처매고 부엌에 나와 입을 떡 벌리고 김을 쐬는 때가 많았다.

"밤에 기침을 한 것은 침을 잘못 삼켰기 때문이었어요."

경옥은 먹으려던 밥을 비닐봉지에 넣어 쓰레기통에 버렸다. 심심하던 차에 잔소리나마 더 하고 싶어 하는 미시즈 로즈를 등 뒤에 두고 경옥은 방으로 돌아왔다.

그사이 양복 재킷만을 벗은 순구가 구두를 신은 그대로 팔베개를 하고 굳은 얼굴로 침대 위에 누워 있었다. 좁은 방의 대부분을 침대가 차지하고 있어 침대 외에는 여유 있는 자리가 없었다.

경옥은 침대 끝에 걸터앉아 순구의 구두에 손을 댔다. 딱딱한 순구의 구둣발은 그 손을 상상 외로 사납게 밀쳐냈다. 흠칫하던 경옥은 곧 자기의 모든 분노가 머리 위로 치솟음을 느꼈다.

"난 뭐야. 당신은 오고 싶을 때 오고 가고 싶을 때 가지. 나는 남 앞에 나서지도 못해? 당신은 겁쟁이야."

"거기가 어디라고 왔어?"

"당신 보러 갔지. 왜 안 돼? 당신만 맘대로 오고 나는 못 가나? 암만 싸우고 나갔지만 왜 보름 동안이나 소식도 없었어? 마지막 헤어지던 날 당신한테 휴지통을 집어 던지고서 난 참 비참했었어. 말이야, 첩이라는 건 상냥하고 따뜻하고 맛있는 것 해놓고 꽃처럼 놀아야 되는 거거든. 나도 다 알아. 그런데 휴지통을 감히 집어 던지고 내가 꼭 본처처럼 굴었지. 본처는 헝클어진 머리를 하고 가계부를 적고 바가지를 긁어대도 되지만 첩이란 건 그렇게 못하지. 본처는 안 돌아오는 남편을 망부석같이 기다리면 길이길이 칭찬받지만 첩은 그렇지 못해. 그냥 비참하고 비참해질 뿐이야."

"자꾸 첩 첩 하지 마."

순구가 눈을 무섭게 떴다.

"난 그렇게 비참해 있는데 당신이 가족 동반으로 바다에 놀러 간다는 소리를 들었어. 명우 씨 욕하지 마. 안 데려가면 내가 죽어버리겠다고 울고불고 야단해서 간 거니까. 나 몸이 이상해서 임신 테스트 받아봤어. 길가에서 종이쪽지 주는 거 있지? 그거 받아가지고 찾아갔지."

눈물이 쏟아져 경옥은 말을 잇지 못했다. 누웠던 순구가 놀란 송장이 일어나듯 벌떡 몸을 일으켰다.

"임신이란 말야?"

눈에 가득 증오를 담아 경옥은 순구를 노려보았다.

"안심해. 아니래."

경옥의 말을 듣고 순구는 모래성이 허물어지듯 스륵 몸을 뒤로 뉘었다. 한동안의 침묵 사이로 멀리서 플루트 소리가 들렸다. 아파트 어딘가에 산다는 중국에서 유학 온 남학생이 불었다. 미시즈 로즈의 말로는 그 남학생이 이 빌딩 안 자기 친구 집에 방을 빌렸는데 굉장히 열심히 공부한다고 했다.

"경욱, 내가 소개해줄까. 오리엔탈끼리 알고 지내면 좋을 거야."

그의 플루트 소리는 밤 서너 시까지 들렸다. 로즈가 무심히 던진 말이 씨가 되어 외로운 밤에 누워 있으면 경옥의 그리움은 창문을 넘고 날아가 그 플루트 소리를 만나기도 한다. 중국의 청년이여, 당신은 플루트를 가지고 이 세상의 무엇을 구하는가. 명성? 돈? 사랑?

정열이 없는 순구의 손이 경옥의 등에 와 성의 없이 얹혔다.

"너로 말해도 떳떳치는 못해. 처음 만났을 때 거짓말을 한 것은 바로 너야."

그들은 명우의 아파트 엘리베이터 안에서 처음 만났다. 아직도 쌀쌀한 삼월이었다. 같은 엘리베이터를 탄 서른둘의 순구와 스물다섯의 경옥은 한국인일까, 일본인일까, 중국인일까 그 정도 탐색의 시선을 서로 던진 후 상승하는 엘리베이터 안에 가만히 서 있었다.

작은 트렁크를 든 경옥은 털실로 짠 길다란 목도리를 두어 번 목에다 감고 큰 가슴의 윤곽을 보이는 꼭 끼는 스웨터에 바지 모습으로 무겁고 거친 인상이었다.

빨간 불이 육 층임을 알리고 엘리베이터는 상승을 멈추었으나 문이 열리지 않았다. 고장이었다. 엘리베이터가 잘못되어 죽는 일이 있다는 것을 알고 있었으므로 겁이 난 것은 순구도 경옥도 마찬가지였다.

길게 길게 비상벨을 울린 후 처음 입을 연 것은 순구였다.

"한국 분이세요?"

불길하게 아파트 전체를 흔들어 깨우는 듯한 비상벨의 여운 속에서 경옥은 허겁지겁 대답했다.

"네. 그런데 어떻게 하지요?"

"걱정 마세요. 벌써 사람들이 오는 소리가 들리는군요."

벨소리를 듣고 급히 달려온 것은 우선 육 층의 주민 몇 사람과 관리인이었다.

"그 안에 몇이 있소?"

"두 사람이오."

관리인은 아래위층으로 다니며 여러 가지 시도를 해보다가 엘리베이터 전문 기술자를 부르겠다고 엘리베이터 창에 대고 소리쳤다. 쏘리, 테 잇 이지, 잠시 후 여러 주민의 얼굴을 제치고 경관의 얼굴이 보였다. 누군가 신고를 해 경찰도 온 모양이었다. 경관 하나가 유리창에 얼굴을 대고 말했다.

"고치려면 한 시간은 걸리겠다고 하오. 우리들이 최선을 다하고 있을 테니 편히 앉아 기다려주시오. 전혀 위험은 없소."

경관이 믿음직한 소리를 해도 경옥은 그들이 몸을 담고 있는 엘리베이터가 고치는 도중 잘못해 툭 떨어져버릴 수 있다는 것을 상상했다.

"엘리베이터는 가느다란 줄에 매달려 있대요. 줄이 끊어지면 아…… 어떡하지요."

완이의 얼굴이 얼른 보이며 그 비슷한 감정은 순구에게도 왔다. 그러나 곧 이 세상에 태어난 이래 쭉 남자들을 키워온, 여자보다는 강해야 한다는 의식이 그를 지배했다.

"곧 고친다 하니까 우리 여기 편히 앉읍시다. 한 시간씩을 그대로 서 있을 수는 없지 않겠어요?"

순구는 가지고 있던 신문을 펴서 경옥에게 건넨 후 자기가 한 장을 깔고 먼저 앉았다. 작은 창문이 위에 있는 관계로 앉으니까 엘리베이터 밖과는 상관없는 밀실이 되었다.

"이 빌딩에 사시오?"

"아뇨."

"나도 여기 살지 않아요. 우리 집 엘리베이터도 고장이 나는 수도 있지만 오늘 같은 경우는 처음입니다. 걱정하지 마세요. 자, 다행히 한국 사람끼리라 운이 좋다면 좋달 수도 있군요."

좁은 사각기둥 속에 두 사람은 대각선으로 앉아서 밖에서 떠들어대는 이방인의 말소리를 들었다. 그들이 깔고 남은 신문을 펴서 뒤적뒤적 순구는 읽기 시작했다.

순구가 펴든 신문 뒷면에 보이는 여러 가지 백화점 광고 같은 것에 초점 없는 시선을 던지며 벽에 기대앉은 경옥은 그지없이 우울했다. 올케와 한바탕 울고불고 대활극을 벌인 후 짐을 싸가지고 나온 길에 이렇게 엘리베이터마저 고장났다. 올케와의 싸움의 시초는 치사하게 먹는 것 때문이었다. 갈 곳이 없는 경옥은 우선 명우를 찾을 생각이었다. 명우의 여자 친구 중 하나가 경옥의 친구였다.

잿빛 계통의 가는 체크무늬 양복을 깨끗이 입고 넥타이를 맨 저 남자는 오빠 같지 않고 신문을 저렇게 읽는 것을 보면 영어도 잘하며 미국 생활을 잘해나가는 사람 같다. 하여튼 우리 집 사람들처럼 못난 것들은 없어.

경옥의 시선을 느꼈는지 신문으로부터 눈을 든 순구가

"심심하지 않으세요?"

그가 말을 걸어준 것이 경옥은 기뻤다.

"여기서 나갈 수 있겠지요, 우리?"

스스로 말한 우리라는 말에 경옥은 친밀감을 느꼈다. 순구도 거침없이 다가오는 경옥의 말이 싫지 않아

"그럼요. 아까 순경 아저씨 온 것도 봤지요? 순경 아저씨면 제일 아녜요?"

순구가 웃었다. 웃는 얼굴이 싱그러웠다. 순구는 다시 신문으로 눈을 가져가며

"아가씨는 여기 안 산다고 했지요? 어디 여기서 먼가요?"

슬픔이 경옥의 목젖을 누르는 듯했다.

"전요, 집이 없어요. 방금 나왔어요."

이 낯선 땅에서 따뜻해야 할 사람들과 마음이 맞지 않아 자기가 얼마나 외로운가, 올케라는 사람은 얼마나 정이 없는 성품인가, 오빠라는 사람은 남보다 얼마나 더 멀게 느껴지는가를 처음 만난 이 남자에게 얘기해 위로받고 싶었다.

"왜요?"

놀란 듯 순구는 신문을 무릎에 놓았다. 경옥은 올케의 흉을 보고 싶어서 우선 목의 침을 삼켰다. 순구의 표정이 큰 산같이 진지하고 능력 있어 보였다.

"왜요? 뭐 때문에 나왔어요?"

저어…… 집을 나온 것은요오……. 경옥은 말꼬리를 길게 뺐다. 맑은 눈으로 자기를 건너다보는 이 남자를 깜짝 놀라게 해줄 만한 말은 과연 무엇일까?

"의붓아버지 때문에…… 자꾸 못살게 해서 있을 수가 없어요."

놀라운 침묵이 왔다. 순구는 잠시 후 더듬는 목소리로

"몇 번이나?"

"세 번이오."

"저런저런……."

배려가 깔린 슬픔이 그 목소리에 깃들었다. 저런저런, 그 따뜻하고 걱정스러운 음성이 경옥의 마음을 쓰다듬는 듯했다. 가만히 앉아 있기만 하면 이 사나이가 자기를 보호해줄 듯함을 느꼈다. 저런저런, 풍랑에 지친 자기의 몸이 하나의 배를 만난 듯 마음속에 고요가 왔다.

한 시간 십 분 만에 그들이 그곳에서 해방되었을 때는 농도 짙은 친밀감이 두 사람을 묶어놓았다.

명우의 집에는 아무도 없었다. 순구로서는 갈 곳이 없다는 가엾은 처지의 젊은 여자아이를 모른 체하고 그대로 헤어질 수는 없었다. 늑대 같은 명우에게 가기 전에 자기를 만난 것은 여자애로서는 다행한 일이라고 순구는 생각했다. 그들은 그날 하루 종일 택시도 타고, 걸어 다니기도 하고 여기저기 전화도 걸어보다가 콜럼비아 대학 게시판에서 현재 경옥이 들어 있는 싼 방을 찾아냈다. 친절한 아저씨 노릇을 약 석 달가량 순구는 잘해냈다. 그러던 어느 날 경옥과 자고 난 순구는 그녀가 처녀임에 놀라고 풀 길 없는 깊은 감동을 받았다.

"처음에 거짓말을 한 것은 너야. 있지도 않은 의붓아버지."

순구는 원망같이 또 한 번 말했다.

"집에서 부인이 눈치챘어?"

"몰라. 모르는 것 같아."

순구의 초조함이 경옥을 안타깝게 했다. 이런 행복은 처음이야, 너의 거침없음이 마음에 들어, 우리 아주 같이 살아버릴까, 아이 좋아해? 내가 그렇게 아프게 했나? 애기? 생기면 낳지. 열기 속에서 속삭이던 말들은 잊혀졌다. 갑자기 순구가 몸을 일으켜 침대 끝에 앉아 있는 경옥의 어깨를 끌어당겼다.

"참, 밥 먹으려던 참이었지. 우리 나갈까? 나가서 새우 먹을까?"

순구의 깨끗한 와이셔츠 앞섶에 경옥은 주저없이 얼굴을 묻었다.

"며칠 동안 한 끼도 뭐 정식으로 먹어본 일 없어. 임신인 줄 알고 얼마나 걱정했다고."

"저런저런, 섭섭히 들릴지 모르지만 임신이 됐다 해도 유산은 아주 쉬워. 그리고 내가 한 방법은 구십 프로는 믿어도 좋아. 자, 나가자."

순구를 앉혀놓고 욕실로 들어가 경옥은 급히 화장을 했다. 그렇게 굶고 학대했건만 생각처럼 날씬해지지 않는 자기 몸에 대해 그녀는 노여움을 느꼈다.

순구와 경옥은 사이좋게 나란히 걸어갔다. 대학가인 이곳은 열 시가 넘었건만 순구의 집 근처와는 달리 살아 움직이고 있었다. 이 거리를 걸을 때면 경옥은 자신을 먼 이국으로부터 무언가를 잡으러 온 영리한 여학생으로 보이고 싶었다. 미시즈 로즈도 경옥을 학생으로 알고 있었다. 경옥이 그런 듯 말을 했기 때문이었다.

방금 일 달러에 영화 두 편을 보여주는 근처 극장이 끝났는지, 길거리가 사람들로 꽉 메었다. 경옥도 한 번 그 극장에 들어가본 일이 있었다. 휴지통을 집어 던지며 순구와 싸우고 헤어진 다음 날 경옥은 그곳에 가서 온 저녁 내내 앉아 있었다.

텅 빈 중국 식당에 앉아 순구와 경옥은 야채와 새우볶음을 먹었다. 음식을 먹고 경옥의 방으로 돌아오는 길에 순구는 맥주와 과일을 샀다. 침대 위에 옛 로마인들처럼 비스듬히 앉아 그들은 취하도록 술을 마셨다.

"언제 또 출장 갈 일 있어? 같이 가두 되지?"

경옥이 말하자 순구는 선선히 대답했다.

"그러자. 대신 집에 찾아오고 그러면 안 돼."

"왜 안 돼? 연락도 없고 그러면……."

순구는 난처한 듯 웃으며

"아무것도 원하지 않으니 자기 사랑을 받아달랄 땐 언제고."

지가 했던 말은 어디다 접어두고 언제나 내 말만 상기시키기야, 갑자기 순구가 한 손으로 경옥의 머리를 잡아 자기 다리 사이로 밀어 넣으며 또 한 손으로 자기의 팬티를 끌어 내렸다. 경옥은 입을 열었다. 절대로 이기적인 이 겁쟁이를 놓아주지 말자, 이기고 보자, 더 이상 비참해지지 않기 위해서. 입술을 열고 혀를 열고 목젖까지 열어 경옥은 순구의 몸을 물어들였다.

4

서윤이 혜기에게 전화로 금요일 저녁을 자기 집에서 할 수가 있겠느냐고 물어왔다.

"왜, 무슨 날이니?"

"아니야, 그냥. 선생님도 심심해하시고 해서."

혜기 옆에 앉아 신문을 보던 순구가 가도 좋다는 몸짓을 해서 혜기는 이틀 후의 저녁 초대를 받아들였다.

금요일 저녁이 되어 서윤의 집으로 가던 날 혜기는 과일을 꽤 많이 샀다. 서윤이 값싼 고기를 사던 것을 생각하고 그들의 생활이 윤택하지 못하다고 혜기는 판단을 내리고 있었다. 혜기가 알고 있는 바로는 서윤이 밖에 나가 일을 하고 '선생님'이 집 안에 있었다.

서늘한 여름 저녁이었다. 어제까지 덥더니 오늘은 선선해져서 스웨터를 입은 행인의 모습도 더러 눈에 띄었다. 혜기는 블라우스 위에 초콜릿 빛깔의 스웨터를 입고 있었다. 자신의 모습이 대단히 마음에 들었기 때문에, 또 팔월 말이라 해도 날씨조차 정취 있게 설레는 깊은 가을 날씨 같았기에 혜기는 오늘 저녁 꼭 무슨 기쁜 일이 자신에게 일어날 것만 같았다.

서윤의 방은 아파트 빌딩 일 층에 있었다. 생각과 달리 수위까지 로비에 앉아 있고 붉은 무늬의 벽지를 바른 벽에 거울이 드문드문 걸린, 관리가 잘된 아파트였다. 이런 아파트면 세가 꽤 비싸겠지, 혜기는 비교적 싼 아파트에 살고 있었다.

현관문 근처에 초인종이 얼른 보이지 않아 혜기는 문을 두드렸다. 곧 문이 열리고 앞치마를 두른 서윤이 반갑게 웃었다. 혜기의 눈앞에 천장이 높고 바닥은 돌을 깐 당당하고 고풍스러운 방이 나타났다.

혜기의 과일 봉투를 받아 부엌에 놓은 후 서윤은 혜기를 거실로 데려가, 소파에 앉아 담배 파이프를 청소하고 있는 머리가 벗어지고 몸 어딘가에 민첩함이 깃든 조그만 남자에게 인사를 시켰다.

"선생님, 제가 말하던 친구가 바로 이 사람이에요. 이름은 혜기라 하고."

"아, 어서 오시오."

전화로 몇 번 들은 거친 목소리였다. 남자의 정확하고 탐색하는 듯한 교활한 눈길이 혜기의 얼굴 위에 잠시 머물다 거두어졌다. 청소하던 물부리를 들여다보다가 생각난 듯 그 남자는 혜기를 다시 올려다본 후 뜻밖에도 귀에서 귀까지 퍼져나가는 풍성한 미소를 지었다. 붉고 관능적인 입술이었다. 혜기는 순간 그 남자로부터 대단히 찬탄을 받는 듯한 느낌과 동시에 벌거벗은 듯 부끄러움을 느꼈다.

"앉아서 선생님과 얘기 좀 해. 금방 상 차릴게. 나 조금 전에 돌아왔어."

"나도 좀 도울게."

혜기는 부엌으로 들어가는 서윤을 따라갔다. 샌들이 아파트 돌바닥에 부딪쳐 천장까지 울리는 소리를 냈다.

서윤의 집 안 전체가 혜기에게는 깊고 비밀스럽고 그윽했다. 골동품의 가치가 있어 보이는 우리나라의 옛날 장롱, 낡은 소파, 대나무발을 늘어뜨린 넓은 유리 창문, 방 가운데를 차지한 견고하고 커다란 테이블, 그 위에 놓여 있는 붓통과 벼루, 그리고 화선지, 도장함, 굉장히 비싼 물건과 싼 물건이 섞인 그 방의 적당한 무질서에 혜기는 매혹되었다.

잠깐 본 혜기 눈에도 모든 것은 편리한 곳에 다 놓여 있었다. 손을 뻗쳐 쓰레기를 버릴 수 있었으며 손 닿는 곳에 재떨이가 있고 책이 있고 레코드가 있고 손톱깎이가 있고 슬리퍼가 있고 찻잔이 있고 물병이 있었다.

당당히 넓은 거실과는 달리 부엌 옆의 부부 침실은 기차간같이 길고 좁았다. 카펫을 깔지 않은 맨바닥 마루에 침대 하나만이 놓여 있을 뿐 검소한 방이었다. 침대 머리에 책이 여러 권 놓이고 마룻바닥에도 방금 이사해 곧 정리라도 해야 될 듯 책들이 무더기무더기 널려 있었다. 서윤이 공원에서 탔던 낯익은 자전거는 벽에 기대어 있었다.

"집이 어수선하지? 그런데도 선생님은 이래야 마음이 안정되신대. 다행이지 뭐니."

"너 고단하지. 내가 할게. 뭘 하라고 말만 해."

혜기 속에 있던 여학생이 다시 되살아났다. 혜기는 다시 학생이 되어 어느 선생님 부엌에서 같이 먹을 음식을 만드는 느낌이었다.

"그만둬, 넌. 이제 다 됐어. 가서 선생님과 얘기하고 있어. 참, 선생님, 바이올린 좀 들려주시겠어요?"

선생님은 아까 보았던 큰 미소로 빙끗 웃더니 수월히 선반 위에 세워두었던 바이올린을 꺼냈다. 바이올린 케이스를 열고 바이올린을 꺼내 닦는 선생님의 손가락이 몹시 길어 보통 길다고 하는 사람보다도 손마디 하나가 더 있는 듯했다. 희고 화사한 느낌의 손이었다.

"선생님이 말이지, 바이올린을 시작하신 지 넉 달밖에 안 되었어. 그런데 놀랄 만큼 진도가 빠르셔. 역시 하고 싶다 생각한 것은 재주가 있으셨기 때문이었을 거야."

혜기는 서윤의 권고대로 부엌에서 나와 의자에 앉지 않을 수 없었다. 바이올린의 음을 맞춘 후 선생님은 단 한 명의 청중인 혜기를 향해 서서 곧 활을 긋기 시작했다. 슈베르트의 〈자장가〉, 정다운 곡이 약간 불안정한 톤으로 방 안에 퍼졌다. 혜기는 거칠게 흐르는 그 선율을 아름답다고 생각했다. 고개를 숙이고 앉아 혜기는 대우를 잘 받는 호화스러움을 느꼈다. 서윤이 부엌에서 식탁을 차리려 숟가락을 들고 나와 섰다가 음악이 끝나자 박수를 쳤다.

서윤이 상을 차리는 것을 혜기가 도왔다. 식탁 위에 촛불을 켜고 세 사람은 오랫동안 천천히 먹었다. 미역국과 생선 구이, 닭 내장 볶음을 먹고, 선생님은 스카치를, 서윤과 혜기는 포도주를 많이 마셨다. 술을 마신 결과로 자주 화장실을 들락거리며 혜기는 그때마다 거울을 보았다. 정말 도로 여학생이 된 듯 생기 있는 서른 살의 얼굴이 거울 속에 있었다.

"이봐 혜기, 세상에서 누가 제일 좋아?"

서윤의 어깨를 안고 선생님은 소파에 기대앉아 있다가 욕실로부터 걸어 나오는 혜기에게 질문을 했다. 누가 제일 좋은가, 혜기는 잠시 생각했다. 엄마? 순구? 완이?

"응, 누가 제일 좋으냐니깐?"

"글쎄, 아버지라 할까요."

혜기가 가지고 있는 아버지의 이미지는 동트는 바닷가의 의자에 묶여 사형을 당하는 젊은 남자였다. 시작도 되기 전에 뜨는 해에 순종하고 저 너머 사라져간 안타까운 사람이었다.

혜기가 원래 앉았던 의자에 앉자 선생님은 벌떡 일어나

"에이, 재미없게. 이리 와 앉지."

혜기의 팔을 잡아 소파에 앉혔다. 낡은 소파 위에 선생님을 가운데로 하고 세 사람은 나란히 앉은 모습이 되었다. 선생님은 혜기와 서윤의 어깨를 양팔로 안았다. 혜기가 거북해하는 것을 눈치채고 서윤이 말했다.

"처녀들도 아닌데, 뭐 이쯤 어떻겠어."

그 말이 그렇게도 우스운 소리였을까. 선생님은 여자들 어깨에 얹었던 날갯죽지 같은 팔까지 내리고 허리를 구부린 채 한참 웃었다. 선생님이 너무 재미있어 하므로 두 여자들도 따라 웃었다. 문득 웃음을 끊은 선생님이

"아버지가 제일 좋은 남자라니 결혼을 했는데 그 모양이니 아마 신랑이 형편없는가 보제?"

"아녜요, 그게 아니구요."

"그럼 뭐요?"

혜기는 왠지 웃음이 나서 훅 웃었다.

"그게 아니구요. 그냥 그리워요."

"그게 바로 이상한 거지."

"선생님, 혜기는 아버지가 어렸을 때 돌아가셨어요."

서윤이 자기가 알고 있는 대로 말을 거들었다.

서윤의 말이 채 끝나기도 전에 선생님은 벌떡 일어나서 소변 보러 욕실로 갔다.

"벌써 열 시구나, 나 가야겠어."

이 저녁이 재미가 있기도 하려니와 늦게 들어오는 순구만큼 한번 늦어보고 싶기도 해서 별로 일어나고 싶지 않은 기분인 채로 혜기가 말했다.

"더 있으렴. 완이 아빠가 화내시니?"

욕실에서 물소리에 이어 침 뱉는 소리가 들리더니 쑥 선생님이 나왔다. 선생님은 욕실에서 말하려고 생각해두었는 듯 나오던 길로

"왜 아버지가 딸을 가장 사랑하고 신성시하는지 아나? 그건 바로 이 세상 여자들은 전부 범할 수 있으나 딸만은 못하기 때문인 거야."

혜기의 어깨를 선생님은 다정히 만졌다. 혜기의 온몸이 따뜻해졌다. 그러다가 혜기는 이 저녁 서윤이 별로 말이 없었던 것에 생각이 미치고 선생님과 자기 사이에 오간 은밀한 소통들이 서윤에게 미안해졌다.

"서윤아, 가야겠어."

혜기가 말하며 일어서자 서윤은 선생님의 얼굴을 들여다보듯 하며

"선생님, 밤이 늦어 혜기 혼자 가는 것은 무리예요. 우리 산보 삼아 혜기를 바래다줄까요?"

"왜 벌써 가려고? 그러지, 그럼."

"잠깐만, 저 판초 가지고 나올게요."

서윤이 침실로 가버리자 선생님은 혜기에게로 성큼 다가와 혜기의 팔 중간쯤을 장난 같지 않게 꽉 잡았다. 이어 혜기는 그의 입김을 귓가에 느꼈다.

"이봐, 낮에 좀 놀러 와. 내 혼자 있으니까."

자신도 깜짝 놀랄 만큼 세찬 희열이 혜기의 몸속을 신비롭게 달려갔다. 하녀같이 일상 속이 깊이 가라앉아 가는 가치 없이 느껴지는 자신이 아니라 아름답고 신비롭기도 하고 위험성도 있는 여자가 된 것 같았다.

서윤이 굵은 실로 짠 판초를 어깨에 두르며 나왔다. 혜기는 서윤에게 친절하고 싶어져 그 판초를 칭찬하고 그녀의 구두를 정신없이 칭

찬해주었다.

구름에 가린 둥근 달이 인적 없는 주택가를 비추고 있었다. 혜기와 서윤이 만났던 공원도 죽은 듯 고요하게 검은 숲으로 서 있었다. 숲 사이로 가끔씩 보이는 헤드라이트는 공원을 순찰하는 경찰차였다. 검은 티셔츠, 갈색 코르덴 바지에 가디건을 걸친 선생님은 경쾌하게 발을 움직였다.

"선생님은 낮에 붓글씨 지도를 하셔. 혜기, 너도 배워보지 않을래? 이제 구월이면 완이도 학교에 가고 시간이 생기지?"

"응, 겨우 두 시간 반쯤."

"충분하지, 뭐."

놀라는 마음이 되어 혜기는 판초를 두르고 옆을 단정히 걷는 서윤을 바라보았다. 너는 정말 아무것도 몰라? 오늘밤 너의 선생님과 내가 마음이 맞고 즐거웠던 것을 눈치도 못 챘단 말이니? 너의 선생님이 내 팔을 꽉 붙들고, 그 순간을 돌이켜 생각만 해도 목이 타는 것 같아, 너 없을 때 와달라고 나보고 그랬단 말이야.

혜기는 갑자기 뭐가 뭔지 분명한 것은 하나도 없는 듯 느꼈다. 서윤의 집에서 그렇게 정답던 선생님은 집을 나온 이래로 말없이 두 손을 바지 주머니에 찌른 채 걷고 있었다.

"서윤이 선생님을 새 같다고 그랬어요. 그게 무슨 뜻이에요?"

"아."

선생님은 픽 웃고

"내가 시계를 안 보고 산다고 서윤이 그러지."

"단지 그 뜻이에요?"

"그럼, 글쎄 사람인 나보고 새라고……."

선생님은 허리를 구부리고 웃었다. 그러다가 갑자기 정색을 하고

"남자라고 집에서 애 보고 밥하지 말란 법이 없어요. 예를 들면 나 같은 사람은 아주 속박이 싫어요. 속박을 당하느니 차라리 죽는 게 나아요. 정말 새같이 사는 게 내 소원이오."

그들은 혜기의 집 근처까지 왔다. 길 양편으로 늘어선 아파트 건물들을 가로등이 호젓이 비추고 있었다.

"다 왔어요. 저 집이에요. 하나, 둘, 셋, 올라가서 불 켜진 방. 아직 안 자고 있나 봐요."

선생님도 서윤도 혜기가 가리키는 대로 고개를 젖히고 올려다보았다.

"저기 하얀 커튼을 한 집이오?"

"네. 올라가서 차 하고 가실래요? 서윤아, 그럴래?"

순구가 반기지 않을 것 같아 권할 마음도 없이 혜기가 말했다.

"어떡할까요, 선생님?"

서윤이 물었다. 선생님은 좀 생각하다가

"아 뭐, 오늘은 그냥 가지. 신랑도 있겠고."

선생님과 서윤은 나란히 어두운 길을 돌아서 갔다.

아파트의 육중한 문을 옆으로 서서 온몸으로 밀며 혜기는 자신이 회오리바람에 날리는 한 잎의 낙엽인 듯 걷잡을 수 없이 허전해졌다. 도로 달려나가 선생님을 붙잡고 아롱아롱한 이 현기증은 나만의 환각인가, 아니면 확실히 당신이 내게 심어준 것인가 물어보고 싶었다.

들어오는 혜기를 보고 램프 옆 의자에 두 발을 뻗고 앉아 신문을 읽고 있다가 순구는 눈을 들어 알은체를 했다.

거실과 방 안에는 완이의 장난감과 그림책, 벗어버린 옷, 자루만큼 큰 순구의 양말들이 어수선하게 널려 있었다. 남편이 들어올 때면 깨끗이 해놓으려고 나는 노력했었지, 그런데 이게 뭐야.

혜기는 어질러진 물건들을 넘어 다니며 크림을 바르고 뜨거운 물에 몸을 담갔다. 목욕 오일의 향기로 오렌지꽃밭 같았다. 선생님이 쳐다보던 찬탄 어린 그 시선. 이봐, 낮에 좀 놀러와, 내 혼자 있으니까. 팔 여기쯤을 꽉 잡았었지.

목욕옷을 입고 물을 마시러 부엌으로 간 혜기는 치우지 않은 식탁을 보았다. 혜기가 차려놓고 간 저녁을 먹고 순구는 반찬의 뚜껑조차 덮어놓지 않았다.

그릇을 씻던 혜기는 수돗물 소리 때문에 순구가 뒤에 와 선 것도 몰랐다. 순구는 혜기의 허리를 뒤로부터 안으며

"우리 이번 노동절에는 나이아가라에나 갈까."

"나이아가라?"

"응, 삼 일 연휴거든."

즐거워 보이지도 않는 얼굴로 순구는 말했다.

5

추위 때문에 혜기는 잠에서 깼다. 앞 차창으로 단층짜리 모텔 건물의 뒷벽이 보였다. 야등이 주차장을 밝힐 뿐 모텔의 객실 창들은 전부 불이 꺼져 있었다.

이와 같이 방을 잡을 수 없을 줄 알았으면 담요를 가져오는 걸 그랬

지, 혜기는 입었던 스웨터를 벗어 차의 뒷자리에 꼬부리고 잠든 완이에게 덮어주었다. 순구도 핸들 밑에 얼굴을 놓고 잠들어 있었다. 그들은 밤 세 시까지 나이아가라 근처를 헤매고 또 헤맸다. 인적 없는 널따란 시골길이 달빛에 잠겨 환상 속에 떠 있는 세상 같았다. 결국 단념하고 이 모텔 주차장에 차를 세웠을 때는 새벽 세 시였다.

구월 초임에도 북부인 이곳 밤의 한기는 대단했다. 네 시 반이었다. 겨우 한 시간 남짓 자고는 깨었다. 소변이 급한 것을 혜기는 참으려고 애써보았다. 차 문 여는 소리에 순구도 완이도 깰 것을 염려했다. 집에서 아침만 먹고 떠나 잠깐씩 쉰 것 외에 열 시간 이상을 계속 운전을 한 순구는 정말 고단할 것이었다.

깊은 밤임에도 자동차의 내왕은 끊임없었다. 아직도 몇 대의 차는 멈추어 이 모텔의 사무실에 들러 헛되이 방을 얻어보려 했다. 이 근처 사방 몇십 마일을 혜기네는 다 헤매어보았다.

더 이상 참을 수 없어진 혜기는 밖으로 나왔다. 차 문 닫는 소리가 크게 났으나 순구도 완이도 다행히 잠을 깬 것 같지는 않았다.

작은 마을의 한산한 거리가 가로등 밑에 새벽을 맞이하고 있었다. 추위와 요의로 인해 혜기는 몸을 한번 떨었다. 전면이 유리로 된 밝은 모텔 사무실 안에는 노파가 혼자 앉아 책을 읽고 있었다.

밖이 춥기 때문에 불 밝힌 사무실 안은 더욱 따뜻하고 아늑하게 느껴졌다. 혜기는 잠긴 유리문을 두들겼다. 책에서 눈을 든 노파는 손만으로 방이 없다는 것을 알렸다. 혜기가 발을 구르며 계속 서 있자 노파는 한 발을 질질 끌며 걸어와 문을 열어주었다.

화장실에 들렀다 나온 혜기에게 노파가 말했다.

"노동절은 여름 시즌의 마지막이기 때문에 해마다 노동절이면 이

법석이오. 남쪽의 사람은 북쪽으로, 캐나다나 북쪽의 사람은 남쪽으로, 밤새도록 업 앤 다운 업 앤 다운."

노파는 다시 책을 읽기 시작하고 혜기는 창가에 앉았다. 가로등의 빛이 엷어지고 스산하게 아침이 오는 것을 혜기는 지켜보았다. 길 건너 커피숍 입구에 아침 요기를 위해 멎는 차들이 늘어갔다.

혜기는 뛰어가 커피를 두 잔 사 왔다. 커피를 마시며 노파가 말했다.

"보통 날이면 새벽 여섯 시나 일곱 시에 떠나는 손님도 많지만 오늘은 당신도 알다시피 휴일이라 아홉 시 열 시까지 방을 비우려 하지 않을 거요. 나는 아침 여덟 시면 교대해서 집에 가요. 교대하더라도 뒷사람에게 당신 방을 우선 주라고 부탁해놓겠어."

떠나는 첫 손님은 생각보다 빨리 일곱 시 조금 넘어서 있었다.

잠을 설쳐 퉁퉁 부은 눈을 뜨고 순구는 잠든 완이를 안아다가 침대에 눕힌 후 자신도 바지만 벗고 침대 속에 들어갔다. 짙은 꽃무늬가 박힌 두꺼운 커튼이 외부의 빛을 차단시켜, 밝은 아침이건만 실내는 텔레비전과 옷장, 전화 등 가구의 위치조차 분별이 안 가도록 어두웠다. 욕조도 없이 샤워 시설만 되어 있는 욕실에서 혜기는 밤새 추위에 시달린 몸을 씻었다. 순구와 완이의 세면도구들을 백 속에서 꺼내 놓고 혜기는 섬뜩한 침대에 몸을 누이고 눈을 감았다. 고단해 뻑뻑한 목, 불투명한 뇌 속 저편으로부터 무거운 잠이 서서히 밀려왔다.

한쪽 어깨가 순구의 고개로 눌리어 혜기는 잠에서 어렴풋이 깨었다. 혜기의 왼쪽 목은 순구의 거친 숨결로 인해 축축이 젖어 있었다. 이 사람이 우나, 혜기는 잠이 가시는 불길한 예감을 느꼈다. 혜기는 꼼짝도 않고 누워 있었다. 무슨 일이 이 남자를 울게 만드나, 실제로 우는지 안 우는지 몰라도 비를 머금은 먹구름 기분인 것을 혜기는 알 수 있었다. 무슨 중대한 일이 우리 가정에서 벌어지려 하나, 나는 앞으로 어떤 두려운 사실을 알아야 될까, 실직? 운전 부주의로 인한 어떤 사고?

겁이 났지만 혜기는 묻지 않고 가만히 기다렸다. 혜기가 깬 것을 느꼈는지 순구의 한 손이 혜기 다른 편 어깨를 거칠게 끌어안았다.

"내가 그동안 당신을 속였어. 여자가 있었어. 그렇지만 이제는 지난 일이야."

거친 충격이 혜기를 쿵 땅속으로 꺼지게 했다. 세찬 질투의 감정을 비집고 혜기는 있는 힘을 다해 자연스러운 음성을 내려 애썼다.

"어떤 여자예요?"

"나쁜 여자야."

거침없이 순구는 말했다.

"요샌 명우와 놀아나고, 말할 가치도 없어. 날 용서해주구려. 내 마음은 갈기갈기 찢겼어. 숨 쉴 때마다 아파. 날 좀 위로해줘."

순구는 이제 주저 없이 울었다. 미지근한 그의 눈물이 혜기의 한쪽 뺨과 어깨를 적셨다.

예뻐요? 대신에 몇 살이나 됐어요? 혜기는 물었다.

"당신도 본 일이 있어. 언젠가 여름에……."

혜기는 아 소리를 냈다. 여자가 있으리라는 것을 혜기는 짐작도 못 했다. 더구나 이름도 잊은 그 아가씨가 순구와 그런 관계이리라고는. 혜기의 정신이 방황하듯 순구도 그렇게 방황하는 순간이 있는가 의심스러워지기는 했어도 혜기 자신이 그 벽을 못 뛰어넘듯 순구도 생각에 그치는 줄로 알고 있었다.

바다에 명우랑 왔던 아가씨라고? 김진길 내외는 그 사실을 알고 있었나, 그날 순구와 그 아가씨는 서로 어떤 시선으로 바라보았나, 모두들 나만 빼놓고 연극들을 했나. 생각의 갈피를 잡으려 애쓸수록 쿵쿵쿵쿵 충격은 연쇄적으로 밀려오며 혜기를 더 깊고 어두운 세계로 밀고 내려갔다.

날 좀 위로해줘, 혜기의 어깨를 잡은 순구의 손이 거칠게 혜기의 몸위를 달리는가 하더니 그의 몸이 무방비의 혜기 몸속으로 난폭하게 밀고 들어왔다.

폭포 주차장은 햇볕이 가득 차 있었다. 차에서 내린 혜기 일가는 하늘로 치솟는 폭포의 하얀 비말을 바라보며 넓은 잔디밭 사잇길을 걸어 폭포로 내려갔다. 옷 속을 스미는 쌀쌀한 바람이 불고 있었다.

천 피트 넓이의 거대한 물줄기가 지면으로부터 백팔십오 피트의 깊은 계곡을 향해 발밑에 칠색의 영롱한 무지개를 깔고 정신없이, 일순도 쉼없이 쏟아지고 있었다.

혜기네는 다정한 부부같이 나란히 서서 천지를 흔들며 부서져 내리는 거대한 물줄기를 바라보았다. 깊은 계곡을 향해 떨어지기 직전까지 물은 깃털 방석처럼 잔잔히 포근히 흐르고 있었다.

위로해달라고, 입술에 댄 혜기의 손이 떨렸다. 내가 마음이 이렇게 아픈데 어떻게 누구를 위로할 수 있어, 그동안 슈퍼마켓을 다녀오고, 음식을 만들고, 청소기를 밀고, 늦게 돌아오는 순구를 기다리고, 완이를 데리고 놀이터에 나가고 왔다 갔다 살던 자기의 생활이 참으로 우습게 되돌아봐졌다.

있는 힘을 다해 여름 하루 동안 본 일이 있었던 경옥을 기억해내려고 혜기는 애썼다. 그러나 몸짓, 얼굴, 목소리를 생각해보려 하면 할수록 모호해지고 미워하려고 애쓸수록 경옥의 매력은 연기처럼 부풀어 올랐다.

숲 사이를 지나 잔잔히 흐르는 물 위에 혜기는 그만 앉아버리고 싶었다. 가슴 높이의 철책을 빙그르르 넘어 햇볕 춤추는 물결 위에 누워버릴 때 빽빽이 둘러선 관광객들의 와아아아 메아리의 함성 같은 놀라움을 혜기는 느꼈다. 그렇게 햇볕에 얼굴을 대고 눈을 감고 흘러내리다가 폭포에 닿아 그만 물보라로 흩어졌다.

"자 자, 엄마 옆에 서서, 완아 여기 봐."

같은 자리에 붙잡아 맨 듯 선 혜기와 완이를 향해 순구는 사진기의 셔터를 서너 번이나 눌렀다.

"우리, 배나 탈까."

순구의 손이 혜기의 손을 잡아 부드럽게 손가락을 펴서 손바닥을 맞추어 잡았다.

이제는 끝났다지 않은가, 다 끝난 일을 가지고 내가 왜 이렇게 골을 내지, 나로 말해도 로맨스를 꿈꾸고 서윤의 선생님을 보고 가슴이 뛰고 그러지 않았어, 혜기는 단순해지고 싶었다. 울음을 보이기까지 한 이 남자에게 경옥이 그의 편이 아니고, 자기가 그의 편이라는 것을 단단히 확인시키고 싶었다.

혜기 가족을 포함한 두꺼운 우비를 입은 관광객들을 싣고 배는 강 위에 떴다. 여러 사람이 입고 벗어놓았을 우비에서는 땀 냄새와 고무 냄새가 났다.

천지를 뒤흔드는 폭포로부터 물방울이 날아와 배 위 관광객들의 우비를 적시고 얼굴을 아프게 때렸다. 안내 책자에 씌어 있는 것을 보면 이 포효하는 소리는 풍년을 빌기 위해 폭포에 바쳐진 최후 인디언 처녀의 울부짖음이었다.

물방울이 세게 날아오기 때문에 순구는 완이를 안고 배의 다른 편으로 몸의 중심을 잡으려 애쓰며 돌아갔다. 혜기 옆의 두 남녀는 입을 맞추었다.

배에서 내린 그들은 기념품 가게에서 그림 엽서 몇 장과 완이 장난감 하나, 티스푼 하나를 산 후 주차장 근처의 햄버거집에 들렀다. 모텔 일 층에 자리한 레스토랑으로 그 옆도 기념품 가게였다.

"방을 구할 수 있었나요?"

커피를 따르며 중년의 웨이트리스가 물었다.

"차에서 잤지요."

"그런 사람이 많아요."

웨이트리스는 갔다.

밝은 곳에 정작 마주 앉자 혜기와 순구는 수줍어졌다. 그들은 서로 최대한의 친절을 베풀며 주문한 음식을 먹었다.

일단 모텔로 돌아왔던 그들 일가는 밤이 되어 다시 한 번 폭포 근처로 나갔다. 캐나다 쪽의 조명을 받고 폭포는 흰색·보라색·붉은색·푸른색 여러 가지로 변하고 있었다.

그들은 계단을 돌고 돌아 조망탑 높이까지 올라가보았다. 폭포는 지면에서 보던 것과 또 다른 아름다움이 있었다. 이곳이 원시의 나무와 풀이 엉키고 산짐승 들짐승이 들끓는 인적미답의 깊은 밀림이었을 때 이것을 발견한 사람은 홀연 눈앞에 열린 장관에의 외경에 떨었을 것 같았다.

모텔에 돌아온 그들은 밤의 어둠 속에서 끈끈하고 뜨겁게 포옹했다.

"당신은 늘 멀리 느껴졌어. 뭘 잘 묻지도 않고 화나도 잘 말하지 않고."

뜨거운 숨길이 혜기의 귀를 적셨다. 모든 것이 녹아내리는 밤이었다. 깊은 계곡의 눈이 유황물에 녹듯 이제까지 쌓였던, 확실히 잡히지 않고 초조했던 모든 감정들이 물줄기로 포효하는 안개의 처녀보다 더 큰 소리를 내며 콸콸 뜨겁게 분류하는 순간이었다. 이제 모든 불확실한 것들은 사라지고 앞으로 새로운 날이 시작될 것이다. 새롭게 맞이할 날들이 거대한 도시 뉴욕에서 그들을 기다리고 있음을 혜기는 느꼈다.

6

서윤의 직장은 맨해튼 5번가와 6번가 사이 언제나 문이 닫힌 듯한 십 층 정도의 우중충한 건물이 늘어선 빌딩 속에 있었다. 스튜디오가 있는 빌딩 사 층에서 엘리베이터를 내리면 벌써부터 물감 향료 냄새가 코를 푹 찌른다.

"일해요, 일. 나 보지 말고 일해요."

매니저 존이 일감이 든 커다란 쟁반을 한 어깨에 올리고 서서 삼십 명가량이 일하고 있는 널따란 스튜디오 안 전체에 대고 말했다. 잡담을 하던 여자들은 자기가 하던 일로 다시 돌아갔다. 존은 하루에도 몇 번씩 그런 소리를 하며 일을 독려하기 때문에 스튜디오 안의 사람이면 누구나 다 존과 똑같은 고저 억양으로 그 말을 따라 할 수가 있었다. 일해요, 일해요, 나 보지 말고 일해요, 나는 총각이 아니에요, 나는 결혼했어요.

뒤쪽 창가에 앉아 서윤은 기계적으로 붓을 움직여 유리 전등갓에 그림을 그려나갔다. 줄무늬 진 '선생님'의 헌 와이셔츠를 가운으로 작은 몸에 헐렁하게 입고 있었다.

물감 칠이 얼룩덜룩한 그녀의 책상에는 그리기를 마친 유리 전등갓과, 아직 손도 안 댄 것이 구분되어 십여 개 놓여 있었다. 서윤이 큰 붓 작은 붓을 골라 쥐고 점을 찍듯 꾹꾹꾹 움직이면 금세 활짝 핀 다섯 개의 꽃잎이 되었다. 그린 꽃이 마른 뒤에 줄기와 꽃씨를 그려 넣었다.

창밖으로 우중충한 주차장 건물이 보였다. 물감이 묻은 가운을 입은 필립이 청하지도 않은, 물감 지우는 알코올이 든 유리병을 가지고 와서 서윤의 책상 위에 놓았다. 투명한 알코올이 책상 위에 햇볕의 무늬를 맑게 출렁 띄웠다.

"점심 같이 먹어요."

"그래요."

서윤은 선선히 대답했다.

6번가 쪽의 팬케이크집으로 그들은 걸었다. 점심시간을 맞아 나온 오피스 사람들로 거리는 활기를 띠고 있었다.

필립은 매니저 존의 아들이었다. 그의 약혼녀는 이 스튜디오로부터 다섯 블록 떨어진 병원에서 일하고 있었다. 그들은 이제 일주일 후에 결혼할 것이다.

대부분 스페니시인 여자들은 역시 스페니시인 필립에게 그들의 말로 대담한 농지거리를 하고는 한참씩 소란스럽게 웃기도 했다. 그들이 놀리면 필립은 아하 아하 하며 웃었다.

이 시간이면 늘 그러듯 식당은 점심 먹으러 나온 사람들로 복잡했다.

"이번 주말에는 뭐 해?"

"뭐 항상 마찬가지지. 필립은 바쁘겠지?"

"응, 뭐 그렇지. 공연히 정신이 없어."

점심을 먹고 서윤은 공중전화 박스에서 혜기에게 전화를 걸었다. 전화박스의 유리문 너머로 필립이 과일 가게 차양 밑에 서 있는 것이 보였다.

"여보세요."

전화기 저쪽에서 혜기의 목소리가 들렸다.

"혜기지? 나 서윤이야, 잘 있었니?"

"음, 나야 맨날 잘 있지. 너는?"

"나두 그래."

서윤은 잠깐 사이를 두었다가

"너 이번 주말쯤 우리 집에 놀러 오지 않을래? 선생님이 가끔씩 네 안부 물으셔. 혜기 소식은 더러 듣나 하고. 어저께도 그러셨어."

생각하는 듯 조금의 침묵 후에

"주말은 곤란해. 모처럼 쉬는 완이 아빠한테 애를 두고 갈 수가 있어야지. 저 말이야, 이제 닷새만 있으면 완이가 학교를 가거든. 그러면 아마……."

"응, 언제고 놀러 와. 벌써 언제부터 너한테 전화 건다면서 못 걸었어. 점심시간에 걸어야지 그러다간 또 못 걸고, 오늘도 집에 가면 선생님이 그러실 거야. 혜기 소식은 더러 듣나."

"서윤아, 너두 놀러 와. 나는 언제나 집에 있으니까."

"응, 그럼……."

전화가 끊겼다.

필립 결혼식 날의 사진을 부탁하러 사진 스튜디오에 필립과 같이 갔다가 서윤은 직장으로 돌아왔다.

바람이 심하게 불고 있었다. 혜기는 날리는 머리를 뒤고 넘겨 손수건으로 맸다.

"여긴 언제나 이래. 바람이 굉장해."

차의 열쇠를 빼고 순구가 차에서 내려서며 말했다. 바람에 바랜 듯 근처의 풍경은 거의 흰빛으로 떠 보였다. 야트막하게 뻗은 흰 모래 구릉의 저편 끝에 지붕을 붉은빛으로 칠한 등대가 큰 키로 그린 듯 서 있었다. 공간에는 흰 햇빛이 증기같이 움직이고 있었다.

여긴 언제나 바람이 분다고? 검은 의혹이 혜기를 흔들었다. 남편은 언제 와봤을까, 경옥과 왔을까.

"우선 저기 들어가서 뭐 좀 먹을까."

감색 티셔츠에 청바지를 입고 순구는 완이를 데리고 앞서 걸었다.

나이아가라에서 돌아온 지 열흘, 그동안 그들의 가정은 외면상의 단란을 되찾았다. 순구는 낮에도 두어 번쯤 집에 전화를 걸어주고 서울 손님 관계로 단 한 번 늦은 외에는 여덟 시에서 아홉 시 사이에는 집으로 돌아왔다.

지붕 위의 나무 잎사귀가 바람에 흔들렸습니다. 스위쉬 스위쉬

찻주전자가 물이 끓었다고 소리를 냈습니다. 히쓰 히쓰
아, 얼마나 조용한 소음인가 하고 할아버지는 말했습니다.

거실에서 순구가 뒤척거리는 신문지 소리나 레코드 소리를 들으며 혜기는 침대 속의 완이와 동화책을 읽었다. 그러나 경옥은 혜기의 등 뒤에 있었다. 혜기가 고개만 돌리면 거기에서 경옥은 비웃고 있었다. 밤중에 잠이 깨어 무심히 옆에 자는 순구가 참을 수 없이 미워지면 혜기는 자는 그의 손을 꼬집어놓기도 했다.

경사진 지붕의 끝이 거의 땅에까지 닿도록 내려 뻗은 A자 모양의 간이 식당으로 그들은 들어갔다. 문을 열자 에어컨의 냉기가 얼굴을 때렸다. 밖에서 보기와 달리 내부는 두 면이 유리문으로 되어 있어 스산한 느낌을 주었다. 두어 그룹이 음식을 먹고 있었다.

햄버거, 핫도그, 프렌치프라이, 이런저런 샌드위치, 콜라, 식욕이 일지 않는 메뉴를 몇 번이나 훑어보다가 그들 일가는 완이가 원하는 대로 핫도그 세 개로 통일시켜 주문했다.

토요일에 쭉 집에만 있은 탓인지 일요일인 오늘, 아침을 먹고 차를 마시고 신문을 읽어도 무료하기만 할 뿐, 거의 오전이 지났을 때 순구가 문득 우리 몬토크에 나갔다 올까, 바람이나 쐬러, 해서 부산히 완이 옷을 입혀 세 시간 반가량 드라이브로 나온 길이었다. 계속 잘 달려오긴 했지만 이제 이곳에서 먹지조차 않는다면 무엇을 할까.

유리문을 통해 거칠게 파도치는 회색 바다가 보였다. 바닷새가 억세게 날고 있었다.

주문한 음식을 기념품 진열장 너머로 받아가지고 혜기 가족은 식탁에 둘러앉았다. 핫도그를 씹으며 혜기는 주방 맞은편 벽에 그을린 커다란 벽난로가 있는 것을 발견했다.

"저기 좀 봐요. 겨울에 벽난로가 타고 그러면…… 그리고 저쪽은 추운 바다가 보이고 그러면 참 아늑하겠지요?"

"그럼. 여기서 누가 칠면조를 구워 먹어보았다는데 아주 좋더라는군."

어마, 누가 그런 말을 했어?

문을 열고 들어온 젊은 남녀가 그대로 홀을 건너질러 맞은편 유리문을 열고 바다로 나갔다. 미닫이식 커다란 유리문을 그들이 열자 거친 바람이 달려들어 와 혜기들의 핫도그 종이 접시를 날렸다.

스산히 퍼진 실내의 햇살이 순구의 콧구멍 속을 시커멓게 보이게 하고 기계에서 건조시킨 탓으로 만들어진 감색 티셔츠의 주름을 꾸깃꾸깃 보이게 하고, 립스틱이 지워진 혜기의 입술을 피곤하게 보이게 하고, 혜기 턱에 난 뾰루지를 돋보이게 했다. 집에서는 귀공자 같건만 지금은 그냥 실내를 돌아다니는 한 동양 아이인 완이의 빨간 셔츠는 콜라를 엎지른 자국으로 초라했다. 눈에 보이는 것들이 두 사람에게 싫증 나는 감정을 일으켰다. 그러나 그런 기분을 누르고 그들은 정답게 굴었다. 그 서로의 정다움이 또 싫증을 일으키면 그 감정을 지우기 위해 그들은 더욱더 서로에게 친절했다.

저이는 지금 경옥을 생각하는 게 아닐까, 내가 지금 서윤의 선생님이라도 있었으면 하듯 저이는 그 애가 있었으면 그러고 있지 않을까.

난간에서 포옹하고 섰는 남녀가 있는 곳으로 혜기들도 나갔다. 바람은 생각했던 것보다도 더 강했다. 혜기의 속눈썹까지도 바람의 힘으로 움직였다. 파도는 난간 위까지도 솟아오를 기세로 튀어 오르고, 출렁이는 파도를 내려와 차고 솟아오르며 물새는 쉰 소리로 울며 날고 있었다.

숨을 쉬기조차 어렵도록 바람이 세기도 하려니와 물새 날고 파도치는 단조로운 풍경을 할 말도 없이 오 분쯤 서서 보는 것도 지루했다.

그들은 곧 휴게소 건물을 나왔다. 다시 아까의 흰 태양 속의 풍경이었다. 자, 이제 무엇을 할까 하는 듯 순구는 주위를 망연히 둘러보았다.

"이제 집에 가지요. 당신 내일 출근도 해야 하니까."

"그럴까, 으음 그렇다면……."

순구는 팔목의 시계를 보았다.

"지금이 네 시 반이니까 집에 가면 일곱 아니 여덟 시 반은 되겠지. 부지런히 가야겠는걸."

그들 일가족은 다시 기운을 얻고 차로 돌아왔다. 파도 거친 바닷가 마을이 뒤로 멀어지고 있었다. 순구가 이곳에 경옥과 왔을 것이라고 혜기는 이제 본 듯이 확신하고 있었다. 겨울에 여기 와서 칠면조를 구워 먹었겠지, 아니, 순구의 고백에 의하면 경옥을 처음 본 것은 지난 봄이라고 했었으니까……. 어떻게 알아, 저이가 경옥을 안 것이 일 년이 넘었는지도, 그래서 추운 겨울 여기 와서 같이 지냈는지도, 이런 초조한 생각의 소용돌이 속에서도 한 가닥 위안은 이틀 전에 걸려 온 서윤의 전화였다. 선생님이, 혜기 소식은 더러 듣나 그러신다지, 여보시오, 나보고 좋아하자는 사람이 있단 말이야, 너무 맘 놓으면 안 돼. 혜기는 교활한 눈으로 순구를 흘깃 보았다. 그런데 서윤은 전혀 눈치도 못 챘을까, 가끔 여자들이 이리 오세요, 이마에 써 붙인 얼굴로 순구에게 친밀한 시선을 던질 때나 순구 자신이 장닭 같은 눈길을 외부 여자에게 던질 때면 혜기는 속상했었다.

바람에 취한 듯 출렁이는 숲이 흔들리며 다가와서 멀어지고 새로이 다가오다가는 멀어지곤 했다.

그들이 집에 오자 현관 문앞에 혜기 어머니의 편지가 떨어져 있었다. 혜기는 구부려 그것을 집었다. 어머니의 편지를 받을 때면 혜기는 반가운 느낌보다 죄스러운 기분이고는 했다.

이번에도 편지가 미시즈 윤의 편지통에 들어가서 미시즈 윤이 여기에다 놓고 간 모양이었다. 어머니는 편지 주소를 쓸 때 가장의 성씨인 강씨를 쓰지 않고 윤혜기라고만 쓰기 때문에 주소에는 아파트 방 번호가 명시되어 있건만 편지는 곧잘 미시즈 윤의 편지함에 들어 있곤 했다.

보고 싶은 혜기야. 자다가 눈을 훌쩍 뜨니 달빛이 창에 가득하구나. 엄마는 초저녁만 되면 졸려서 겨우 저녁을 먹고 텔레비전을 조금 보다간 깜박 잠이 든다. 밝은 달을 보니 네가 보고 싶어 어쩔까 어쩔까 앓는 소리를 쳤다. 왜 편지 자주 안 하느냐. 무슨 일이 있느냐. 네가 하도 간곡히 부탁하고 번역해 보낸 알코올중독 얘기도 읽어보고, 그래서 엄마는 한참 동안 술을 안 마셨지. 그런데 오늘은 많이 마셨다. 안 마시면 잠이 안 오는걸. 엄마는 앞으로도 조금씩은 마시겠다. 많이는 안 마시겠다. 술 외에 엄마에게 무슨 낙이 있겠느냐. 엄마는 지금 네 책상에 앉아서 쓴다. 네가 남긴 연필 자국, 잉크 자국이 그대로 있고 서랍에도 네가 보던 책 몇 권이 있지. 이 책상에서 엄마가 네 결석계를 쓰던 일이 생각나는구나. 돈암동 아저씨가 왔다가 이 책상을 가져갔으면 하는 것을 그냥 두라고 했다. 엄마는 통 잠을 못 잔다. 영미 엄마가 어제 집에 와보고 늙은이 꼴이 꽉 박였다고 그런다. 벌써부터 손등에랑 검은 점이 많이 났다. 어떤 날은 하루 종일 눈물이 자꾸 난다.

우체부를 기다리다가 우체부가 그냥 가면 아주 허전해서 아무 일도 못하겠다. 매일매일 일기처럼 아무 얘기나 한 장씩 써서 부쳐라.

7

어느새 가을 소식이었다.

"여기는 단풍 든 잎사귀가 약간씩 있는 정도지만 뉴욕을 벗어나니까 숲에는 벌써 단풍이 다 들었어. 소나기가 오니까 잎이 와드득와드득 막 떨어지던데."

출장에서 돌아온 순구가 말했다. 그 말을 증명이라도 하듯 앞 차창의 와이퍼에 갈색으로 오그라진 조막손 같은 낙엽 하나가 끼어 있었다.

그러나 아직 도시는 쇠해진 대로 여름의 모습을 간직하고 있었다. 저녁을 마친 순구는 완이를 데리고 자리에 들더니 부자가 나란히 잠든 모양이었다. 부엌 바닥에 신문지를 펴놓고 혜기는 냄비와 그릇들을 오래도록 닦았다. 전등불 밑에 찬장의 그릇이며 가스레인지 위의 주전자 모두 정적에 눌린 듯 앉아 있었다.

단 하루의 출장이었지만 경옥을 데리고 가지 않았는가, 혜기는 의심하고 있었다. 내가 왜 이렇게 값 없이 구는가, 내가 왜 이렇게 값 없이 구는가 하고 혜기는 다섯 번을 중얼거려 자신을 꾸짖었다.

나이아가라의 고백의 밤은 혜기 머릿속에서 다른 빛깔로 채색되어 가고 있었다. 나쁜 여자야, 요샌 명우와 놀아나고, 말할 가치도 없어, 말하며 순구는 아픈 듯 눈물을 흘렸었다. 그때 혜기는 그 눈물을 사죄와 회한의 뜻으로 이해했지만 과연 그것이 그렇게 맑고 단순한 것이었을까. 경옥을 친구에게 뺏기고 끓는 질투와 모욕감이 그를 울게 한 것은 아니었을까. 다른 데서 상하고 엄마에게 위안을 구하는 아이처럼. 나쁜 여자야, 요샌 명우와 놀아나고, 기억의 녹음기를 틀어 귀 기울여 들어보고 혜기는 되풀이해 그 어조의 세세한 울림까지 살려내려고 애를 썼다.

혜기의 일상은 그러한 그늘 같은 감정 위에, 물결 위에 부서지는 햇살같이 다행이라고 느끼는 순간들로 점철되고 있었다.

완이의 등교는 혜기에게 기쁨을 주었다. 완이가 노란 스쿨버스를 타고 네모진 유리창 틀 안에 그림인 듯 얼굴을 보이며, 가로수 모퉁이를 돌아 학교로 갈 때면 혜기는 높이 손을 들어 적어도 앞으로 이십 년간은 계속될 조그만 인생의 등굣길을 마음껏 축복했다.

그리고 가끔씩 서윤의 선생님을 생각했다. 이제 다시 만난다면 어떤 운명의 변화가 올 것 같은 기대와 그에 따르는 두려움이 있었다. 자기 자신 속에 있는 대상 없는 그리움과 순구의 배반에 대한 복수의 탈출구로서 선생님을 생각하는 자신이 혜기는 부끄럽기도 했다.

거의 한 달이 되어가건만 서윤에게서는 다시 전화가 없었다. 혜기는 서윤의 전화를 기다리고 또 기다렸다.

"서윤이니? 저 말이야, 박물관에서 한국 가면극을 한대. 두 주 후데

같이 가서 볼까?"

얼마 뒤에 혜기가 먼저 전화를 걸었다. 신문 광고란에서 사진과 곁들여 난 조그만 가면극 광고를 본 뒤 혜기는 전화 걸 구실이 생긴 것을 기뻐했다.

가만있어 봐, 말하고 잠시 전화기 곁을 떠났던 서윤이 전화기로 돌아왔다.

"그래, 같이 가든지. 그런데 혜기야, 이번 주말에 우리 집에 올 수 있겠니?"

기다리던 말이었으므로 혜기는 이번에는 얼른 대답했다.

"갈 수 있을 것 같아. 몇 시쯤?"

"아무때나. 하루 종일 있을 테니."

전화를 끊자 혜기는 심장이 다 두근거렸다. 베개를 세 개 머리에 받치고 야구 중계를 보는 순구의 곁에 가 앉으며 혜기는 자신이 낼 수 있는 가장 태연한 음성을 만들려고 했다.

"이번 주말, 집에 있겠다고 했지요? 서윤이가 자기 집에 놀러 오라는데."

"그러지 뭐. 우리 다 같이?"

"아마 아닐 거야. 그런 말은 없었어. 그 집은 보통 집하고 좀 달라요. 서윤이는 한 번도 애기를 가져본 일이 없고, 걔 남편은 아주 괴짜 같아요. 싫은 것이 너무 분명한 사람 있지? 그런 사람 같았어."

순구는 과히 좋은 기분은 아닌 대로 텔레비전에 시선을 박고 우물우물 대답했다.

"그러지 그럼."

혜기에게 훅 안도가 왔다.

토요일이 되어 열한 시쯤 혜기는 서윤에게로 가기 위해 집을 나섰다. 날이 흐려서 혜기는 거실의 커튼을 열어놓았다. 네모난 창이 단정하게 잿빛 풍경을 보여주었다. 전날 여러 번 입어보고 결정해두었던 원피스를 재빨리 입고 스타킹도 빨리 신었다. 거울 앞에서 오래도록 꾸물거리는 것을 순구에게 보이고 싶지 않았다.

목욕 후 채 마르지도 않은 머리를 빗고 백을 집어 든 뒤, 아침 먹은 후 다시 침대에 들어가 누운 순구에게 가요 하고 말했다. 침실은 커튼을 걷지 않아 습기 찬 듯 침침해 보였다. 창의 흐린 빛이 순구가 덮고 있는 하늘빛 담요의 그림자 굴곡을 어둡게 비추고 잠을 청하고 누운 순구는 오래 앓고 있는 환자같이 습하고 무기력해 보였다.

선생님을 만나는 일이 아니더라도 외출하게 되어 기쁘다고 혜기는 생각했다. 길을 걸으며 처음 서윤의 집에 가던 날도 이렇게 흐리고 정취 있게 설레는 날이었던 것을 혜기는 기억했다. 날씨의 자그마한 우연이 운명적인 의미가 있는 듯이 혜기에게는 생각되었다.

혜기는 서윤을 처음 만나던 공원을 끼고 걸었다. 야구 하는 아이들의 높은 음성 뒤로 잔디 깎는 기계 소리가 들렸다. 머리카락은 바람을 받고 그동안 말라 만져보는 손에도 비누 향기 풍기는 청결감이 느껴졌다.

검은 티셔츠를 입은 탓인가 야윈 듯한 모습으로 서윤은 문을 열어주었다. 선생님은 낯선 두 명의 여자들과 함께 비둘기빛 낡은 소파에 앉아 있었다. 그 소파는 이사 가는 사람이 버리고 간 것을 쓰레기장에서 갖다 쓰는 것이라고 전에 혜기가 왔을 때 서윤이 말했었다.

커피 테이블에는 얼음을 넣은 술잔, 콘칩, 크래커를 담은 나무 접시, 땅콩 접시, 치즈 접시, 김치 그릇, 재떨이 등이 어지럽게 놓여 있었다. 둥근 램프가 낮달처럼 흐린 한낮의 방을 밝히고 있었다. 그렇게 별러서 온 길이건만, 아 혜기 어서 오시오, 늘 보는 사람에게 하듯 선생님은 곁의 여자들 어깨에 올려놓은 팔도 풀지 않은 채 말했다.

혜기야 앉아, 서윤이 혜기에게 말한 후 선생님 옆의 두 여자에게 내 친구예요, 하고 소개를 했다. 술 때문인지 선생님의 팔 때문인지 여자들은 얼굴이 불그레해져 있었다. 달리 의자가 없어 혜기는 서윤의 옆 동그란 나무 걸상에 앉았다. 그곳에 우뚝 앉아서 소파에 파묻히듯 앉아 있는 두 여자와 선생님에게 인사를 했다. 잘 본즉 여자들은 스물을 갓 넘었을 아주 젊은 얼굴들이었다. 얼굴이 벌겋게 달아올라 가지고 선생님에게 어깨를 주물리고 있는 꽤 예쁜 그 여자들을 혜기는 좋아할 수가 없었다.

"한계영입니다."

"김미현입니다."

여자들은 학생 스타일로 까딱 고개 숙이며 종알댔다.

"그래, 그동안 통 소식도 없고. 모두 별일 없지요? 남편도 무고하고 아이도 잘 크고."

선생님의 그지없이 평범한 첫인사는 혜기를 실망시켰다.

"어마, 결혼하셨어요? 저희 정도인 줄 알았는데요. 그렇지, 미현아."

"응, 정말. 실례지만 몇 살이세요. 우리는 개띠, 스물한 살인가, 스물 두 살인가."

젊은 여자들의 호들갑에 기가 죽는 기분으로 혜기는 말했다.

"아마 옷 때문일 거예요. 애가 학교에 다니는걸요."

"혜기두 잔 하나 있어야겠는걸. 계영이, 미현이, 어서 좀 더 마셔.

서윤도. 가만있어 봐. 에잇, 잔은 내가 가져오지."

선생님은 가볍게 일어나서 부엌으로 걸어갔다.

"점심은 먹었니?"

서윤이 혜기에게 말했다.

"늦게 일어나서 지금 아침 먹고 나오는 길이야."

서윤이 일어나서 레코드를 틀었다. 실내에 피아노 곡이 풀렸다.

"줄여, 소리를 좀 줄여."

빈 유리잔에 얼음을 담아가지고 부엌에서 나온 선생님은 성난 사람처럼 큰 소리를 냈다. 서윤이 일어나서 레코드의 소리를 작게 했다.

혜기가 원했던 것보다 훨씬 더 많이 술을 따라준 후 선생님은 원래의 자리로 돌아가 여자들의 어깨에 아까처럼 손을 올려놓았다. 미현이 담배를 집자 선생님은 곧 성냥을 켜서 불을 붙여주었다. 뭔가 초조해지는 기분을 누르고 혜기는 생각했다. 서윤이 가만히 있는데 내가 편안치 못하다는 것은 가당치도 않아, 혜기는 술을 한 모금 마셨다. 생각보다 독한 술 향기가 목구멍 가득 퍼졌다.

갑자기 오랜 침묵이 흘렀다. 그 침묵을 혜기는 무겁게 느꼈다. 내가 와서 분위기가 깨졌나 봐.

선생님 양 옆구리에 붙어 앉았던 계영과 미현은 잠시 선생님 가슴팍 쪽으로 시선을 모으고, 그래, 응, 그러자, 속살거리더니

"저흰, 이제 그만 가겠어요."

좀 더 예쁜 편인 미현이 말했다. 만류한다면 더 있고 싶은 듯했으나 선생님이

"그래? 그럼."

선선히 말하며 어깨를 풀어주었다. 어마 취했나 봐, 일부러인 듯 휘

청대며 여자들은 깔깔 웃었다.

"넌 얼마 안 마셨지?"

"왜, 난 한 잔, 물 탔는데도."

"난 반 잔인데도 돈다. 선생님이 진하게 만드셨어. 그쵸?"

"계영이, 넌 그 조끼가 거기 안 맞는다. 그 조끼에는 실크 블라우스를 입으면 좋겠어."

선생님이 말했다.

"어마, 너 배꼽 보인다."

미현이 조끼를 만지는 계영에게 말하자, 어디 보자 배꼽 한번 이쁘게 생겼다, 선생님이 장난스럽게 말하며 계영의 배에 머리를 박았다. 여자들은 웃었다. 서윤도 웃었을까, 혜기는 웃지 않았다.

"그럼 선생님, 다음 주에 뵙겠습니다."

"문 앞까지 내 바래다주지."

말하며 뒷손으로 현관문을 닫는 선생님의 몸 옆으로 고개를 조금 디밀고 여자들은 뒤에 남은 서윤에게 인사를 했다.

"사모님, 안녕히 계세요."

"비가 올 것 같지요, 잘 가요."

문이 닫혔다. 서윤이 테이블 위의 잔을 치우기 시작해서 혜기도 부엌에서 쟁반을 가지고 와서 일을 도왔다.

"저 여자들은 누구니?"

"학생들이야, 글씨 배우는."

혜기는 방 안을 둘러보았다. 저편 벽에 붙여놓은 책상 구석으로 붓과 벼루와 먹물 묻은 신문지가 놓여 있었다. 제자랍시고 배꼽까지 내놓고 시시덕거리는 쟤들이, 서윤아 너는 정말 아무렇지도 않니?

"학생들이 많니?"

"일정치 않아. 부인들이 서너 명 되고, 아까 같은 미스들이 또 서넛 다니지. 근처에 사는 일본 부인들도 가끔씩 오고. 아까 왔던 애들은 직장에 다니기 때문에 이렇게 휴일에만 오는 거야. 미국 생활이 모두 바쁘니까 정기적으로 다니는 사람들은 드물고 시간 있으면 오고 그래."

서윤이 방을 대강 정리하는 동안 혜기는 부엌에서 그릇들을 씻었다. 부엌은 한 사람이 움직이면 족하도록 좁았다.

언제나 기대했던 일은 이렇게 되고 말아, 혜기는 흐르는 물에 손을 놓고 오늘을 기다려왔던 자기를 생각했다. 다른 사람에게는 믿어지지 않을 만큼 기쁜 일이 생기기도 하는 모양이지만 나는 그렇지 않아. 내 인생은 늘 같은 빛깔이야, 미인 대회에서 왕관을 쓴 여자들은 웃으면서도 눈물을 흘렸었다. 눈물이 날 만큼 기뻐 죽을 일은 나에게는 일어나지 않는다.

딩동. 여자들을 배웅하고 선생님이 들어왔다. 들어오는 길로 선생님이 부엌으로 쑥 얼굴을 디밀고, 고기 사다 놓은 거 있지? 버섯은 있나. 네, 있어요. 거실에서 서윤이 대답했다.

"혜기, 다 됐소? 다 됐으면 저기 나가 앉아 있어요."

그릇을 다 씻은 혜기는 기가 죽어 선생님에게 급히 부엌을 비워주었다.

선생님이 부엌에서 무엇을 써는 동안 서윤은 쌀을 씻어 전기밥솥에 스위치를 넣고 수저를 식탁에 놓고, 김치 그릇을 놓는 일을 천천히 왔다 갔다 하며 했다. 그동안 혜기는 곁에 놓인 한국 신문을 집어 들고 의미 없이 앉아 있었다. 이곳에 오기 전까지 마음속에 있었던 여러 가지 어두운 욕망이 혜기는 서윤에게 부끄러웠다. 혜기는 더도 덜도 말고 자기 용모가 서윤처럼 생겼으면 하는 생각도 했다. 한때 서윤을 좋아하던 철원이 서윤의 얼굴을 관념적인 남자의 얼굴 같다고 말한 일도 있었지만, 서윤은 언제 보아도 혜기처럼 예뻤다가 미웠다가 하지 않고 자기의 얼굴을 가지고 있었다.

서윤같이 한결같은 얼굴로 모든 일에 스스럼없고 정당해 보이는 사람이 미인이 아닌가, 선생님은 자기에게 별 관심이 없는 듯 보이지만 설사 앞으로 혜기 편에서 선생님을 좋아하자고 해도 서윤은 대적 불가능한 적수인 것 같았다.

혜기가 선생님에게도 서윤에게도 눌리는 기분으로 앉아 있는데 선생님이 둥근 쟁반을 들고 거실로 나왔다. 쟁반 안에는 서툰 솜씨로 넓적넓적 썬 쇠고기와 소 염통과 양파가 있었다.

"어, 눈물 난다. 거 양파 지독한데."

정말로 눈물을 줄줄 흘리며 선생님이 쟁반을 식탁에 놓았다. 양파 한쪽을 씹으면서 썰면 눈물이 안 난다고 알고 있는 상식을 혜기는 말할 기운도 없었다.

"자, 혜기야, 이리 와 앉아."

서윤이 혜기의 손을 끌었다. 전기냄비에서 양파와 고기들이 소리를 내며 익기 시작했다. 선생님은 세 개의 술잔을 가지고 와서 얼음을 채우고 술을 따랐다.

"혜기야, 이거 익었다. 먹어봐. 여기 소금 후추 찍어서."

서윤이 혜기 앞의 접시에 고기를 갖다 놓았다. 분위기가 재미없어진다면 그 책임은 오로지 자신에게만 있는 듯이 혜기는 생각되었다. 독한 술을 한 모금 삼키고, 그 술이 식도를 타고 내려가 위장을 돌아저 밑 배까지 뜨겁게 흘러가는 것을 느끼며 혜기는 필요 이상 높고 큰 목소리로 말문을 열었다.

"저 전화로도 말했지만 서윤아, 가면극 말이야(선생님을 보며), 이번 십삼 일 오후 세 시에 한대요. 그날이 일요일인데 입장료는 오 달러 오십 센트이고……. 일 층 메인 오디토리움에서 한대요. 집에서 광고를 오려 왔어요."

길다란 젓가락으로 고기를 뒤적이던 선생님이 젓가락까지 내려놓고 갑자기 소리 내어 웃기 시작했다. 너무 오래 웃었기 때문에 혜기도 따라 웃었다. 선생님이 갑자기 웃음을 그치고

"뭐가 우스워? 혜기."

혜기는 바보같이 웃던 입을 다물었다. 괜히 웃은 데 대한 수치로 얼굴을 들 수가 없었다.

어이구, 선생님은 말했다.

"어이구, 그 얘기를 하러 오늘 온 거요?"

그러더니

"서윤, 이 사람을 잘못 소개해줬소. 이 사람하고 앞으로 무슨 큰일이 날 것 같아."

온 세상이 움직임을 멈췄다. 혜기의 심장은 고동을 멈추고 꿀벌이 한 마리 졸며 나는 듯 귓속은 태고의 울림으로 떨고 있었다. 앞으로 무슨 큰일이 날 것 같아, 무슨 큰일? 이 세상이 삥 벽을 만들고 운명의 우리 두 사람이 세상과 싸워야 하나? 서윤은 지금 어쩌고 있나. 시선을 밑에 두고 있기 때문에 혜기로서는 서윤의 움직임을 알 수가 없었다.

"선생님, 고기가 연하지요? 동양 식품점에서 샀더니 그래요. 버섯

을 넣을까요."

서윤의 목소리가 혜기의 머리를 치고

"아참, 버섯이 있었지."

선생님의 말소리가 꿈같이 들렸다. 서윤이 버섯을 가지러 부엌으로 가자 선생님의 긴 손이 식탁을 넘어와 혜기의 어깨를 앞뒤로 두어 번 세게 흔들었다.

"난 누구랑 사귀고 싶다 할 땐 소개해준 사람에게 얘기를 해요. 그런데 뭘 그걸 가지고……. 어이구."

꿈결같이 따사로운 행복감이 밀물처럼 차올랐다 썰물처럼 빠지고 다시 다가와 더 높이 차오르고는 했다.

벨이 딩동 울렸다. 부엌에 있던 서윤이 문으로 가는 기척에 이어

"미시즈 배, 어서 오세요."

서윤의 목소리에

"선생님 계시지요?"

조금 딱딱한 여자의 말소리가 들렸다.

"네, 계셔요."

"아유, 파킹 자리가 없어서 한참 돌았어요. 이건 생선이에요. 애 아빠가 낚시 가서 잡았어요, 바다낚시."

미시즈 배라는 여자가 버섯을 든 서윤과 함께 거실로 들어왔다.

"아, 어서 오시오. 이리 와 좀 앉아요."

"점심을 드시네요."

"제가 접시와 수저를 가져올게요."

일어나는 혜기의 옷자락을 선생님이 붙잡았다.

"아, 뭐, 그보다도 자, 서로 인사하지. 오늘 처음 만났지?"

"네."

미시즈 배가 말했다.

"혜기, 인사해요. 이 사람은 미시즈 배라고 하는데 미대 출신이고 남편은 (선생님은 괜히 한번 웃었다) 박사 공부 마치고오…… 미시즈 배, 무슨 박사라고 그랬지?"

"경제예요."

"음, 경제. 그게 뭐하는 것인지. 그리고 이 사람은 혜기라고 하는데 서윤이 친구고. 자, 혜기. 접시 좀 가져오지. 접시하고 수저하고, 잔도 하나."

"에이 선생님, 전 씹는 것보다 마시는 거 좋아하잖아요. 저어, 잔 하나만 주세요."

미시즈 배는 긴 머리를 허리까지 늘어뜨리고 혜기보다 두어 살 위로 보이는데 어쩌면 그보다 좀 더 나이가 위인 것 같기도 했다. 요즘 여자들은 대부분 나이보다 어려 보이기 때문이었다. 미시즈 배는 몸 전체가 조각칼로 베어낸 듯 길죽길죽 선이 생략되고 화장기 없는 얼굴이었다.

미시즈 배가 술을 잘 마시는 것을 혜기는 알 수 있었다. 미시즈 배는 차를 마시듯 쉽게 잔을 비웠다. 조그맣고 네모진 가죽 핸드백에서 미시즈 배는 담뱃갑을 꺼냈다. 선생님이 담뱃불을 붙여주었다.

"닥터는 오늘도 골프를 가셨나 보군."

"그럼요. 새벽 네 시에 부리나케 나갔어요."

"왜 같이 안 다니세요?"

서윤이 묻자

"따라도 가봤는데 실력이 맞아야지요."

미시즈 배가 온 것을 혜기는 다행으로 생각했다. 무슨 큰일이 당장 나는 것보다 지금처럼인 상태가 좋았다.

램프 곁에 놓인 시계가 네 시를 넘어서고 있었다.

"왜 가려고?"

선생님 얼굴에 비친 아쉬운 표정을 혜기는 놓치지 않았다.

"네, 이제 집에 가면 다섯 시."

"내가 오니까 가시네. 나도 곧 가야 돼요. 좀 있다 같이 일어나시지요."

"집이 어디세요?"

혜기가 물었다.

"화이트스톤이에요. 차 가지고 왔으니까 태워다 드릴게요."

"전 이 근처예요. 걸어가지요."

"혜기, 가봐. 내가 바래다주지."

선생님은 일어나서 앞장섰다. 안녕히 가세요, 미시즈 배가 말하고, 잘 가, 그 특유의 느린 어조로 서윤이 단조롭게 말했다.

천장이 드높은 아파트 복도를 가는 허리로 걸으며 혜기는 자신을 당당하고 아름답다고 느꼈다. 새 옷을 입고 문득 대문을 나설 때 같은, 그런 뜨는 해같이 신선한 느낌은 오랜만이었다. 그리운 감각이었다.

"이봐, 혜기. 네 모습은 어딘가 옛사람 같아. 전설적인 데가 있어. 머리를 이렇게 해봐."

선생님은 혜기를 돌려세우더니 두 손을 주저없이 혜기의 귀 뒤로 넣었다. 너무 머리를 잡아당겨 혜기의 두 눈꼬리가 따라 올라갔다.

"이렇게 옆머리를 높이 올려 머리핀을 꽂고 뒷머리는 파마로 해서 내려봐."

선생님은 혜기의 머리를 그대로 잡아당겨 가지고 입을 맞추었다. 몽롱히 거절의 몸짓을 혜기는 헛되이 했다.

짧은 순간이었으나 천지가 곤두박질을 쳤다. 아파트 입구에서 그럼 하고 선생님이 말하자 혜기는 인사도 제대로 못한 채 거리로 나왔다. 아까처럼 흐린 하늘 밑을 혜기는 살아 있는 기쁨을 누리며 걸었다. 자기 자신도 미처 모르는 전혀 딴사람이 된 것 같았다.

집에 돌아와 현관 열쇠를 꽂으며 뜻밖에도 혜기는 싫은 기분을 느꼈다. 이제 문이 열리면 거기에 놓여 있을 일, 일, 일, 익숙한 자신의 생활이 이와 같이 명확히 싫증을 불러일으킨 것은 처음이었다. 순구도 어느 날 집에 돌아와 이 집 안에 대해 그와 같은 감정을 느끼지 않았을까, 혜기는 초조해졌다.

8

도시에도 어느덧 가을이 깊었다. 비를 내리듯 가로수들은 우수수 우수수 잎들을 털어냈다. 거리에도, 주차한 자동차 위에도, 잔디밭에도, 빨강 노랑 갈색의 잎들이 뒹굴었다. 혜기와 완이는 다음 날 완이가 학교에 가져갈 빛깔이 선명한 낙엽을 이곳으로 오는 길에 다섯 장 주웠다.

"어째서 남자들은 수영복을 아무거나 입어도 되는데 여자애들은 꼭 Y의 지정 수영복을 입어야 합니까?"

창가에 앉아 있던 혜기는 말소리가 나는 곳으로 고개를 돌렸다.

YMCA의 여성 휴게실이었다. 서너 명의 여자가 회색 트레이닝복을 입은 여자를 둘러싸고 있었다. 숏커트 머리가 젖었기 때문에 혜기는 그가 수영 교사 중의 하나라고 생각했다.

"아이 돈 노."

트레이닝복의 여자는 웃으며 담배를 꺼내 물었다. 휴게실 안에는 여자들이 앉아 잡담도 하고 책도 읽고 뜨개질도 하고 있었다. 혜기는 완이를 수영 클래스에 입학시키고 그길로 이곳으로 들어왔다.

정말 그 여자의 말처럼 남자아이인 완이는 별소리 없이 혜기가 백화점에서 사준 수영복을 입고 타월을 들고 인솔 교사를 따라 실내 풀로 들어갔다. 그러나 여자아이들은 지정 수영복이 있는 모양이었다.

"우리들은 아직도 뒤에 위치했어요. 안 그래요?"

밀차에 잠든 아기를 눕히고 책을 읽던 젊은 여자가 농담을 했다. 여자라는 유대감 속에 모두 웃었다.

미시즈 배가 들어온 것은 그때였다. 미시즈 배는 긴 머리를 한 손으로 젖히며 문 입구에서 실내를 둘러보았다. 어디를 가든지 남과 다른 대우를 받고자 하는 사람의 태도로 당당해 보였다. 혜기와 미시즈 배의 시선이 서로 닿았다. 미시즈 배를 이곳에서 만난 것이 혜기는 반가웠다. 무료하기도 했지만 서윤의 집에서 서로 안 사람이었다.

그날 이래로 혜기는 다시 서윤의 집을 가지도 못했을 뿐 아니라 전화조차 걸지 못하고 숨죽인 듯 지내고 있었다. 이제 그곳에 간다는 것은 큰일을 각오해야 되는 것이었다. 혜기에게 있어서 거기는 이제까지와는 전혀 다른, 안일함이 없는 극적인 어떤 무서운 운명이 기다리는 곳이었다.

어머니는 여자란 몸 하나만 잘 간수하고 있으면, 남편과 아이, 가정, 차[茶], 햇빛, 음악 같은 이 세상의 사랑스러운 것들을 누릴 수 있다고 말했다. 남자란 여자가 거저 주는 것은 사지 않는다고 말했었다.

미시즈 배는 무대에서 걷듯 주위의 시선을 의식한 걸음으로 혜기에게로 왔다.

"어떻게 오셨어요?"

"아이를 수영 클래스에 넣었어요."

"나도요. 그런데 우리 왜 탈의장에서 못 만났을까요?"

"혹시 여자애 아니에요? 우리 애는 사내……."

"아, 그래서군요. 보이들은 저쪽 복도로 들어가지요?"

"네, 앉으세요. 난 이때까지 실컷 앉아 있었어요."

비어 있는 의자가 없어 혜기는 앉았던 자기 의자를 권했다. 미시즈 배는 사양하고 창틀에 올라앉았다.

"요새 체리 가(街)에 자주 갔어요?"

혜기도 물으려 했는데 높이 앉아 혜기를 내려다보며 미시즈 배가 먼저 물었다.

"아뇨, 미시즈 배는 갔었어요?"

"적어도 일주일에 두 번은 가요. 오늘 오전에도 갔다 왔지요. 집에 시어머니가 계셔서."

"작은애는 봐주시니까?"

"그것보다도 답답해서요. 나는 정말 노인네들 계몽시키고 싶어요. 효성이니 뭐니 하는 모럴 가지고 자식을 잡아매려 하지 말고 얼마만큼 인간으로 생각해줬으면 좋겠어요. 한국에서 잘사시던 노인네 내외분이 집 팔고 땅도 다 팔아가지고 여기 오셔서는 답답하니까 그러시겠지만…….”

다분히 감정이 솟는 듯 미시즈 배는 핸드백에서 금속 담뱃갑을 꺼내어 담배에 불을 붙여 물었다.

“여자끼리의 악순환이에요. 진정한 인간관계가 성립이 안 돼요. 체리 가에는 그래서 자주 들르죠. 이 뉴욕 바닥에서 한국 여자가 가서 담배 피우고 술 마시고 떠들다 올 데가 어디 있어요. 거기를 그저 살롱이라고 생각하면 돼요. 홍은 살롱 주인이고.”

담배 연기를 푹푹 뿜어대며 선생님을 홍이라고 간단히 부르고 무엇이든 탁탁 던지는 듯한 미시즈 배의 말에 혜기는 매혹되었다.

“다니신 지 오래되세요?”

“홍이 처음 미국 온 지 몇 달 안 됐을 때 몇 번 가보고. 그때는 홍이 혼자 살면서 고생 많이 했지요. 단칸짜리 지하실 방이었는데, 드나드는 사람도 별로 없고. 술에 취해 벽에 기대앉아서는 이 미국에서 혼자 죽을까 봐 겁난다고 그런 말도 했어요.”

어마 가엾어라, 혜기의 가슴이 쨍 아팠다.

“여기 불편한데 우리 구내 커피숍으로 가요.”

백을 어깨에 메며 미시즈 배가 말했다. 그들은 커피숍으로 가서 동그란 의자에 높이 앉았다. 자리를 바꾼 후에 혜기가 먼저 선생님의 얘기를 꺼냈다.

“어떻게 알고 선생님을 처음 찾아갔어요?”

“누가 그래요. 괴짜가 있는데 그림 몇 개 사두면 괜찮을 거라고. 그래서 갔지요. 가보니 애들이 손가락으로 그린 그림 같잖아요. 보셨죠? 나도 미술 공부를 하긴 했지만, 꼭 애들이 학교에서 하는 핑거페인팅이라는 거 같았어요. 그런데 소개한 사람 말이, 자기도 그 그림이 좋은지 어떤지는 모르지만 하여튼 사람이 기인이라 죽으면 전기 하나쯤은 꼭 누가 쓸 것이라고 그래요. 그때는 우리 집 이이랑 갔었지요. 가보니 밥도 굶는 것 같았어요. 이 아파트에 온 다음에는 우연히 가게 됐어요. 이 년쯤 세월이 흐르기도 했지만 다시 다니면서 보니 홍이 몰라보게 변한 것 같아요. 서윤이란 여자를 붙잡고 그냥 안이해진 것 같아요. 그런데 서윤은 어떤 여자예요?"

"학교 때 친구예요. 같은 직장에도 다녔구요."

혜기에게 선생님의 매력은 마법 병에서 나온 뭉게구름같이 커지고 또 커지고 또 커졌다. 인류 역사상 수많은 사람 중의 특이한 어떤 인물과 운명적인 만남을 가진 느낌이었다. 이 사람을 잘못 소개해줬소, 이 사람하고 앞으로 무슨 큰일이 날 것 같아. 선생님의 말은 신의 음성처럼 의미심장했다. 어쩌면 나는 전기(傳記)에 오를 여인이 될지도 몰라.

선생님이라는 공통된 화제의 흥미가 미시즈 배와 혜기를 결속시켰다. 그들은 서로의 전화번호와 주소를 수첩에 적었다.

"오늘 우리 집에 갑시다. 신랑은 몇 시쯤 들어오세요? 내게 차가 있으니까 우리 집에 가요. 포도주 담가논 거 있어요. 작년에 담근 거예요."

미시즈 배는 술잔을 부어놓고 오늘로 당장 의형제라도 맺을 듯했다.

아니, 혜기는 머뭇거리다가

"혹시 이다음에 선생님 댁에 갈 때는 우리 집에 들렀다가 같이 가세요."

"그럽시다. 그리고 매주 두 번은 싫어도 또 여기서 만나게 되겠네요. 어디 쇼핑 가고 싶거든 말하세요. 우리 집 이이가 차 가지고 나가면 할 수 없지만, 보통 때는 아마 갈 수 있을 거예요."

어느덧 한 시간이 다 되어 젖은 머리를 하고 추워서 입술을 떨며 완이가 나왔다. 미시즈 배의 아이인 지나도 젖은 머리로 나왔다. 순해 보이는 얼굴에 키가 큰 계집아이였다.

미시즈 배는 혜기네를 집에까지 태워다 주었다.

"그럼 안녕, 혜기 씨 집도 알고 했으니 다음 홍한테 갈 때는 전화하지요."

"네, 그러세요. 바이, 완아, 친구한테 바이 안 해?"

붙임성은 계집애 편이 나은 모양으로 지나는 보도에 선 완이에게 손바닥을 보이며 손을 흔들었다.

문을 열어준 선생님은 미시즈 배의 어깨 너머 숨듯이 서 있는 혜기를 보고 함박꽃이 웃는 듯 풍성히 웃었다.

"아, 어서 오시오. 어떻게 두 사람이 같이 왔소?"

선생님은 혜기를 본 것이 정말로 기쁜 듯했다.

"다 또 좋은 사연이 있지요. 선생님, 어디 나가려고 그러세요?"

점퍼를 입은 선생님에게 미시즈 배가 물었다.

"아니, 방금 들어왔소."

미시즈 배가 들어서고 이어 혜기가 들어서자 선생님은 혜기 어깨 너머로 팔을 돌려 현관문을 닫았다. 선생님의 뺨이 혜기 머리에 와 닿고 껍질처럼 벌어진 가죽점퍼 속 스웨터를 입은 선생님의 가슴이 혜기의 가슴에 닿았다. 혜기는 아찔해졌다.

"선생님, 날이 춥지요? 깨끗하고. 우리 아파트는 오늘 히터를 넣어

줬어요."

"그래? 거 빠르군. 오늘 좀 춥긴 해도 꼭 한국 가을 날씨 같지."

문을 잠근 선생님이 말했다.

창 가득히 햇볕이 들어와 돌바닥 마루에 창 그림자를 띄워놓았다. 이렇게 밝고 조용한 한낮에 이곳에 온 것은 혜기는 처음이었다. 없는 서윤의 존재가 혜기에게 더욱 너그럽고 더욱 크게 느껴졌다.

"아, 어째 혜기는 그동안 통 소식이 없었어?"

선생님의 말투와 서윤의 말투가 많이 닮은 것을 혜기는 서윤이 없는 지금 비로소 알았다. 날카로운 선생님의 눈이 혜기의 온몸을 훑듯 달렸다. 파마는 아직 안 했지만 선생님이 말하던 식으로 머리를 빗은 것이 혜기는 부끄러웠다.

미시즈 배가 커피를 만들러 부엌으로 들어갔다. 뒤질세라 혜기도 부엌으로 들어갔다. 선생님은 내가 있기를 바라겠지, 밀고 당기는 즐거운 게임이었다.

"아 뭐, 거기서들 그러지 말고 물 올려놓고 이리 나오지."

혜기 뒤꼭지에 대고 선생님이 말했다. 부엌 싱크대에는 씻지 않은 찻잔과 계란이 말라붙은 접시가 두어 개 들어 있었다. 미시즈 배가 주전자에 물을 담고, 혜기는 그릇을 씻었다.

"이렇게 우리 맘대로 커피 만들어도 돼요? 사람마다 커피 마시고 밥 먹고 술 마시고 모두 모여들어서 그러면……."

"이런 커피랑 다 학생들이 사 오는 거예요. 우리도 학생이에요. 하여튼 이 방을 쓰는 사람은 전부 학생이에요. 그 조로 얼마씩 내지요. 그건 월사금 같은 거죠. 저 종자 있죠? 걔가 여기 살림꾼예요. 걔한테 내요."

"종자요, 종자가 누구예요?"

서윤이말고 또 누가 있는가.

"못 보셨어요?"

"난 여기 두 번밖에 안 와봤어요."

"요 위 아파트에 사는 아가씬데, 곧 만나게 될 거예요. 어쩌면 금방 올지도 몰라요."

그들이 커피를 만들어가지고 거실로 나갔을 때 선생님은 소파에 누워 있었다. 아까 입고 있던 점퍼는 마룻바닥에 떨어져 있었다. 선생님은 눈을 감은 조그만 얼굴을 ㄴ자로 꺾어지게 높은 소파 팔걸이에 올려놓고 구두를 신은 두 발을 포개어 뻗고 있었다. 선생님의 그런 모습이 혜기는 왠지 서운했다. 혜기야, 그럼 부엌에 있는 너를 그리워해 선생님이 멍하니 앉아 있을 것을 바랐니.

"선생님, 고단하세요?"

미시즈 배의 말에

"아, 뭐 아침에 일찍 일어나서 일 좀 했더니, 그러고 공원에서 달리기를 했더니……. 커피요?"

선생님은 일어나 앉았다.

"네."

선생님은 커피에 설탕을 듬뿍듬뿍 다섯 스푼이나 넣었다. 셋을 넣을 때부터 혜기는 세어보았다. 셋, 넷, 다섯. 어머나 달아서 어쩌나.

"어, 커피 맛있다."

그 설탕물을 한 모금 들이켜고 선생님은 입맛을 쩍 다셨다.

"새 병 뜯었어요."

미시즈 배가 말했다.

"어쩐지."

바닥에 떨어진 선생님의 점퍼를 혜기가 집어 올렸다.

"선생님, 점퍼 소매가 다 해졌어요."

미시즈 배가 말했다.

"그렇지? 몸통은 아주 새것 같은데."

선생님은 별로 그렇지도 못한 점퍼를 치켜들어 보였다. 안감의 양쪽 어깨 짬이 미어져 나간 것도 혜기는 보았다.

"이따 제가 가지고 가서 고쳐 오죠. 여기를 자르고 양말목을 붙이면 돼요."

"그러겠소?"

천진해 보이도록 선생님은 반색을 했다.

"네."

갈 때 잊어버릴라, 중얼거리며 미시즈 배가 메고 다니는 커다란 자기의 가방 옆에 점퍼를 갖다 놓으려 일어났다.

"배고프지 않아? 몇 시야, 점심때지?"

"네, 거의 한 시예요."

팔목의 시계를 보며 혜기가 말했다.

"미시즈 배, 일어난 김에 저기 가서 피자 좀 사다 주겠소?"

이번에는 혜기가 일어섰다

"네."

"아, 혜기는 그 가게를 몰라. 존스 피자리아 말고 요전에 우리 먹던 데 있지, 좀 멀지만 미시즈 배, 수고 좀 해요. 여기 돈이."

선생님은 몸을 비스듬히 눕히고 바지 주머니에 손을 넣어 꼼지락거렸다. 어찌 선생님 돈을 쓰게 할 것인가.

"여깄어요."

마침 일 달러짜리 몇이 있었던 것을 다행으로 여기며 혜기는 자기의 백을 집어 들었다. 그러나 미시즈 배가 재빨리 사올게요, 말하며 문으로 갔다.

"배 여사, 이 돈 가지고 가요."

선생님은 구겨진 오 달러짜리 한 장을 닫히는 문을 향해 힘없이 흔들었다.

문이 탕 닫혔다. 자동 열쇠로 문이 잠겼다. 주위에 정적이 왔다. 이제 드디어 앞으로 일어날 큰일의 서막이 열리려나.

선생님은 쥐었던 돈을 주머니에 다시 넣고 테이블 위의 담배를 끌어당겨 입에 물었다. 성냥이 어디 있더라, 선생님은 두리번 주위를 살피더니 일어났다. 성냥을 가지러 침실로 갔다. 별나게 소리를 죽이며 돌아온 선생님은 한 손에 성냥을 든 채로 스툴에 앉아 있는 혜기를 뒤로부터 안았다. 등받이가 없는 곳에 앉았기 때문에 혜기의 몸은 무너지듯 선생님의 품으로 쓰러졌다. 아까 이곳에 와서 문을 잠글 때 선생님이 스치듯 닿기만 했는데도 혜기는 정신이 혼미해졌었지만, 이젠 얼굴이며 목에 선생님의 입술을 느끼면서도 혜기는 조금도 좋지 않았다. 혜기는 선생님은 좋지만 이런 식의 포옹은 난처했다. 나중 선생님이 부끄러워하시면 어쩌나, 선생님이 나중에 날 어떻게 보려고 이러시나.

스커트를 걷는 선생님의 손을 혜기는 이번에는 사정없이 꽉 잡았다. 갑자기 선생님이 소리 내어 웃기 시작했다.

"니가 단단히 무장을 하고 왔구나. 그래 여기 오면 내가 이런다고 누가 그러던가."

날이 추워 혜기는 까만 팬티호즈를 입고 같은 빛깔의 코르셋을 입고 있었다.

"아니요."

잠시 힘을 늦춘 선생님의 품으로부터 혜기는 몸을 일으켰다. 선생님도 일어나더니 램프대 위에 놓인 조그만 거울에 머리를 빗었다. 램프대에 빗과 거울이 있는 것을 혜기는 지금까지 보지 못하고 있었다.

잘 빗은 머리를 손바닥으로 눌러놓으며 선생님은 소파에 가서 말 잘 듣는 개처럼 얌전히 앉았다. 침묵이 흘렀다. 선생님이 무안해할까 봐 혜기는 마음이 쓰였다.

선생님이 손을 쭉 뻗었다. 화해의 악수를 하자는 뜻일까, 혜기는 손을 뻗어 그 손을 잡아드렸다. 선생님은 잡힌 혜기의 손을 끌어당겼다. 상상외로 센 힘이었다. 다시 난처한 사태가 벌어지고 있었다. 선생님은 혜기의 블라우스 속으로 손을 넣어 브래지어 속의 가슴을 만졌다.

"애 난 사람 젖이 뭐 이래."

싫기 때문에 혜기는 가만히 있었다. 선생님의 이런 행동들이 너무 싫어서 선생님까지 싫어질까 봐 혜기는 선생님이 이제는 블라우스 단추까지 두 개나 풀고 젖꼭지를 깨물어도 가만히 있었다. 가슴쯤 그냥 두자, 그러는 선생님도 몸이 뜨겁지 않았고 숨을 헐떡거리지도 않았다. 이 무슨 우스운 장면인가 혜기는 생각했다.

동작을 갑자기 멈추고 선생님은 욕실로 들어갔다. 욕실의 물소리를 들으며 혜기는 블라우스의 단추를 잠그고 손가락으로 머리를 빗었다. 선생님이 말하던 식으로 빗었던 머리의 핀은 하나는 없어지고 하나는 머리끝에 달려 있었다.

아주 낯선 얼굴로 선생님이 욕실로부터 나왔다. 선생님은 레코드를 틀었다.

"주려면 다 주든가 항거를 하려면 완강히 하든가, 그게 뭐요?"

눈이 세모로 서며 정말 화난 사람처럼 선생님은 소리를 질렀다.

"당신 뭐하는 사람이오? 난 그런 거 싫어해요. 이 집에 오려면 뭐든지 태도를 분명히 해요. 알겠소?"

선생님은 점점 더 화가 나는 듯했다.

레코드가 끝나기 전에 미시즈 배는 돌아왔다. 오는 동안 피자는 식어 있었다.

"날이 추워 금방 식었구나."

선생님이 말했다.

다시 커피를 만들어 그들은 가족같이 굳은 피자를 한 쪽씩 먹었다. 혜기는 한 쪽이나마 겨우 먹었다.

완이가 학교에서 돌아올 시간이 되어 혜기는 일어섰다.

"가려구요? 난 좀 더 있다 갈게요."

미시즈 배가 말했다.

문에까지 따라 나온 선생님은 문턱에 서서, 또 와, 기죽은 듯 작은 소리로 말했다.

"네."

선생님은 현관까지 나오지 않았다. 선생님 집 문이 잠기는 소리를 혜기는 빨리빨리 걸으며 들었다. 현관께에서 혜기는 앞머리에 웨이브를 넣은 동양 소녀를 보았다. 경옥이 또래로 용모도 경옥과 비슷했다. 재도 선생님 댁을 가는가, 혜기는 뒷모습을 잠시 바라보았다. 선생님은 어떤 사람일까, 새 같은 사람? 기인(奇人)? 서윤과 미시즈 배의 평을 넘어서 혜기가 그때 선생님에게 느낀 주된 정서는 가엾다는 것이었다. 선생님이 또 와, 작은 목소리로 말하던 것도 가엾고 낡은 점퍼를 아끼던 것도 가엾고 커피에 설탕을 많이 넣던 것도 가여웠다.

혜기가 현관 입구에서 보았던 소녀는 미시즈 배가 살림꾼이라고 말하던 종자였다. 이럭저럭 한 달이 지나는 사이에 혜기는 종자뿐 아니라 선생님 집에 들르는 여러 여자들을 만나볼 수 있었다. 일본 여자도 한 사람 만나보고 선생님에게 바이올린 레슨을 해주는 키 큰 젊은 여자도 보았다. 바이올린 레슨을 해주는 여자에게 혜기는 기가 죽었다. 큰 가슴, 둥근 히프, 가는 허리, 악기처럼 굴곡이 분명한 몸이 당당히 서서 바이올린 활을 그어대면 오만하고 아름다웠다.

서윤은 자기가 출근하고 난 후면 여러 사람들이 집 안에 온다는 것을 알고 있을 텐데 집 안의 정리 정돈에 신경을 쓰는 것 같지 않았다. 많이 어지르는 것은 아니지만, 냄비에 타 붙은 음식이라든가, 욕실에 빨아 넌 속옷, 베개 위에 있는 벗어둔 잠옷 같은 것이 쉽게 눈의 띄었다. 서윤은 참 자유롭구나, 선생님이고 살림이고 탁 풀어놓고 있으면 이렇게 자유로워지나.

이 사람하고 앞으로 큰일이 날 것 같아, 선생님은 말했었다. 그러나 점점 분명해지는 것은 큰일이 일어난다면 그것은 선생님 자신에게보다 혜기에게 일어나리라는 것이었다. 선생님은 잠시라도 혜기와 호젓이 있게 되면 혜기에게 손을 뻗었다. 전에 미시즈 배를 피자집에 보내놓고 혜기를 만졌듯 같이 있던 사람이 부엌에 들어가거나 욕실에만 가도 선생님은 혜기를 포옹하려 했다. 그 잠깐 사이에 뭘 하자는 것인가, 선생님은 밖으로 혜기를 불러내는 일도 없고, 혹시 단둘이 되어 포옹하고 있을 때라도 누군가 초인종을 울리면 일어나서 문을 열어주었다.

일본 여자들은 가끔 가부키라든가 일본 영화 같은 데 선생님을 초대했다. 일제시대에 교육을 받은 선생님은 일본 말을 잘했다.

자기가 갔는데도 선생님이 침실에서 낮잠을 잔다든가, 책을 본다든가, 바이올린 연습을 하고 있으면 혜기는 서운했다. 선생님에게 가기 위해 완이가 스쿨버스를 타는 정오 무렵까지 혜기는 샤워를 하고 옷을 이 옷 저 옷 입어보고는 했다. 선생님이 틈을 타 만지는 것을 자기에 대한 선생님의 사랑이라고 혜기는 점점 생각하게 되었다.

선생님 앞에서 여자들은 다투어 피는 꽃들이었다. 원정이 손을 뻗으면 더 아름다워지는 꽃들이었다. 선생님의 시선이 자기에게 더 머물면 그것은 다른 여자들을 이기는 것이었다.

아득히 슬프게 느껴지는 정욕의 순간은 선생님과 혼자 있을 때보다도 여러 여자들과 같이 있을 때 혜기에게 오고는 했다. 웃고, 얘기하고, 레코드를 듣고, 먹고 마시고……. 그러다가 문득 혜기의 몸은 선생님이 만지는 것을 갈망하게 되었다. 선생님도 정답고 탐내는 시선을 혜기에게 보내고, 침이 가득 묻은 담배를 건네기도 했다. 선생님과의 공기는 너무 무거워져서 혜기는 자기 심장의 고동인 양 그 공기를 명백히 느낄 수 있게 된다. 시간이 가듯 느릿느릿 흐르고 지구에는 오로지 선생님만이 있는 듯 느껴진다. 이 세상 어떤 것도 그와 비교될 만큼 격렬한 감정은 없었다. 혜기의 모든 욕망은 오로지 한 가지로 모아졌다. 선생님과 같이 침대로 들어가 영원히 있고 싶은 것이었다.

그 뒤는 어떻게 될까? 계속 행복할까? 어머니가 말했듯 나는 버림을 받게 될까? 완이랑 내가 사랑하는 모든 것을 잃어야 할까? 아니면 서윤을 밀어내고, 서윤아 미안해, 선생님과 같이 살게 될까?

너를 끌어올려 주고 싶은데 그러다가 네가 상처받을까 봐 겁난다. 언젠가 혜기에게 선생님은 이렇게 아리송한 말을 했었다. 그게 무슨 뜻일까, 나를 어떻게 끌어올린다는 것인가, 끌어올리면 거기에 무엇이 있을까. 선생님이 던진 그 말의 구체적인 의미는 몰랐지만 그 말을 들을 때 혜기는 더없이 행복했었다. 부성적(父性的)인 모습으로 선생님이 부각되고 자신이 섹시하고 사랑스러운 여자로 느껴졌었다.

미래에 선생님은 아무런 방향도 제시하지 않고 혜기는 홀로 무릎이 떨리는 안타까운 정욕의 늪 속에서 흔들렸다.

불가사의한 것은 이런 모든 감정 뒤에는 안개같이 그늘같이 경옥이 서 있는 것이었다. 순구와 경옥이 지금 혜기가 겪고 있는 깊은 기쁨과 공포를 함께 겪고 같이 침대에 들었다는 사실이 대단하게 생각되었다.

선생님은 혜기 자신이 본래부터 지니고 있는 모든 공포를 끌어냈다. 버림받을까 두렵고, 남을 기분 나쁘게 할까 두렵고, 상처받을까 두렵고, 바보라고 판명될까 두렵고, 너무 영리하다고 그럴까 봐 두렵고, 성적으로 매력이 없다고 그럴까 봐 두렵고, 너무 적극적이라고 그럴까 봐 두렵고, 서윤이 보기에 뻔뻔스러울까 두렵고, 자기가 너무 유혹적이 아닌가 두려웠다.

여자란 몸 하나만 잘 간수하고 있으면, 어머니는 말했었다. 겁이 난 혜기는 선생님과 정말은 자지 말아야겠다고 다짐하면서도 선생님 마음에 들게 옷을 입고 선생님에게 잘 보일 말들을 생각하고, 그 앞에서 최선을 다해 여자를 휘두를 때 자신이 너무 얕은 인간으로 느껴졌다.

서윤을 봐, 괴로운 혜기는 새벽녘 베개를 가슴에 끌어안았다. 선생님 집에 모인 여자들이, 꽃을 피우듯 다투어 성적 매력을 나타내며 온

몸으로 선생님에게 말을 걸고 있는데도 서윤은 무표정한 얼굴로 레코드를 듣기도 하고 창문을 열기도 하고 전화도 받았다. 서윤은 그렇게 드물게 타고난 사람일까, 아니면 미스터 김이랑 여러 고된 시절을 겪으면서 그와 같이 힘 있게 된 것일까.

마음의 갈등 외에도 선생님으로 인해서 혜기는 경제적으로 조금씩 무리를 느끼게 되었다. 미국에 온 이래 혜기는 주에 얼마라는 일정한 돈으로 장을 보고는 했었다. 더 싼 가게를 찾아다니고 고기도 좋은 고기 나쁜 고기를 집었다 놨다 하며 사고는 했었다. 옷을 사는 것은 드문 일이었다.

혜기는 순구에게 말하지 않고 식료품값에서 선생님에게 매달 삼십 달러씩 내는 돈을 종자에게 내고, 커피, 과일 같은 것을 남 하듯이 며칠에 한 번씩은 가지고 갔다. 미시즈 배는 혜기보다 다섯 배는 돈이 많은 듯했다. 그는 다섯 배나 많이 뭘 가지고 왔다.

전에 미시즈 배가 피자를 사듯 혜기에게도 그런 식으로 생각지 않던 돈을 쓰는 경우가 생겼다. 언젠가는 바이올린 하는 여자와 선생님의 점심을 혜기는 샀다. 선생님이 외식을 하고 싶다고 해서 그때 그 방에 있던 바이올린 하는 여자와 선생님, 종자, 그리고 혜기는 근처의 중국 음식점으로 갔다. 언제나 그렇듯 바이올린 하는 여자는 혜기 기를 죽였다. 선생님 옆을 당당히 걷는 여자를 종자와 함께 뒤따라가며 혜기는 저게 남자가 원하는 용모겠거니 섹시하다는 게 바로 저거겠거니 생각했다.

완이 옷과 신발을 사주려고 가지고 있던 돈 이십 달러를 혜기는 생색도 못 내고 지불했다. 모자라는 돈 칠 달러는 선생님이 냈다. 바이올린 하는 여자는 한 푼도 안 냈다. 테이블 위에 놓는 팁도 내지 않았다. 그것은 종자가 냈다.

그날 밤 혜기는 선생님과 바이올린 하는 여자가 테이블 밑에서 손을 잡고 있던 것을 생각하고 신음했다. 아까워라, 이십 달러면 완이 티셔츠가 다섯 개, 세일해서 사면 여덟 개다.

선생님은 보통 사람이 아니고, 혜기 머리로는 가늠할 수조차 없는 천재인지도 모르고 – 아무리 좋게 생각하려 해도 그날의 선생님을 혜기는, 서윤도 아니면서, 용서할 수가 없었다.

며칠 동안 선생님 집에 가지 않은 혜기는 빈 아파트에서 쉿쉿 라디에이터의 스팀 소리를 들으며 방금 배달된 어머니의 편지를 읽었다. 임순희 씨가 죽었다, 암이란다, 얼마 전에는 건넛집 할아버지가 돌아가시더니 모두 사방에서 잘들 죽는구나, 다 죽는구나, 다 죽는구나 – 엄마는 소리쳤다.

창밖으로 가로수의 헐벗은 가지가 온천지에 구원의 손길을 청하는 듯 바람에 휘청휘청 아무 데나 절을 해대고 있었다. 나는 나무와 같아, 뿌리가 땅에 박혀 움직이지 못해. 엄마, 전 무게로 내게 기대지 말아요, 나는 엄마가 생각하듯 행복하고 젊지가 않아, 기력도 없고 생기도 없어. 엄마, 다시 한 번 내게 엄마가 되어줘요, 어린 나를 큰 날개로 봄볕같이 안아줬듯.

9

십일월 중순이 넘어 추수감사절이 가까워오자 나뭇잎이 진 헐벗은 도시는 서서히 산타클로스, 썰매, 흰 눈, 천사 같은 동화의 꿈을 품기 시작했다.

연말연시 대목을 앞두고 물건을 만드는 공장은 바빠져서 서윤이 일하는 곳에서도 붓만 제법 놀릴 수 있다면 임시 고용인을 쓰고 있었다. 종자도 서윤의 소개로 그 스튜디오에 취직했다.

그러나 혜기는 같은 나날이었다. 어느 날 시선을 드니 연초록빛 가로수 잎이 무성해서 가슴이 확 열리는 기분으로 봄을 느꼈듯 세모 또한 백화점 앞 구세군의 종소리에서 비로소 느끼고 또 한 해가 가는구나, 그러면 내 나이가 어떻게 되나, 한국 나이로, 그리고 엄마는? 하고 작년처럼 거리 한복판에 서서 혜기는 계산해볼지도 몰랐다.

김진길의 집에서 추수감사절 저녁 초대가 있었다. 하던 사업이 잘되어 업스테이트에 집을 장만한 김진길의 집들이 겸 초대였다.

"짐도 아직 정리가 안 되어 어수선하고 터키 요리도 자신이 없지만 꼭 오세요. 작년엔 내가 그만 실수를 해서 처음 해본 터키가 아주 맛있게 됐었어요. 올해도 그랬으면 좋겠는데."

김진길 부인이 전화로 혜기에게 말했었다.

순구와 경옥과의 관계를 알고도 가만있었다고 생각했기 때문에 혜기는 그들 부부를 대할 일이 괴로웠다. 서윤을 생각하며, 혜기는 마음속에 다짐해두었다. 서윤처럼 늠름해보자, 우선 겉으로라도.

김진길의 집은 생각보다 넓었다. 말라붙은 잔디밭에 둘러싸인 집은 창마다 불을 켜고 아름다웠다.

"집이 좋아요."

현관을 들어서며 혜기가 인사했다.

"아유, 일이 얼만데 그러세요. 한이 없어요."

미시즈 김이 음식을 하느라 땀이 맺힌 얼굴로 맞아주었다. 혜기가 모르는 부부가 둘 와 있어 혜기네까지 세 부부였다. 여섯 명의 손님들에게 김진길은 새집을 가진 기쁨을 보이며 아래층 위층 지하실로 데리고 다니며 집 구경을 시켜주었다. 네 집의 여섯 아이들이 난방이 잘 안 된 썰렁한 지하실 방에서 맘껏 뛰며 놀았다.

너무나 마음의 무장을 했던 탓인지 혜기는 그날 저녁 미시즈 김이 경옥을 청했어도 놀라지 않았을 것이다. 뷔페식으로 차려진 저녁을 들기까지 화제는 집 얘기에 국한되었다. 집을 보러 다니던 일이며 나중 집 사실 때는 이런 이런 일들을 주의하세요, 미시즈 김도 가끔씩 말하고 김치 냄새 된장 냄새 같은 특유한 우리 음식 냄새에 신경을 쓴다는 얘기들을 했다.

서로 잘 모르는 사람들을 초대해서인지 칵테일 몇 잔씩을 들고도 좀처럼 분위기가 풀리지 않았다.

"앞으로 죄다 돈 들 일뿐이에요. 커튼 해 다느라고 아주 혼났어요. 아직 세탁실하고 지하실에는 새로 페인트도 못 칠했어요. 그림 걸 데도 아주 많죠?"

"이봐."

저쪽 소파에 앉았던 순구가 술잔을 들고 있다가 혜기를 불렀다. 그는 요사이 살이 쪄서 관록이 붙어 보였다. 그들 부부 사이에는 점점 말수가 줄어갔다. 모든 것이 생략되고 메말라갔다. 흥분도 없고 장난기도 없고 신선함도 없었다.

"당신, 거 누구지? 그림 그린다는 사람 알잖아. 당신 친구 남편 말이야."

"누군데요?"

미시즈 김이 물었다. 틀림없이 모를 줄 알면서도 혜기는 선생님의 이름을 말했다.

"홍기욱 씨라고 하는데, 저…… 아는 이들은 모두 굉장한 사람이라고들 그러나 봐요."

"뉴욕 있나요? 그럼 그리니치빌리지에 있다고 하던 그 사람인가. 누가 그러던데, 소개해준다고."

"그 사람 아닐 거예요. 홍 선생님은 우리 집에서 가까운 데 사세요."

"아, 그럼 아니구나."

바이올린 하는 여자와 점심을 먹던 날 이래로 혜기는 선생님 집에 가지 않고 있었다.

"그림 좀 사세요. 재산이라고 사서 걸어두셨다가 나중에 애 결혼할 때 선물로 주세요."

미시즈 김이 사도록 하려고 혜기는 그런 말을 했다. 선생님이 그림 그리는 것을 혜기는 한 번도 본 일이 없었다. 그러나 혜기는 걱정되지 않았다. 성악가는 아무 때나 노래를 부를 수 있고 화가는 아무 때나 그릴 수 있다고 혜기는 생각하고 있었다. 맹목적인 예술에 대한 존경이었다.

"미시즈 강, 그럼 언제 그 화가 한번 모시고 올 수 있습니까?"

김진길이 말했다.

"여보, 그래 가지고 우리 집 어떻게 꾸미면 좋겠는가 조언도 좀 듣고. 하여튼 이 소파 하나 사는 데도 굉장히 싸웠어요. 내 참 말하지. 글쎄, 저 샹들리에 어때요?"

마호가니 디너 테이블 위에서 주렁주렁 수정을 늘이며 빛나는 샹들리에를 바라보며 손님들은 모두 좋다고 한마디씩 했다.

"나는 저런 게 싫거든. 그런데 집사람은 부득부득 저걸 사겠다는 거예요. 내가 화가 나서 차에서 내리라고 소리쳤지. 그런데 여자들은 독한 데가 있어요. 이 사람이 어쨌는지 아세요? 내려가지고는 저걸 사서는 혼자 기차 타고 집에 왔어요. 아휴, 여자 그 성질."

"나도 어디서 들었는데 집은 자기 인격의 표현이라고 생각하기 때문에 그렇게 가구 살 때라든가 집 안 꾸밀 때 싸우게 되는 거랍니다."

손님 중의 한 남자가 말했다.

"저 미시즈 강, 그 화가 우리 집에 모시고 올 수 있어요? 한번 집 보여드리고 조언 좀 얻게요. 우린 아직 가구랑 안 산 게 많거든요."

"그렇게 해보지그래."

순구가 천진해 보이도록 무심한 얼굴로 미시즈 김의 부탁을 들어주었으면 했다.

"미시즈 강, 언제쯤 그 화가를 모시고 올 수 있어요? 되도록 금방이면 좋겠어요. 사실 앞으로는 우리 애 아빠 거래처의 외국인들을 호텔로 모시지 않고 집에 유하게 하려고 해요. 호텔비 걱정보다도 호텔에 모시면 식사 때는 가서 모셔 와야 되고 더 번거롭거든요. 그래서 집을 좀 잘 정리하고 싶어요. 우리 욕실 보셨지요? 좀 큰 편이지요? 욕실 벽에다가 직접 그림을 그렸으면 좋겠는데 그 화가 선생님이 그려주실까요? ……그런데 돈이 너무 들면 못 해요."

"아, 뭐 그림보다 이 욕실 벽 전체에다 거울을 붙여보시지요. 그러면 창밖의 나무라든가 하늘이 여기 비쳐서 아주 좋을 겁니다. 목욕을 해도 자연 속에서 하는 것 같고."

선생님은 미시즈 김의 집을 아래층 위층 돌아보고 욕실을 제외하고는 대개 갈포벽지나 대나무 발 같은 재료들을 권했다.

"백화점에 가면 국산도 있고 중공 제품도 많이 나와 있지요."

남편과 싸우면서 일껏 미시즈 김이 사들였다는 샹들리에를 떼라고 말하고, 새로 장만한 듯싶은 가구들을 지하실에나 두시지요, 집에서 여러 여자들을 모아놓고 명성을 얻고 있는 예술가나 정치가들을 닥치는 대로 안돼먹었다고 불도저로 밀어내버려야 할 인간쓰레기인 양 재판을 해대던 뽐내는 태도로 선생님은 말했다. 선생님은 정말 대단한 사람 같았다. 혜기가 전화로 먼저 미시즈 김의 청을 얘기했을 때 선생님은 벼락부잣집이오? 말은 그렇게 하면서도 굉장히 좋아하던 것을 생각하고, 미시즈 김이 선생님을 싫어해, 오늘 여기까지 기차 타고 왔건만 선생님이 돈을 못 가지게 되는 게 아닌가 혜기는 걱정했다.

"그리고 여기 현관하고 저쪽 거실 벽 저기 말이오. 저긴 내 그림을 걸었으면 딱 좋겠습니다. 난 뭐 팔아먹을라고 그림 그리는 사람은 아니오만."

집을 둘러본 후 선생님과 혜기, 그리고 미시즈 김은 식탁에 앉아서 미시즈 김이 만든 만둣국을 먹고 과일을 먹고 차를 마셨다. 미시즈 김의 어린애가 왔다 갔다 하고 엄마를 성가시게 하는 것만 빼놓고는 아름다운 오후였다. 커튼을 걷은 창으로 흐린 하늘 아래 뜰의 나무들이 흔들리고 있었다.

"미시즈 강, 완이는 어떻게 하고?"

"동네에 한국 부인이 있어요. 그 집 애하고 잘 놀아요."

집 안을 돌아보며 이 집 안 가구들을 돼먹지 않았다고 욕할 때와는 달리 식탁에 점잖이 앉아 선생님은 제삿날 어머니가 음식 장만하던 것 같은 어린 날의 시골 추억들을 얘기했다. 미시즈 김도 미스터 김과

선을 보던 때 얘기를 유머러스하게 했다.

"글쎄, 그렇게 한 결혼이나 마지못해 한 결혼이나 한 칠팔 년 지나고 나니 결국은 다 마찬가지인 것 같아요."

웃으며 미시즈 김은 말을 맺었다.

"남편이 너한테 질투하나?"

선생님의 질문에 조금 생각해보고 혜기는 대답했다.

"안 하는 것 같아요."

"맞았어. 저 말이오, 혹시 잠자리에서 딴 놈하고 재미봐봐라 그런 소리 안 하든가?"

어느 때라 없이 던지는 대담한 화제에 혜기는 단련이 되었지만 어머머, 미시즈 김은 소리를 지르고 웃었다.

"왜 그러시오, 다 알면서. 남편들이 그런 소리를 하는 건 하도 질투가 안 나니까 질투를 유발시키려고 그러는 거요."

"어머, 그렇지만 오셀로두 있구……."

미시즈 김의 말에 선생님은 그러고 또 누가 있소? 어린애를 놀리듯 빙긋 웃었다.

짧은 겨울 낮이 기울어가고 있었다.

"혜기, 우리 그만 일어서지."

"네."

혜기는 일어나 코트를 입고 현관에서 구두를 신었다. 선생님도 미시즈 김이 뒤에서 입혀주는 점퍼를 걸치고 장갑을 꼈다. 저어 선생님, 미시즈 김이 낮게 선생님에게 무슨 말인가를 했다. 돈 얘기겠지.

혜기는 뜰로 나섰다. 십이월의 찬바람이 혜기의 머플러를 깃발처럼 펄럭이게 하고, 아직도 덜 마른 스웨터의 습기를 혜기 살갗 속에 전

했다. 이 스웨터가 늦게 마르는 바람에 아침에 혜기는 선생님에게도 한 시간이나 시간을 어겨서 갔다.

아파트에서 선생님은 미시즈 배가 소매와 안감을 고쳐다 준 점퍼를 입고 소파에 앉아 있다가 혜기를 맞았다. 혜기도 한 번 본 일이 있는 일본 여자가 일본 화가의 화집을 가지고 와서 선생님에게 보여주고 있었다.

"아!"

혜기를 본 선생님은 눈부신 듯 웃었다.

"난 또 안 오는 줄 알았지."

선생님은 일본 여자에게 무슨 일로 이제 외출해야 한다는 얘기를 일본 말로 자세히도 했다. 대단한 데를 가는 사람 같았다. 선생님과 일본 여자, 혜기 이렇게 세 사람은 같이 집을 나왔다. 선생님이 문을 잠그는 동안 혜기는 일본 여자가 들고 있는 화집을 훌훌 넘겨보았다. 옷을 입은 여자, 벗은 여자, 서 있는 여자, 누워 있는 여자들이 책갈피에서 나타났다.

같은 아파트에 사는 일본 여자가 엘리베이터를 타고 올라간 후 선생님은 다짜고짜 말했다.

"니가 섭섭했던 것은 나를 보고 선생님 선생님 하면서도 니가 뭔가 나를 남자로 생각했기 때문이야."

얻어맞은 듯 혜기는 놀랐다. 점심을 같이 먹던 날, 그날 함께 웃으면서 헤어졌건만 선생님은 혜기가 골이 나서 안 왔다는 것을 알고 있었다. 그동안 종자도 두어 번 전화 걸고 미시즈 배도 Y의 수영 클래스에서 만나서는 선생님이, 혜기가 어디 아픈가, 왜 안 오는가, 궁금해 하신다고 했다. 그 말을 들을 때마다 혜기 마음속은 부드러워졌다. 그러나 좀 더 보고 싶어 하라고 선생님에게 가지 않고 있었던 것인데 종자나 미시즈 배에게는 시치미를 떼고 그렇게 말을 하면서도 선생님은 무엇 때문에 혜기가 골났다는 것도 알고 있었다.

선생님 선생님 하면서도 뭔가 니가 나를 남자로 생각하고 있었기 때문이야, 혜기는 정곡을 찔린 듯 부끄러웠다. 남자에 한한 한 어른이 없이 이 세상 남자들을 오로지 여자라는 것 하나로 대하려는 자기의 본질을 들킨 것 같았다. 혜기는 그런 마음을 숨기고 싶었다. 이 세상 연애 하나만 가지고 흔들흔들 살아가는 사람이 되는 것은 두렵고 싫었다.

선생님은 얼른 나오지 않았다. 미시즈 김이 내년 여름에 여기다가 농사를 짓겠다고 짚어 보이던 조그만 채마밭 근처에 어린이용 그네가 두 개 매달려 있었다. 전에 살던 사람도 어린아이가 있었는 모양이었다. 그네에 가서 혜기는 앉았다. 쇠줄 소리가 그대로 빈 그네의 차가움으로 온몸에 퍼졌다.

그렇지만 내 잘못만도 아니야, 혜기는 생각했다. 선생님은 기회 있을 때마다 혜기를 포옹하려 하고 같이 자자고 그랬었다. 그것은 '남자'로서 '여자'를 대하는 방법이 아닌가.

현관문이 열리고 아이를 안은 미시즈 김과 선생님이 나왔다.

"미시즈 강."

미시즈 김이 혜기의 코트 주머니에 무언가를 찔러 넣었다.

"갈 때 차비 하세요. 미시즈 강 때문에 드리는 게 아녜요. 선생님 보고 드리는 것이지."

"아이 참, 나한테도 있어요."

"그러지 마세요. 사실 내가 모셔다 드려야 되는데 운전도 못하지만 아직 차도 한 대라서. 애 아빠가 갖고 나갔거든요. 이렇게 시골로 오니 운전도 해야겠고 차도 사야겠고 차렷하고 할 일이 늘어섰다니깐요."

차 두 대가 겨우 지나갈 수 있는 좁다란 언덕길을 혜기와 선생님은 나란히 걸어갔다. 길 양편 첩첩이 늘어선 나무 사이로 가끔씩 집들이 보이고 머리 위에선 새들이 우짖었다.

"다정한 얘기 좀 해줘."

말없는 혜기에게 선생님이 말했다.

"혜기, 너를 처음 보았을 때 쥐어짜이는 느낌이었다."

트럭 한 대가 달려와서 그들은 길가에 발을 멈추고 길을 비켜주었다.

"선생님, 이 동네 참 좋지요?"

"응. 혜기, 너는 말이야 온 천지에 꽃이 핀 노곤한 늦봄 같다. 같이 살고 싶어."

의심스러운 눈으로 혜기는 선생님을 보았다.

"왜 보니? 너는 내가 싫은가."

훅 혜기는 웃음이 났다.

"선생님은 정말 믿을 수 없어요. 이런가 하면 저렇고 저런가 하면 이렇고."

"그건 니가 나한테 뛰어들지 않기 때문이야."

나무숲이 끝나고 넓은 공지에 억새풀이 우거진 언덕이 나타났다.

"한번 뛰어들어 봐. 무슨 느낌이든 같이 느끼면 좋은 거야."

갑자기 선생님이 혜기의 팔을 붙잡아 나무에 밀어붙이고 혜기에게 키스했다. 딱딱한 나뭇등걸이 혜기의 뒷머리에 닿고 선생님의 감촉은 먼 여로의 닻을 내리는 아늑한 포구 같았다.

한적하기는 해도 언제 어디서 누가 나타날지 모르는 길이었다. 포옹은 곧 풀리고 기차 정거장까지 두 사람은 손을 잡고 걸었다.

"너는 어쩌면 천하의 명기(名器)인지도 몰라."

선생님이 힐끗 혜기를 보고

"내가 어디 가자면 가겠어?"

주위의 공기는 무거워지고 혜기는 두근대는 자신의 심장 소리를 들었다. 천지에 오로지 선생님만이 서 있는 듯했다. 혜기의 정욕은 파장을 그리며 대기 속으로 퍼져나갔다. 너는 어쩌면 천하의 명기인지도 몰라, 순구는 그런 말을 해준 일이 없었고 혜기 자신도 그렇게 생각해 본 일이 없었다. 지금 이 순간 혜기를 누르는 두려움은 어떤 세상의 모럴보다도 선생님의 제의를 받아들여 천하의 명기가 아닌 재미없는 여자로 선생님에게 발각당하는 것이었다.

"빨리 걷지 않으면 기차 시간에 늦어요."

"너는 나랑 둘이 있으면 겁나지? 둘이 있으면 겁나고 누가 있으면 둘이 있었으면 싶고. 내가 아버지 같고 연인 같고 그런가?"

기차 역 지붕 위로 저녁놀이 드리우고 먼 숲이 청회색 하늘 속으로 빨려들고 있었다.

나란히 빈자리가 없어 기차에서 혜기와 선생님은 떨어져 앉았다. 굽은 길이며 자동차와 숲과 인가들이 흐르는 창가에 앉아 혜기는 온몸을 꼭꼭 찌르는 욕망으로 다리가 흔들렸다. 그러는 자신을 비웃고 싶으면서도 자신에 대한 이상한 애정이 솟았다. 어떤 외부의 힘으로 그 두려운 끝까지 한번 저절로 흘러가보았으면 싶었다. 아직 채 어둡지 않은 어둠 속에 가로등이 켜졌다.

그들이 기차에서 내렸을 때 도시는 러시아워로 혼잡을 이루고 있었다. 일루미네이션이 번쩍이고 자동차들은 어둠이 짙은 거리를 바람을 뚫고 달렸다.

"혜기, 지금 지하철도 복잡하고 나는 별로 집에 가고 싶지 않아. 너는 지금 꼭 들어가야 하나?"

도시 한복판에서 수시로 변하는 전광판의 붉고 푸른 조명으로 온몸을 물들이며 점퍼를 입고 서 있는 선생님은 작고 초라해 보였다.

"전 가서 밥해놔야 돼요."

"신랑한테 야단맞나?"

혜기는 웃었다.

"선생님, 그럼 저만 갈게요."

헤어질 때 혜기는 미시즈 김이 주었던 돈을 선생님 주머니에 미시즈 김이 했듯 찔러 넣었다.

선생님 말대로 지하철은 복잡했다. 채 마르지 않은 스웨터 탓에 감기가 오려는지 미열이 일고 목은 조금씩 뜨끔거렸다. 나는 아무것도 아닌 데로 떨어지고 있어. 혜기는 위기감에 가슴이 뛰고 땀이 흘렀다.

10

따르릉, 전화벨이 고요한 탓에 크게 울렸다. 어둠 속에 순구가 황급히 일어나 전화를 받았다. 급히 일어나느라 옆에 누운 혜기의 발 한짝을 무릎으로 밟았다.

"여보세요."

침실의 수화기를 내려놓고 순구는 부엌으로 가 부엌 전화로 통화를 했다. 내가 들으면 안 되는 전화?

잠시 후 침실로 돌아온 순구가

"좀 나갔다 와야겠어."

"음?"

순구는 옷걸이에서 옷을 몇 개 집어 들고 욕실에 가서 갈아입었다. 욕실의 불빛이 열린 침실 문으로 누워 있는 혜기에게 보였다. 급히 옷을 입은 순구가 나가려다가

"어쩌면 오늘 밤 안 들어올지도 몰라."

현관문이 닫혔다. 혜기는 완이가 자고 있는 방으로 가서 창 너머로 밖을 내다보았다. 가끔씩 차들만 지나다니는 빈 길에 눈이 내리고 있었다.

레이스 같은 눈발 사이로 아파트 현관으로부터 순구가 걸어 나와 길 건너에 주차시킨 차에 오르는 것이 보였다. 차의 라이트가 켜지고 시동 걸리는 소리를 혜기는 들었다. 어디를 급하게 가는 것일까.

그렇게 나간 순구는 밤 세 시가 넘어 돌아왔다. 안 오려니 단념하고 앉아 있다가 혜기는 현관에서 열쇠 돌리는 소리를 들었다. 그가 돌아온 것이 혜기는 반가웠다.

"무슨 일이에요?"

혜기는 거실로 나가 전등을 켰다. 털고 남은 눈을 머리와 어깨에 이고 순구의 얼굴은 창백했다.

"어디 갔었어요?"

"경옥이야."

번갯불 같은 침묵이 그들 사이를 갈랐다. 그렇게 말한 순구도 스스

로 놀란 듯했다. 그러나 안도가 오는 듯, 또 앞으로 어찌 되어도 좋다는 듯 순구는 코트를 입은 그대로 의자에 털썩 앉았다.

"아, 그래서."

혜기는 정신없이 말했다. 뭔지 자기가 해온 일에 대해 값을 치르는 느낌이었다. 순구는 습기 찬 코트를 벗고 손가락을 하나씩 하나씩 잡아 빼어 검은 가죽 장갑을 천천히 벗었다.

"요새 쭉 만났어요?"

"응."

"계속 만날 거예요?"

"응."

간간이 차 지나가는 소리가 들리고 옆집 불면증 할머니가 밤늦게까지 켜놓은 텔레비전 소리가 조그맣게 들려왔다.

"나는 견딜 수 있어요."

순구가 얼굴을 돌려 움푹 꺼진 눈으로 혜기를 보았다.

"너는 뭐야, 공자야? 석가야? 예수야? 나는 꽉 갇혔어. 경옥이 죽으려고 해."

"지금 병원에 있어요?"

"아니."

순구가 일어나서 부엌으로 갔다. 냉장고 문이 열렸다가 닫히는 소리를 혜기는 들었다. 순구가 손에 맥주 깡통을 든 채 거실로 돌아왔다. 혜기는 다가가 깡통을 잡은 손을 낚아챘다. 깡통이 떨어져 맥주가 카펫 위에 쏟아졌다. 종이 타월을 가져다가 순구가 젖은 부분을 닦으려 했다.

"난 견딜 수 없어요. 견딜 수 있다고 한 건 거짓말이야."

"당신 잘못은 아니야."

순하게 순구가 말했다.

"경옥이와 여러 번 헤어지려 노력하고 한동안은 정말 안 만났었지. 그렇지만 쉽지 않더군."

"김진길 씨가 알아요?"

"응."

"처음부터?"

"아니. 진길이 많이 충고했어. 그렇다고 나는 경옥을 사랑하는 것도 아니야. 뭐 그렇게 얘기한다면 이성 간의 사랑을 나는 인정하지도 않아."

"그렇다면 왜?"

"글쎄."

순구는 정말 생각하는 얼굴이다가

"걔하고 있을 때 내가 하는 행동, 그리고 자신이 남자답게 느껴지는 것인가, 잘 몰라. 진길이도 내게 그런 질문을 했어."

아무런 결론도 없이 시간이 지나갔다. 겨울 창문이 부옇게 밝아오고 있었다. 그들 부부는 다음 날 더 얘기하기로 하고 수면제를 먹고 침대에 나란히 누웠다.

명우 씨, 경옥이에요. 엊저녁부터 전화를 걸어도 어디를 갔는지 전화를 안 받네요. 어딜 그렇게 돌아다녀요? 전화 걸 때마다 재미없게 번번이 메시지를 남겨놓으라는 명우 씨 녹음된 목소리만 들려요. 그럼 여기 메시지를 남겨놓겠어요. 무엇부터 얘기할까, 하여튼 나오는 대로 시작해요.

나는 말예요, 내 장래를 생각하지 않으려고 했죠. 생각만 하면 골치가 아파서. 그저 하루하루를 살아갔어요. 나를 사랑하지만 순구 씨는 아이 때문에 집을 못 나오겠다는 거예요. 나는 그 아이가 언제나 크나 구체적으로 언제쯤 중학생이 되나 그때까지 기다리자 생각했지요. 아이가 그쯤 크면 별로 아버지 사랑이 없어도 되지 않겠어요? 내 경우를 봐도 중학교를 들어갔을 쯤에는 숫제 부모가 귀찮더라구요. 그런데 그렇게 막연한 말만 믿고 세월이 흘러 내가 늙어버려서 다른 사람을 못 만나게 되면 어떻게 하나 그런 생각도 들고요. 하여튼 장래 생각만 하면 – 장래라야 뭐 먼 장래도 아녜요. 그냥 일주일 후의 일도 생각할 수가 없었어요. 다시 출발점에 가서 서자! 나는 몰래 도망을 갔지요. 멀리 간 것도 아녜요. 오빠 집에 갔었어요. 아파트 미시즈 로즈에게 순구 씨 전화번호를 주고 내가 아주 집을 나가버렸으니 나머지 짐을 치워달라 하라고 했지요. 그 사람이 놀라 얼마나 나를 찾아다녔는가는 명우 씨가 알죠? 거기두 가서 야단했다면서요? 그 사람 꼭 미친 사람 같았어요. 신문에서 그가 익명이지만 겁도 없이 낸 심인 광고를 보았어요. 결혼시켜 주겠다, 부디 돌아오라, 그 광고를 보고도 두 주일가 지나서 나는 그 사람 집에다 전화를 걸었지요. 토요일이었어요. 와이프가 받으면 끊으려고 했어요. 그랬는데 마침 그 사람이 받고 기뻐하는 모습이라니, 와이프는 친구 집에 갔대요. 그 사람은 즉시 내가 도로 들어온 아파트로 찾아왔어요. 우리들은 물론 껴안고 눈물을 흘렸지요. 그는 내가 돌아온 것이 기쁘다고 자꾸 말했어요. 전처럼 장래를 생각할 수 없는 상황이긴 해도 나도 다시 만난 것이 기뻤어요. 떠나기 전이나 꼭 마찬가지 형편이었는데도 말이에요.

그렇지만 그 뒤로 나는 그 사람에게 와이프나 나나 둘 중에 하나를 택하라고 졸라댔죠. 나는 맨날 가슴이 아프고 속상하기만 했어요. 몇 번씩 싸우고 헤어졌다가 눈물을 흘리며 다시 만나는 일이 거듭됐어요. 그 사람은 와이프와 결판을 내겠다고 약속을 하고는 맨날 그 말을 못했다는 거예요. 말할 만한 순간을 찾지 못했다는 거예요. 그 사람은 그 말만 하려면 땀이 나고 가슴이 아파서 한마디도 목소리가 안 난다는 거예요. 조금만 더 시간을 달라고 그랬어요.

그런데 철석같이 약속을 하고 들어간 사람이 소식도 없이 밤이 깊어가요. 결판을 냈으면 그날 밤 안으로 나한테 오든가 적어도 전화쯤은 걸 거 아니겠어요? 그 사람은 보통 때도 담배나 신문 사러 나왔다면서 공중전화를 오래 걸고 그랬거든요. 물론 우리들이 사귄 초기에는 그러지 않았어요. 나랑 지내고 나면 죄의식을 느낀다고 - 아이에게 무슨 나쁜 일이 있다거나 집안에 사고가 생긴다거나 불이 날 것 같은 생각이 자꾸 든다는 얘기도 하고 그랬어요. 그랬는데 나중에는 그런 기분에서도 벗어난 듯 틈만 있으면 나를 만났죠. 어떤 주말에는 와이프에겐 차 고치러 간다면서 나한테 들렀다 가기도 하고 그랬어요.

밤은 점점 깊어갔어요. 이 사람이 오늘도 말할 시간을 찾지 못했는가 하니 눈에 보이는 게 없어요. 집에다 전화 걸었죠. 나는 꽃같은 청춘을 그대로 희생하고 있는데 저는 뭔가, 아무것도 희생하려 들지 않는다 싶으니 참을 수가 없었어요. 밤중임에도 불구하고 전화를 걸었죠. 나는 죽어가고 있다고. 아마 와이프도 있었을 거예요. 그 시간에 어딜 갔겠어요.

헐레벌떡 그 사람이 달려왔어요. 내가 죽어가는 줄 알고 왔다가 싱싱하게 살아 있으니까 넋이 나간 듯 안심하는 얼굴이에요. 송장 치우는 줄 알고 왔을 거예요. 나는 소리 질렀어요. 누구는 침대에서 편히 자고 누구는 혼자 목숨을 끊는구나. 아직도 그 말을 못 했어?

가만히 벽에 기대앉아 있다가 그는 나갔어요. 그가 간 다음에 나는 이상하게도 기뻐요. 와이프하고 얘기할 것 같아서죠. 천하 없이 둔한 와이프라 하더라도 오밤중에 남편이 전화 한 통화에 얼고 떨며 들락거리면 왜 그러느냐고 한마디쯤 물어보지 안 물어보겠어요? 안 그래요?

11

미현의 결혼식이 십이월 중순경에 있었다. 백화점마다 캐럴이 울리고 상점들도 예쁘게 장식되어 미시즈 배와 혜기는 아이들을 맨해튼까지 데리고 나가서 거리 구경도 시키고 라디오 시티 뮤직홀의 성탄절 쇼도 보여주었다.

"이게 바로 그 유명한 라디오 시티 뮤직홀이에요. 우리나라 손님 오실 때마다 여기를 구경시켜 드리죠."

표를 사며 미시즈 배가 말했다.

"난 처음이에요."

"그래요? 여기가 한국서 퀴즈 문답 시간 같은 때 세계에서 제일 큰 극장은? 하면 스톱 하고 라디오 시티 뮤직홀 하고 대답하는 데예요."

아이들을 가운데 앉히고 그들은 쇼를 구경했다. 예루살렘 창공에 홀연 나타난 커다란 별, 바람에 옷자락을 나부끼며 공중에 나타난 아름다운 천사, 그들은 고통스러운 인류에게 구세주가 나타났음을 알렸다.

그 맑고 환한 밤중에 주 천사 나타나
그 손에 비파 들고서 다 찬미하기를
평강의 왕이 임하니 다 평안하여라

순구는 남미로 출장을 떠났다. 경옥을 데리고 떠나는 듯 혜기를 공항에도 못 나오게 했다. 이제 순구는 며칠씩 외박도 하고 있었다. 결혼 육 년에 내가 얻은 게 무엇인가, 입은 옷 몇 개와 아이 하나뿐. 결혼할 때 가졌던 높은 희망, 로맨틱한 이상, 최선의 의도가 몇 번의 해가 바뀐 후 이와 같이 되었다. 공허하게 빈 마음에 이런저런 생각이 떠오를 때마다 혜기는 의자에 몸을 파묻고 자기 연민의 눈물을 흘렸다.

극장을 나왔을 때는 밤이었다. 가로수 가지마다 문어 다리의 흡반처럼 달린 꼬마전구가 불을 켜고 있었다. 가끔씩 실크햇을 쓴 마부가 높이 앉은 관광용 마차가 지나갔다. 말은 흰 입김을 뿜고 있었다. 두꺼운 코트, 털모자, 털장갑, 털목도리로 몸을 싼 완이와 지나는 각각 엄마의 손을 잡고 걸었다.

"미현이는 지금쯤 레이크 조지에 다 갔겠지요?"

미시즈 배가 말했다.

"레이크 조지요?"

"그리로 신혼여행 떠났어요."

미현의 결혼식에 선생님 집에 모이는 사람들은 오 달러씩 내어 선물을 사주었다. 선물은 종자가 나가서 홈세트를 샀다.

"혜기 씨는 엊저녁 체리 가에 안 갔었죠? 계영이 기타 가지고 와서 노래 부르고 재미있게 놀았어요. 어저께는 어떤 남자가 바가지 썼지. 홍을 저녁 대접해 드리겠다고 모시러 왔는데 홍이 우리 여기다 시켜 먹읍시다, 그래서 중국 음식 주문하고 과일 사 오고 술 사 오고."

"어마, 선생님이 왜 그랬을까요? 그 사람한테 무리라는 것을 왜 모르실까요? 선생님은 어떤 때 참 머리가 안 돌아가는 것 같아요. 세상 이치를 너무 몰라요."

"혜기 씨, 홍이 모르고 그러는 것 같아? 나도 벌써 몇 번 그런 일을 당했죠. 홍은 누구를 대접해야 할 때는 다른 사람 돈으로 생색을 내요."

그랬던가, 혜기는 자기가 바이올린 하는 여자를 사 먹였던 생각을 했다. 그렇다면 미시즈 배에게 피자를 사게 한 것은 나를 대접하기 위한 것이었고? 선생님은 그렇게까지 머리를 썼을까, 미시즈 배는 너무 비판적이 아닌가? 내가 경계해야 할까?

"그렇다면 저어, 어저께는 선생님이 그 남자 돈으로 누구를 대접한 거예요?"

"그걸 몰라서 물어요? 미현이죠."

"바이올린 레슨해주는 여자도 있었어요?"

"아뇨. 그 여자 난 괜히 싫더라."

주차장에 넣은 미시즈 배의 차를 찾아 그들은 앉았다.

"엄마 추워."

"좀 있으면 따뜻해질 거야."

미시즈 배의 차 안 라디오에서는 빨간 코의 아기 사슴, 아기 사슴 루돌프 하고 노래했다.

"어제 말이죠, 미현이 유행가 부르면서 우는 거 같았어."

혜기도 술을 마시고 선생님 앞에서 우는 듯 노래를 해보고 싶었다. 혜기의 그리움은 도시처럼 곳곳에 불을 밝히고 선생님에게로 달려갔다.

"미시즈 배, 우리 오늘 선생님 댁에 가볼까요."

"나두 그런 생각 했는데. 이대로 집에 들어가긴 싫죠? 신랑도 출장중이라니 잘됐어요. 혼자 집에 가서 우두커니 있으면 뭐해요. 오늘 완이를 우리 집에다가 두고 같이 갑시다."

"시어머니께 미안하잖아요?"

"에이, 제발 그 맨날 하는 미안하구 송구하구 죄송하구 그런 말 좀 싹 집어쳐봐요. 홍이 언제 그런 단어 입에 올리는 거 봤어요? 당신 뭐하는 사람이오? 맨날 호령이지. 그 소리 들을 때 나 뭐하는 사람이오 하고 거침없이 대답할 사람이 이 세상에 몇이나 되겠어요. 어제 바가지 쓴 그 남자도 당신 뭐하는 사람이오? 그러니까 아무 말도 못하던데."

"그 남자한테는 선생님이 왜 화를 냈을까요?"

"젊은 여자들이 많으니까 이 남자가 기분 좋아 했거든요. 자, 우리 집에 가는 거예요. 우리 어머닌 걱정 마세요. 완이랑 지나랑 저희들 방에서 잘 놀 거예요. 뭐 오래 있지 말고 한 시간쯤 있다가 곧바로 나오죠. 결혼식에 갔다가들 글로 모였는지 모르니깐."

첫 번째 방문 이래로 밤에 선생님 집에 가는 것은 혜기는 처음이었다. 문을 열어준 것은 종자였다. 선생님은 외출 중이었으나 서윤은 집에 있었다. 혜기가 낮에 잘 아는 방을 두 곳에 놓인 램프가 밝혀주고 있었다.

"오랜만이다, 서윤아."

서윤은 웃는 혜기의 시선을 피하며 미시즈 배가 내미는 술병을 받아 선반에 놓았다.

서윤이 날 미워하나, 혜기는 찔린 듯 생각했다. 생각해보면 서윤 편에서 혜기에게 전화 건 일은 혜기가 선생님에게 다니면서부터 석 달 동안 한 번도 없었다. 몇 번 안 되는 일이지만 선생님이 그리울 때면 혜기 편에서 선생님 대신 서윤에게 걸었다. 직장에서 서윤은 바쁜 듯 끊으며 나중에 다시 걸겠다고 말했다. 아니, 안 걸어도 괜찮아, 혜기는 당황히 전화를 끊었다. 서윤이 다시 걸어주는 일은 없었다.

어때, 서윤이 내게 골을 낸다면 그건 선생님이 나를 좋아한다는 뜻이지, 그 증거지. 혜기는 비밀스레 솟는 기쁨을 느끼며 소파에 앉았다.

종자, 계영, 그리고 모르는 여자 셋이 와 있었다. 나이는 혜기 또래로 보였으나 그들은 미혼인 듯했다. 가정 가진 여자는 저녁 외출이 어려울 것이었다. 그 독신녀 중 하나가 금방 한국에 다녀온 모양으로 선물로 레코드를 가지고 왔다.

오늘도 걷는다마는 정처 없는 이 발길
지나온 자국마다 눈물 고였네

선반에다 술병을 놓고 돌아온 서윤이 혜기 옆에 앉으며

"이 밤에 어떻게 왔니?"

혜기는 안도와 실망을 동시에 느꼈다.

"미시즈 배랑 거리에 나갔다가…… 오늘 완이 아빠 출장이거든."

"요새 맨해튼 거리, 애들에게 구경시킬 만하지?"

"응, 애들이 좋아했어. 넌 바쁘니? 참, 철원 씨 말야. 생각나니? 완이 아빠 친구. 그이가 미국에 출장 왔어. 우리 집에서 이틀 밤 주무시고 갔다. 니 얘기 했지."

그 철원이라는 친구 앞에서 순구와 혜기는 싸웠다. 우산을 가지고 나가라 어쩌라 하다가 그만 서로 큰소리를 냈다. 요즘 그들은 침묵하든가 아니면 모든 일에 의견이 맞지 않았다. 혜기가 완이 책을 읽어주면 순구가 늦었다고 자라고 불을 꺼버리고, 순구가 완이를 목욕시키면 혜기는 완이가 감기 들까 걱정스러워졌다. 잘해보려고 마음먹어도 상황은 곧 뒤틀리고 말았다.

"그분, 뉴욕 구경 많이 하고 가셨니?"

"뭐 그럴 새도 없이 봤어. 바빠서 쩔쩔매다가 로스앤젤레스로 갔어. 애가 셋이래."

종자는 침실에서 옷장을 정리하고 있다가 가끔씩 선생님의 옷을 하나씩 들고 나와서

"사모님, 이건 팔꿈치가 다 나갔네요. 버릴까요?"

서윤에게 물었다.

"우린 이제야 여름옷을 넣는다."

서윤이 말했다.

털목도리를 친친 감아 눈만 내놓은 선생님이 돌아왔다. 어이 춥다,

하다가 선생님은 혜기를 보고 뜻밖인 듯

"어! 혜기도 와 있네. 어쩐 일이오."

반가운 듯 소리 질렀다. 혜기는 곧 악기처럼 떨며 선생님에게 공명했다. 아뜩한 위기감이 엄습했다.

"선생님, 미현이 시집가서 섭섭지 않으세요? 걔 인제 시카고에서 살 거예요."

계영이 말했다.

"뭐 난 그런 거 없어요. 갈 사람은 가고 올 사람은 오고 그러는 거지. (흥얼거리듯 노래로) 그게 그런 거지, 그게 그런 거야."

점퍼를 벗고 와이셔츠에 바지 차림으로 선생님은 술잔을 꺼내왔다. 종자가 부엌에 가서 김, 치즈, 땅콩 같은 것들을 가져왔다.

서울에 갔다 온 여자가 거리랑 도시랑 변한 얘기를 하고

"선생님, 머리 그러고 가셨다간 공항에도 못 들어가세요."

"아, 그런가."

선생님은 긴 머리를 손으로 만지며 혜기를 건너다보고 웃었다.

"선생님, 역시 조국은 좋아요. 그렇게 푸근할 수가 없어요. 내가 여기서 얼마나 긴장하며 살았는지 가보니 정말 알겠어요."

"그렇지, 우린 여기서 각자 개성을 잃고 살고 있어. 우린 그저 한국사람이오. 한국의 정치, 경제, 사회, 기후, 심지어 문선명에 대한 것까지 골고루 질문을 받는 그런 게 있지. 너는 사과를 먹느냐 묻지 않거든. 너희들은 사과를 먹느냐 그러지."

술을 조금 마시고 선생님은 소파에 기대앉아 나지막하게 레코드의 노래를 따라 불렀다.

……앞산에 초동과 베 짜던 처녀여
어딜 가느냐 눈물을 흘리며……

"혜기, 그 김진길이라고 하는 사람이 오늘 와서 콜라주 한 점 가져갔어."

그렇다면 선생님은 돈이 생기셨겠다, 혜기는 기뻤다.

……목동은 밭 갈고 처녀는 베 짜서……

"선생님, 미현이 말예요. 오늘 결혼식에서 기쁠 때나 슬플 때나 하는 그 선서할 때 대답 안 한 거 아세요?"

계영이 묘하게 웃으며 물었다.

"몰랐소. 그랬어? 그런데 어떻게 결혼식이 성립됐어?"

"뭐, 대답했겠거니 목사님이 생각하셨겠죠."

미시즈 배가 말해서 다 웃었다.

"오늘 결혼식, 성대했어요?"

혜기가 물었다.

"아뇨. 남자도 유학생이고 미현이도 혼자 와 있는 애라 우리 여기 모이는 사람들 아니면 거짓말 좀 보태 아무도 없었겠어요. 미시즈 강이랑 미시즈 배도 같이 갔었으면 좋았을걸."

종자가 말했다.

그날 밤 제일 먼저 자리를 뜬 것은 서울 여행에서 돌아온 여자였다. 간호원으로 밤 근무를 해야 된다고 했다. 선생님은 그 여자를 밖까지 배웅 나가고, 그 뒤로 일어선 종자도 문간까지 따라 나가 배웅하고 돌아왔다. 한 시간만 있자고 온 것이 어느덧 열한 시 가까이 되었다. 혜기와 미시즈 배도 일어났다.

"내 바래다주지."

선생님은 이번에도 따라 나왔다. 침침한 불빛으로 카펫이 깔린 아파트 복도가 보드랍게 떠 보였다.

"그리 가지 말고 이리로 나가지."

선생님은 수위가 앉아 있는 로비가 아닌 뒷문 쪽으로 그들을 끌었다. 그리고 복도가 꺾이는 곳에서 혜기를 끌어당겼다. 미시즈 배는 한발 앞서 복도를 꺾어 돌고 선생님은 혜기에게 짧게 키스했다.

"또 와."

복도 문간에서 그들은 선생님과 작별했다.

"자, 일루 나가요."

안에서만 열리게 된 문을 선생님은 열어주었다.

문이 닫혔다. 정신없이 나선 밖은 적막하고 추웠다. 미시즈 배가 가로등 빛에 혜기를 살피듯 보았다. 잘 보이지는 않겠지만 그래도 지워진 립스틱 때문에 얼른 고개를 숙이고 혜기는 말했다.

"빨리 가요. 늦었어요."

미시즈 배는 무언가 생각하다가 이리 와봐요, 혜기 손목을 잡아 아파트 주위를 돌아가며 서 있는 관목 속으로 끌어당겼다. 나무들은 혜기 가슴의 키로 전지되어 있었다.

"우리 여기 좀 있다가 갑시다."

순간 그들이 방금 나온 문이 또 벌컥 열려서 혜기는 서 있던 관목 뒤로 얼른 몸을 낮췄다.

"뭐가 그리 급해."

혜기는 선생님 말소리를 듣고 나무 사이를 헤집고 보았다. 선생님이 독신녀 중 하나의 팔을 끌어당겨 입 맞추고 있었다. 선생님 품에서 여자는 짧고 높게 웃었다.

"잘 가."

선생님이 말했다.

문이 닫히고 여자는 혜기들이 숨어 있는 앞을 걸어 지나갔다. 충격을 받아 혜기는 숨을 쉴 수가 없었다.

"봤지? 아직 또 두 여자 남았어."

미시즈 배가 속삭였다.

다음에 나온 것은 계영이었다.

"봤지? 더 볼까요?"

"가요."

혜기가 일어섰다. 이젠 춥지도 않았다. 용암처럼 끓어오르고 또 끓어오르는 노여움만 있었다.

차에 앉은 미시즈 배는 시동을 걸지 않고 그대로 날카롭게 앞을 내다보았다. 유태인의 하누카 촛대라든가 크리스마스 장식품들이 아파트 창들을 드문드문 장식하고 있었다.

"저가 영어도 모르지, 홍 말이야. 나이도 들어가지고 노동도 힘들지."

"암만 그렇다 하더라도……."

혜기는 더 말을 할 수가 없었다.

"그림을 그린다 뭐 한다 아리송 최면을 걸어. 남자 기생이야. 기생들도 악기 뜯고 춤추고 시를 짓지 않아요?"

미시즈 배 당신도? 아까 미시즈 배가 혜기를 살폈듯 이번에는 혜기가 미시즈 배를 살폈다. 그러나 곧 시선을 거두었다.

"혜기 씨, 결혼한 미현이 말야. 홍한테 한번 폼으로 결혼한 거 같지 않아? 그랬는데 홍은 눈 하나 깜짝 않았을 뿐더러 자기 계집 사단들을 인솔해 축하 구경을 가고. 뭐 나쁠 것도 없지만 홍이 스스로 자처하는 페미니스트라는 게 뭐야. 여자 자궁에 붙어 양분 빨아먹는 커다란 태아야."

"그럴 수 있다니, 선생님은 정말 이상한 사람이에요."

"그런데 왜 왔니, 넌? 골내러 왔니?"

벽에 어른어른 빛을 반사하며 레코드가 돌아가고 있었다. 방 안에는 겨울 햇볕이 가득 차고 빠아랍빠 빠랍빠 빠랍빠 호른의 선율이 굵게 흘렀다. 혜기는 소파의 이쪽 끝에 선생님은 소파의 저쪽 끝에 멀찍이 떨어져 앉아 있었다.

"선생님을 뭐라고 말할 것도 없어요."

혜기는 계속했다.

"모든 게 내 탓 같기도 해요. 엄마도 남편도 친구도 인간관계가 내겐 남들처럼 안온하기만 하지 않아요."

"넌 그러면 다른 사람들은 다 평안하다고 생각하는구나."

"네. 서윤을 봐도 그렇고."

"넌 어떻게 그렇게 모르니. 내가 너하고 김 씨 집에 가던 날 서윤은 하루 종일 침대에서도 못 일어났어."

"왜요?"

"너를 질투하고 있어."

잠시 쉬었다가

"서윤은 나를 증오해. 내가 언제 기진맥진해 쓰러지나 지켜보고 있어. 쓰러진 내게 침 뱉으려고. 나를 꿀항아리에 빠진 파리처럼 만들려고 내게 여자들을 자꾸 데려오지. 혜기, 이리 와봐."

선생님의 손이 쓸쓸히 와서 혜기의 어깨를 잡았다. 혜기를 품에 안고 선생님은 빠랍빠 빠랍빠 삼박자 호른의 선율에 맞추어 몸을 흔들었다.

"좋지 않니?"

"좋아요."

"인생은 고해라 하지만 이런 순간이 있으니 살 만하지."

"네."

"고통스럽게 살지 말어."

혜기의 스웨터 속으로 선생님의 손이 부드럽게 들어왔다. 고생스럽게 살지 말란 말이오, 그 손이 뜨겁고 선생님의 얼굴이 뜨거운 것이 혜기는 좋았다. 브래지어가 열리고 스웨터가 벗겨졌다. 딩동 벨이 울렸다. 현관에 누가 왔다. 종자도 이젠 직장을 가졌으니 이 시간에 올 사람이라면 미시즈 배? 일본 부인들?

움직이던 손을 멈추고 선생님은 벗은 혜기의 상반신을 안았다. 딩동 딩동 딩동, 만일 미시즈 배라면, 그리고 문 하나 뒤의 지금 나를 본다면……. 벨을 몇 번 더 눌러보다가 방문객은 가버렸다.

"약을 먹니?"

"아니요."

"그럼 다른 거? 루프?"

"아무것도 안 했어요."

선생님은 부드럽게 혜기 귀에 속삭였다.

"서윤의 서랍 속에 다이아드람이 있어. 제일 위 서랍."

혜기는 맨살에 선생님이 던져주는 점퍼를 걸치고 침실로 들어갔다. 혜기는 그만 집으로 돌아가고 싶었다. 오늘 이럴 계획으로 온 것은 아니었다. 들어오는 길로 혜기는 전날 밤 숨어서 본 것을 가지고 선생님을 있는 대로 비난했었다.

서윤의 서랍 속에서 작은 곽을 찾아내어 혜기는 욕실로 갔다. 어느 쪽이 위쪽이더라, 혜기는 설명문을 읽고 떨리는 손으로 그것을 몸속에 집어넣었다. 얼마나 많은 여자들이 서윤의 것이라는 이 기구를 사용했을까.

혜기가 욕실에서 나왔을 때 선생님은 침실로 와서 침대 속에 들어가 있었다. 선생님은 담요를 쳐들어 혜기를 눕게 했다.

"가만히 좀 쥐고 있어. 죽어버렸어."

선생님 말대로 혜기는 했다. 그동안 선생님의 손은 혜기의 머리를 천천히 만졌다.

혜기의 손안에서 선생님의 준비가 되는가 하더니 혜기 몸에 들어오고 모든 것은 끝이 났다. 순식간의 일이었다.

"미안해."

선생님은 말했다.

"괜찮아요."

이번에는 혜기가 땀에 젖은 선생님을 안았다. 스팀이 소리를 내며 들어오고 성에가 낀 유리창이 햇볕에 반짝였다. 정말 괜찮아요, 이 세상 어디에도 속해 있지 않은 것 같은 부웅 뜨는 느낌 속에 한 발씩 성숙해갈 때마다 고독해질 자신의 미래를 혜기는 보았다. 선생님 안녕히, 혜기는 마음속으로 선생님에게 작별을 고했다.

12

겨울은 초현실적인 추위로 혜기를 둘러쌌다. 거울을 볼 용기가 없어지고 문밖으로 나갈 마음이 없었다. 혜기의 인생은 감자나 파처럼 도마 위에 벌거숭이로 나동그라져 있는 듯했다.

순구는 며칠씩 집에 들어오지 않고, 들어와서 마주 앉아 있을 때에도 그들 사이에는 얘기가 없었다. 그들 부부는 각각 아이에게만 말했다. 할 말이 있는 것을 참는 것이 아니고 혜기는 순구에게 정말로 할 만한 말이 없는 것을 발견했다. 그들은 서로에게서 연관을 잃고 노를 잃은 쪽배처럼 표류했다. 살아 있다는 것을 표시하는 동작으로만 서로에게 존재했다.

한참 동안 혜기는 침대에 엎드려 있었다. 어둠이 걷히지 않은 아침이었다. 순구도 눈을 감고 있었다. 그러나 깨어 있었던 듯 혜기가 손을 건드리자 눈을 떴다.

"여행 재미있었어요? 그 아가씨랑? 이렇게는 살 수가 없어요. 우리 모두가 비참해. 나는 완이 데리고 서울로 갈 테야."

"완이 그놈을 생각하면……."

순구의 말에 혜기는 눈물이 솟았다.

"당신은 지금 나가요. 나가서 그 애한테 가요."

혜기는 벽에 기대앉았다.

"여비나 줘요."

아 참, 큰 한숨같이 말하며 순구는 그들 사이에서 잠든 완이의 가슴에 고개를 묻었다. 지난밤 완이는 모처럼 아빠가 온 것이 좋은 듯 그들 침대로 베개를 안고 왔었다.

완이는 졸린 눈을 조금 떴다.

"으응…… 아빠?"

"완아, 괜찮아. 괜찮은 거야."

"그 애를 그냥 둬요."

순구는 일어나 욕실로 들어갔다. 잠긴 욕실 문을 혜기는 두들겼다.

"비행기 편 알아봐요."

문이 열리며 성가신 얼굴로 순구가 걸어 나왔다. 그는 옷장을 열고 되는대로 옷들을 꺼내 입었다. 여권이 어딨지? 그는 혜기가 꺼내 주는 여권을 가지고 걸어 나갔다. 현관문이 닫히고 밖에서 문 잠그는 소리가 들렸다.

오후 다섯 시경 순구는 돌아왔다. 현관문을 열쇠로 열기는 했으나 그는 혜기가 질러놓은 쇠줄 빗장 때문에 들어오지 못하고 딩동딩동 조심스레 두 번 벨을 눌러보고 한참 기다리다가 다시 딩동 디잉동 벨을 눌렀다.

"아! 아빠."

학교도 못 가고 장난감을 가지고 엎드려 놀던 완이가 귀를 세우고 일어나 앉았다. 문간에서는 다시 기척이 없었다. 돌아서 간 순구에게 혜기는 증오 섞인 그리움을 느꼈다. 그가 아주 돌아왔는지도 몰라, 전처럼 살자고. 간 것이 명확했지만 혜기는 발소리를 죽여 현관께에 나가보았다. 넓적한 흰 봉투가 눈을 쏘듯 들어왔다. 봉투 안에는 편지도 없이 완이와 혜기의 비행기표와 천 달러의 돈이 들어 있었다.

전화벨이 울리고 있었다. 다섯 번쯤 울린 후에 혜기는 수화기를 들었다. 순구가 아니고 김진길이었다. 어색한 임무를 맡은 그는 더듬는 목소리로 비행장에 모시고 나가겠다고 말했다. 부탁할 일 있으면 서

슴지 말고 하십시오.

전화를 끊고 난 혜기는 비로소 막막한 현실이 느껴지며 텅 빈 평정이 왔다. 창밖은 겨울 황혼의 스러지는 빛이 간밤에 내린 눈을 푸르게 비추었다. 완이가 보고 있는 텔레비전에서는 여느 날과 다름없이 방과 후 어린이들을 위한 만화영화가 방영되고 있었다. 보통때의 혜기라면 이제부터 카펫을 청소기로 밀고 저녁을 시작할 것이었다. 쿠바인인 아파트 관리인의 부인이 앙헬 앙헬 아이를 찾아다니며 부르는 소리가 들렸다. 이 집 밖의 모든 것은 변함이 없는 듯했다.

혜기는 침대 밑에 놓여 있는 트렁크를 엎드려 꺼냈다. 미국 오게 되었다고 순구와 나가서 남대문에서 샀었다. 그때 미국은 미지의 땅이었다. 이 땅에 파견 근무하게 된 것을 그들은 기뻐했다. 기회를 이용해서 우리 둘이 다 공부를 해보자, 힘들더라도, 순구는 그런 말도 했었다. 새벽녘 알래스카 공항에서 입국 수속을 하던 일, 같은 비행기를 타고 왔던 한국 사람들은 로스앤젤레스, 시카고…… 비행기가 쉴 때마다 몇씩 광대하고 다양한 미국 토양에 이정표를 세우기 위해, 혹은 그냥 흔적 없이 잦아들기 위해 내렸다. 이곳에서의 춥던 첫날 밤, 침대도 없이 김진길 내외가 준 담요 세 장을 깔고 덮고 전화번호 책을 베고 잤었다. 광고를 보고 중고품 가구를 사러 다니던 기억, 하루 이틀 걸려 다니던 자동차 여행, 단편적인 추억들이 혜기의 마음을 산란하게 했다.

닷새 후 김진길이 운전하는 차에 올라 혜기와 완이는 그들이 사 년 전 내렸던 케네디 공항으로 향했다. 길가 잔디에 녹지 않은 눈이 희끗희끗 보이고 그들 일가족이 야구 구경을 갔던 빈 쉐 스타디움이 지나갔다.

선생님은 지금 무엇을 하고 계실까. 요즈음은 어떤 여자가 새로 왔을까.

공항 안은 혼잡했다.

"한참 기름 파동이다 뭐다 하더니 경기가 많이 회복된 모양이지요. 이렇게 사람이 많으니. 두 달 전만 해도 공항이 한산했는데."

여러 사람이 왔다 갔다 하니까 좀 나은 듯 김진길은 혜기의 트렁크를 들어 짐 체크대에 놓으며 말했다.

공항 어딘가에 순구가 와 있을 것 같은 기대를 혜기는 떨쳐버릴 수가 없었다.

"서울 가십니까?"

동그란 얼굴에 안경을 쓴 키 큰 한국 남자가 혜기에게 와서 물었다.

"네."

"저 부탁이 있어요. 우리 어머님인데요."

청년은 어렵게 말을 꺼냈다. 그가 가리키는 쪽을 혜기는 보았다. 외국인들 사이에 회색 치마에 회색 두루마기를 입은 할머니가 흰 수건을 눈에 대고 정신없이 울고 있었다. 저만큼 완이를 데리고 서 있던 김진길이 무슨 일인가 하고 혜기를 보호하려 가까이 왔다.

"같이 가십니까?"

청년은 김진길에게 물었다.

"아니요, 저만 가요."

"수고스럽겠지만 우리 어머니 좀 도와주십시오. 비행기 안에서 뭐 쓰는 거랑 입국 수속 같은 때."

할머니는 울던 얼굴에서 수건을 떼고 혜기를 바라보았다. 얼굴 전체가 짠 눈물로 벌겋게 터 있었다.

"내가 미국 온 지 두 주일인데 먹지도 못하고. 그 두 주 동안 하나도 못 먹었다오. 그러구 잠도 못 자구. 살 수가 없어 가긴 가지만 이제 떠나면 살아생전 자식 손주들을 다시 볼 수 있을까."

할머니는 소리 내어 새로운 울음을 터뜨렸다. 김진길은 고통스러운 혜기에게 이런 짐까지 지워지게 된 것이 안된 듯

"저, 다른 분을 찾아보시는 게. 지금 이분은 몸이 불편해서."

"괜찮아요. 모시고 갈게요. 할 수 있어요."

혜기가 말했다.

김진길은 기념품 가게에 가서 커다란 장난감 자동차를 사다가 완이에게 주었다. 공항 청사 바닥에 완이는 엎드려 자동차를 손으로 밀어 보았다. 새 장난감은 그의 마음을 뺏은 듯했다.

확성기에서 승객에게 비행기 탑승을 알렸다. 완이를 앞세우고 혜기가 이제는 내놓고 통곡하는 칠순 할머니를 부축해 출구로 들어갈 때 김진길은 다가와 혜기의 손을 쥐었다.

"순구 그놈도 괴로워하고 있어요. 이게 무슨 미친 지랄인지 자신도 모르겠다고 해요."

눈물이 나서 혜기는 고개만 겨우 끄덕였다.

명우 씨, 나 경옥이에요. 지난 주말에는 즐거웠어요. 오랜만에 먹고 마시고 춤추고. 덕분에 월요일에는 출근도 못 했어요. 그런데 오늘 전화 건 것은 고맙다는 인사나 하려는 게 아니에요. 요전 파티에는 사람들도 많이 있고 순구 씨도 옆에 있어서 얘기를 못 했지만, 빨랑 말해서 난 지금 최악의 상태에 있어요. 그 사람 와이프와 아이가 한국으로 가버렸는데 난 오히려 더 불행해요. 그 와

이프라는 이는 말예요, 우리 관계를 알고도 남편을 턱 놔주는 성인군자, 이해 깊은 여자, 성녀 노릇을 하더니만 무슨 맘을 먹었는지 갑자기 서울로 가버렸죠. 그런데 고민은 그 후부터예요.

명우 씨도 알다시피 그 와이프가 떠나자 나는 아파트를 옮기고 그 사람은 퇴근하면 내게로 오곤 했지요. 서너 달이 지나니 우리들은 많이 가정적으로 되고 서로 편안해졌어요.

그 사람은 안도의 얼굴로 이런 말도 했어요. 전에는 자신이 말할 수 없이 나쁜 놈으로 여겨졌다고요. 여러 가지 사회적 제약이라든가 앞으로 남은 법적인 문제 같은 것은 대처해나갈 자신이 있고 — 인생 최대의 문제가 풀린 기분이다라고 했어요. 물론 그 사람은 가끔씩 우울할 때도 있었죠. 애 때문일 거예요. 와이프하고는 별로 정이 없는 걸로 알고 있어요. 나도 가끔 성질을 부리긴 했죠. 그 사람은 마침내 친구 집에 맡겼던 짐들을 죄다 가져오고 완전히 신혼살림같이 살기 시작했죠. 그 사람은 정식 결혼은 서두를 필요가 없다고 해요. 그럴 때마다 우리는 굉장히 싸웠어요. 그는 점점 우울해지기 시작했어요. 명우 씨, 어제는 그가 어쨌는지 아세요? 자기는 한번 혼자 있어보고 싶다고요. 고등학교 때부터 가정이 어려워 가족들 생계를 혼자 책임지다가 동생들이 다 커서 짐을 벗게 되자마자 결혼을 하고 또다시 가장으로서 짐을 져왔는데 이제 어차피 이혼을 하고 혼자가 되었으니 좀 더 자유를 누리고 싶다고 말했어요. 또다시 금방 결혼으로 들어가고 싶지 않다고 했어요. 그 말 할 때 얼마나 냉정한지 내 귓구멍에 금방 서리가 더께로 앉는 것 같았어요.

그러고는 나갔어요. 물론 내가 또 울고불고 야단했죠. 뭐 다른 재미가 있어서 그러는 거는 아니래요. 그렇지만 나는 그 말을 알아듣지를 못하겠어요. 그가 내 옆에 누워 집에 있는 와이프에게 여러 가지 이유를 그럴듯하게 만들어 늦게 들어간다든가 못 들어간다든가 출장 간다든가 거짓말을 수없이 해대는 것을 보았거든요. 내가 어떻게 그를 믿을 수 있어요. 그 사람하고 살면 평생 내 마음은 불안할 거예요.

그 사람은 나로부터 도망가려는 생각밖에 없는 것 같아요. 명우 씨, 나는 지금 집에 혼자 있어요. 그 사람 옷이랑 짐이랑은 여기 아직 있지만 그 사람은 독신자 아파트로 옮겨 갔어요. 언제 와서 짐을 다 가져갈지 몰라요.

무슨 말을 할 때면 냉정한 얼굴에 비뚤어진 미소를 띠고 그는 꼭 악마처럼 보여요. 그냥 그 입을 달려들어 찢어놓고 싶어요.

명우 씨는 여자들을 많이 알고 연애도 많이 해봤지요. 그러니까 이런 경우 어떻게 하면 좋은가 좀 가르쳐주세요. 어떻게 하면 남자 마음을 잡을 수 있나 그 비결 좀 가르쳐주세요. 언젠가 한번은 명우 씨와 연애하는 척해서 그 사람 마음을 돌린 적도 있고, 또 두어 번 도망도 갔었지요. 그때마다 그 사람은 내게 돌아왔어요. 그런데 나는 지금 굉장히 두려워요. 그가 아주 떠난 것 같아서.

그를 놓치면 나는 내 인생에서 패배자가 돼요. 사랑이니 뭐니 그런 달콤한 승부가 아니라 그냥 나는 비참한 패배자가 돼요. 죽어버릴 거예요. 그 사람을 도로 불러들이기 위해 또 한 번 도망가 버릴까요. 정말 그럴까 봐. 그런데 그 사람이 이번에도 나를 찾아줄까요? 나는 자신이 없어. 암흑이에요. 명우 씨, 녹음테이프가 다 돌아갔는지 몰라. 하여튼 전화 걸어주세요. 내가 전화를 안 받으면 또 떠난 걸로 그리 아세요. 그런데 명우 씨, 그 사람이 내 계획대로 나를 찾는다 하더라도 나는 언제나 쉴 수가 있을까요. 그 사람을 내게 붙들어두기 위해 항상 이렇게 떠나야 한다면…….

그로부터 삼 년이 지났다. 순구와 경옥은 텍사스에서 한 살이 조금 넘은 계집아이를 기르며 살고 있으며, 지금은 월급쟁이 생활을 하고 있는 순구는 큰 도시로 나와서 역시 하던 일인 무역일을 해보고 싶어 한다고 그곳에 다녀온 김진길이 전한다. 또한 순구는 김진길 일가가 방문하기 전해 여름에 서울을 다녀왔는데, 그 여행길에 혜기와 완이를 만나보았다고 – 완이가 어느새 큰 아이가 되어 아버지를 보고 부끄러워했으며, 옆에 있던 혜기는 완이가 그림을 잘 그리고 하모니카를 잘 분다고 말하며 웃더라고 – 순구는 김진길에게 얘기했다 한다.

작품 해설

부유하는 삶 또는 사랑

- 권영민(문학평론가, 서울대 교수)

1

소설가 김지원이라는 이름을 떠올리면 가슴에 스산한 바람이 일어난다. 이 바람은 쓸쓸하다. 그러나 때로는 뜨거운 소용돌이를 일으킨다. 보이지 않게 마음을 할퀸다. 어디로 불어갈지 알 수 없는 바람, 그 바람을 쓸어안으면서 김지원의 소설을 다시 읽는다는 것은 말할 수 없는 아픔이다.

김지원 소설의 원점에는 「사랑의 예감」이 자리 잡고 있다. 이 작품은 1997년 제21회 이상문학상 대상 수상작이다. 당시 심사위원들은 이 작품에 대해 세상의 모든 일들이 있는 그대로 들춰내지는 현실 속에서 아직도 어딘가 신비화시킬 수 있는 여지가 남아 있다면 그것은 사랑의 힘이라는 점을 강하게 전달하고 있다고 평했다.

「사랑의 예감」은 뉴욕으로 신혼여행을 떠난 부부를 전면에 등장시킨다. 이들 부부는 오랜만에 뉴욕에 살고 있는 친구들을 만난다. 그리고 다시 서울로 돌아와 자기네들에게 예비된 삶을 살아간다. 그러므로 이 소설은 두 개의 이야기를 서로 병치시켜 놓고 있는 셈이다. 전반부(제1장)에서는 소설적 공간을 뉴욕으로 설정하고 거기서 일어난 일상적 만남을 중심으로 이야기를 펼쳐나간다. 후반부(제2장)에서는 서울이라는 현실적 공간을 소설의 무대로 설정하고 있다. 그리고 이곳에서 이루어지는 만남을 환상적 방식으로 처리해간다. 이 두 개의 공간의 접점에 서 있는 신혼부부는 뉴욕으로의 신혼여행과 서울에서의 신혼 생활을 통해 그들이 생각하고 있었던 사랑의 의미를 다듬게 된다. 여기서 주목해야 할 것은 이 소설에 설정되어 있는 두 개의 서사 공간이다. 뉴욕이라는 장소는 우리들의 삶의 세계의 바깥에 자리하고 있는 타자의 공간이다. 그리고 서울은 우리들 삶의 터전으로서의 안쪽이라는 주체의 공간에 해당한다고 할 수 있다. 그렇기 때문에 이 두 개의 공간은 서로 대립적인 위상을 보인다. 그런데 작가는 오히려 타자의 공간인 뉴욕을 일상적으로 것으로 그려내고, 주체의 공간인 서울을 익명성의 공간으로 처리한다.

이 소설의 전반부는 신혼여행에 오른 신혼부부가 뉴욕에 살고 있는 옛 친구를 오랜만에 만나게 되는 과정이 중심을 이룬다. 이 부부는 뉴욕이라는 낯선 공간에서 살아가는 친구의 자유분방한 삶과 숨김없는 사랑을 호기심 어린 눈으로 살핀다. 하지만 그들의 삶에 드리워진 그늘과 거기에 깊숙이 자리하고 있는 사랑의 위기 같은 것을 느끼고는 한 발짝 물러서기도 한다. 그리고 그 친구들이 보여주는 일상 속에서 어딘지 모르게 제대로 뿌리내리지 못하고 부유하는 삶을 보기도 하고 그들이 이야기하는 사랑과 그 자유로움과 위태로움을 느끼기도 한다. 뉴욕이라는 도시의 열린 공간에서 친구들은 모두 그들의 이름으로 호명된다. 그런데 개별적 존재를 부각시켜 놓고자 하는 이 호명법에도 불구하고 그들은 삶에 밀착되지 못한다. 개인의 은밀한 사생활을 보장하고 있는 것처럼 보이기도 하지만 사실은 개인의 자유가 흘러넘치면서 오히려 개체화된 개인들이 떠돌 뿐이다.

이 같은 사실은 뉴욕에서 만난 친구 장미 부부를 통해 극명하게 제시된다. 장미는 십 년 연상인 남편과 뉴욕에서 안정된 삶을 이루고 있다. 하지만 이 부부의 삶의 이면은 무엇인가 결핍되어 있고, 부부 사이에는 채워지지 않는 공호 같은 것이 가로놓여 있다. 겉으로는 평온해 보이지만 커튼이나 블라인드로 가로막힌 뉴욕의 거리 풍경처럼 서로 차단되어 있고 황량하다. 그들이 살고 있는 집 안도 잘 갖추어진 고급 가구들로 가득하지만 사실은 마음 붙일 만한 구석이 별로 없어 보인다.

그러므로 삶의 진정성을 담보할 수 있는 사랑이 결핍된 상태에서 되풀이되는 일상에 몸을 맡긴 채 부유하는 것처럼 느껴지는 것이다. 결국 이들 신혼부부는 뉴욕의 신혼여행에서 일상적인 삶을 유지하며 현실에 안주하고 있는 개체화된 사람들을 만난 셈이다.

그런데 이 신혼부부가 서울로 돌아와 살아가는 모습은 문제적이다. 소설의 후반부에 그려진 서울이라는 공간은 닫혀 있고 어딘지 모르게 자유롭지 못하다. 서울이라는 현실적 공간의 인물들은 그들 자신의 이름으로 호명되지 못하고, 모두 삼인칭의 대명사로 지칭된다. 그러므로 서울은 익명의 공간처럼 처리된다. 서울로 돌아온 부부는 일상의 현실에 갇혀 살아간다. 아내는 남편을 위해 가정의 살림살이에 최선을 다한다. 하지만 남편인 서환은 아내의 성실성에도 불구하고 삶의 공허감을 느끼면서 살아간다.

그는 아내의 삶의 방식에 자신이 얹혀살고 있는 듯하다는 불만에서 벗어나지 못하다가 어느 날 산행에서 큰 사고를 당한다. 목숨까지 잃을 뻔한 사고에서 서환이 살아나게 된 것은 한 여인 때문이다. 갈희라는 이름의 이 여인은 산에서 사고를 당한 서환을 도와 그를 구출해 준다. 그런데 이 여인의 등장이 서환에게는 하나의 새로운 돌파구가 된다. 그리고 바로 이 대목에서 작가가 주목하고자 하는 한 인간의 삶과 사랑의 운명에 대한 환상적인 접근이 이루어진다. 물론 여기서 말하는 사랑의 운명이라는 것은 삶의 어떤 구체성의 의미를 뜻하는 것은 아니다. 오히려 그 방향을 가늠하기 힘든 충동과 복잡한 내면 의식의 흐름 등을 통해 어렴풋하게 그 속성이 드러나고 있을 뿐이다. 그러므로 작가는 여기에 '사랑의 예감'이라는 제목을 붙였을 가능성이 크다.

이 소설에서 갈희라는 여인의 등장은 매우 특이하다. 그녀는 행복한 가정을 이루어 살고 있었다. 적어도 오 년 전만 해도 그랬다. 하지만 직장에서 유럽 연수를 떠나게 된 남편이 제네바에서 강제 납북당하는 엄청난 사태에 직면하면서 갈희는 커다란 충격을 받게 된다. 그녀는 북으로 끌려간 남편의 사랑을 믿는다. 그녀는 남편에 대한 사랑을 확인하면서 고통스러운 삶을 살아갈 힘을 얻는다. 국가 기관에서는 그녀를 끊임없이 감시한다. 혹시 북한의 첩자가 그녀에게 나타나 어떤 접촉을 꾀할지도 모른다고 판단하고 있기 때문이다. 갈희에게는 그녀 앞에 나타나지 않은 북한 첩자에 대한 막연한 두려움보다 시도 때도 없이 그녀를 감시하며 그녀의 집을 찾아오는 형사가 더욱 공포스럽게 느껴진다. 갈희에게는 자신의 삶의 사적 영역이 모두 사라져 버린 셈이다. 그런데 갈희가 엉뚱하게도 사고를 당한 서환을 구출함으로써 두 사람의 우연한 만남이 이루어진다.

인간의 운명이라는 것은 전혀 예기치 못하는 상황에서 일상의 틀을 벗어나기도 하고 엉뚱한 방향으로 흘러가기도 하고 뜻하지 않은 작은 일로 인하여 깨어지기도 한다. 어떤 예비된 갈등이나 위기가 없이도 얼마든지 삶의 방향이 바뀔 수 있다는 것. 이것을 작가는 운명이라고 생각하고 있다. 이 운명에 대한 작가의 주관적 해석이 독자들의 감흥을 불러일으키는 장면이 바로 사고를 당한 서환과 갈희의 만남이라면, 두 사람의 관계에서 이미 사랑의 예감이 준비될 수 있음은 부인하기 어렵다. 두 사람은 이 우연의 만남을 통해 서로의 세계를 알 수 있게 되고 자기들의 삶의 틀에서 벗어날 수 있는 기회를 갖게 되었던 것이다.

물론 이 소설에서 뉴욕을 중심으로 일어난 일상사에 매달리면 일상성이라는 틀에 쉽게 이야기의 방향을 가두어놓을 가능성이 크다. 후반부의 서울 이야기에 집착하면 이념적 요구와 그 닫혀 있는 완강한 경계를 넘어서기 어렵게 된다. 이 소설이 행위의 동기 부여를 포기하면서 우연성의 묘미를 '사랑의 예감'이라는 환상의 기법으로 처리하는 방식에 주목해야 하는 이유가 여기 있다.

2

김지원의 중편 소설 「폭설」은 초기의 작품 세계를 대표한다. 이 소설의 뒤에 「겨울나무 사이」와 「잠과 꿈」 같은 작품이 놓여 있다. 미국을 배경으로 이야기를 펼치고 있는 「폭설」에는 뉴욕이라는 새로운 공간에서 떠도는 영혼들의 공허한 몸부림이 그려진다. 이 소설에 등장하는 모든 사람들은 제대로 자기 삶의 뿌리를 내리지 못한 채 떠돈다. 가정이라는 테두리에서 요구하는 도덕이나 윤리의 요건은 이들의 사랑과는 아무 상관이 없다. 이들은 단지 자신들의 공허한 가슴을 메꾸어줄 수 있는 상대가 필요할 뿐이다. 그러므로 이들의 이야기를 사랑이라는 이름으로 미화할 수도 없고, 개방적인 성(性)의 문제를 페미니즘이라는 이름으로 포장할 수도 없다. 인간의 삶은 그렇게 덧없이 부유(浮遊)하는 것임을 어찌하랴.

「폭설」에 나타난 서사의 중심에는 진주라는 인물이 등장한다. 미모의 이 젊은 여인에게는 함께 미국으로 건너와 유학생활을 하며 사랑을 키웠던 오정섭이라는 남자가 있었다. 그러나 두 사람의 결혼 생활은 그리 순탄치 않았다. 유학생으로 고생하며 지낼 때는 좋은 벗이고 정다운 연인이었지만 이들이 학업을 마치고 미국에 터를 잡고 살며 결혼한 후에는 그 우정과 사랑이 식어버린다. 둘은 서로를 이해하려 들지 않고 결국 정섭이 일을 핑계 삼아 유럽으로 떠나면서 자연스럽게 헤어진다.

뉴욕의 한복판에 있는 직장에 다니면서 늙은 어머니와 함께 살고 있는 진주는 이미 헤어진 것이나 다름없는 남편 정섭과의 재회를 기다리지 않는다. 늙은 어머니는 진주에게 의지하며 지낸다. 이렇게 자기에게 의지해 살고 있는 어머니를 진주는 어디를 가든지 걱정한다. 어머니는 진주를 걱정하는 것만큼 그녀를 옥죄고 그녀 역시 어머니에게서 벗어나지 못한 채 자기 삶의 테두리를 좁혀놓고 있다. 여기서 어머니는 결국 진주라는 여주인공이 벗어나지 못하는 기성의 윤리와 가치를 상징한다. 어머니라는 이름으로 진주는 자기 행동의 범

위를 스스로 한정하고 어머니를 내세워 자기 욕망을 억제한다.

홀어머니와 함께 살고 있던 진주 앞에 새롭게 등장한 사람이 기(起)라는 이름의 남성이다. 미스 오의 집에서 우연히 만나게 된 기에게 진주는 까닭 모르게 이끌린다. 진주가 집에 혼자 있는 엄마에 대해 걱정하는 것을 보고, 엄살 부리는 엄마를 그대로 놓아두라고 함부로 떠들어대는 이 거친 남성에게 진주는 묘한 매력을 느낀다. 이러한 자신의 태도에 놀라 생각을 바꾸려고 할수록 진주는 점점 더 깊이 기에게 빠져들게 된다. 그리고 이들은 주변의 친지들과 함께 놀러가거나 파티를 즐기면서 빠르게 가까워진다. 진주는 결국 매달 생활비를 한국으로 보내주겠다는 약속을 하고 엄마를 한국으로 보낸다. 엄마로부터 독립한 것이다. 유럽으로 떠나버린 남편을 포기한 진주는 엄마와도 헤어짐으로써 온전하게 혼자가 된다. 이것은 진주가 그녀를 얽어매고 있던 가정이라든지 가족이라는 끈에서 모두 벗어나게 되었음을, 그리고 스스로 자유로워졌음을 뜻한다. 진주는 자신에게 얽혀들어 있던 끈을 모두 벗어던지고 기라는 남성에게 다가가는데, 마침내 친지들이 모인 가운데 정식으로 결혼식까지 올린다.

그러나 진주의 새로운 남성인 기는 가정이라는 틀을 거부하고 한 여성의 끈에 묶여 있기를 거부한다. 그는 언제나 자유분방하게 활동하고 자신의 느낌대로 말하고 자신의 욕망에 따라 행동한다. 그런 기에게 진주는 질투를 느끼면서도 그 앞에서는 꼼짝도 할 수가 없다. 그의 곁에 있는 것만으로도 그녀는 가슴이 떨리고 긴장을 느낀다. 그것을 진주는 사랑이라고 생각했는지도 모른다. 하지만 진주가 기를 선택한 것은 그가 벗어났던 가정이라는 테두리를 기와 함께 다시 만든 것에 불과하다. 그녀는 스스로 기의 곁에 얽혀 있으면서 자기 스스로도 기와 같이 자유로워질 수 있음을 확인한다. 그녀는 어머니의 집착으로부터 벗어났고, 한 남자의 뜨거운 사랑도 받았고, 그를 의식하지 않고 다른 사내와 잠자리를 같이할 수 있을 정도로 스스로의 규율로부터도 자유로워진다. 하지만 진주와 기의 만남과 그 위태로운 사랑도 결국엔 기라는 남성의 죽음으로 끝나고 만다. 진주는 다시 자유로워진 셈이다. 그러나 그녀는 다시 어디서 사랑을 이야기할 수 있을까?

「폭설」의 연장선상에서 읽을 수 있는 소설이 「잠과 꿈」이다. 「잠과 꿈」의 공간적 배경 역시 뉴욕이다. '사랑의 파탄'이라는 주제와 맞닿아 있는 이 소설에는 미국이라는 새로운 땅에 제대로 뿌리내리지 못하고 살아가는 사람들의 모습이 그려진다. 이 소설에는 미국에 파견되어 살고 있는 평범한 상사 주재원 부부가 등장한다. 이들의 삶은 한국에서의 삶의 모습과 연장선상에 있지만, 이들이 이웃하여 만나는 사람들은 한국을 떠나 미국에서 새로운 삶을 추구하고 있는 교민들이다. 남편 순구는 회사 일에 매달려 잦은 출장으로 집을 비우는 일이 많지만 부인 혜기는 그를 믿고 따른다. 이 평범한 부부에게 찾아온 파탄의 위기는 순구의 외도로 인하여 발생한다.

이 소설의 주인공 혜기는 「폭설」의 주인공 진주와 흡사한 성격의 소유자이다. 화려하지는 않지만 아름다움을 지녔으며 겉으로는 소심해 보이지만 가슴에 뜨거운 불길을 품고 살아간다. 그녀는 남편의 외도를 알게 된 순간에도 냉정함을 잃지 않고 남편 순구의 진정성을 믿는다. 그리하여 자신의 실수라고 용서를 구하면서 사실을 고백한 남편을 그대로 받아들인다. 하지만 자기 실수를 인정하고 용서를 구했던 남편이 끝내 정부였던 경옥을 버리지 못하고 끌려가는 모습을 보고는 남편과 헤어지기로 마음먹는다. 혜기는 사랑의 파탄 속에서 스스로 헤어나기 위해 자기 실험에 과감히 뛰어든다. 친구가 소개한 선생님과 함께 몸을 섞은 뒤 얼마나 자신에게 뻔뻔할 수 있는지를 확인했던 것이다. 하지만 그녀는 서로에 대한 신뢰가 없이 육체의 욕망으로 이루어지는 섹스를 더 이상 지속하지 않는다. 그녀는 남편을 버리고 아이를 데리고 한국으로의 귀국을 택한다.

「잠과 꿈」은 결국 남편의 외도로 인해 벌어진 한 가정의 파탄이라는 일상사의 한 단면 정도로 읽힌다. 그러나 이런 식의 단순한 논리로는 이 소설의 이야기 속에 숨겨진 작가의 숨결을 놓쳐버릴 수밖에 없다. 왜냐하면 김지원의 설명대로라면 사랑은 어디서 불어올지 알 수 없는 바람이니까. 하지만 미국이라는 사회의 개방성과 자유분방함이 남녀의 사랑에 대한 해석과도 관련된다 하더라도 「폭설」이나 「잠과 꿈」에서 드러나는 작가 김지원은 여전히 한국적 기준에 더 가까이 서 있는 여주인공 진주와 혜기의 편에 가깝다. 사랑은 육체적 욕망과 밀접하게 연결되어 있지만 정신적 신뢰만이 그 지속을 보장할 수 있다는 작가의 판단을 이들 소설 속에서 확인할 수 있기 때문이다.

여기서 한 가지 지적해야 하는 것은 김지원의 초기 소설에 등장하는 '부유하는 사랑'의 이야기가 기실은 불안하게 흔들리는 여인들의 이야기가 아니라 사랑의 의미를 상실한 채 육체적 욕망에만 탐닉하는 남성들의 이야기일 수도 있다는 점이다. 실제로 「폭설」의 '기'라는 남자 주인공이나 「잠과 꿈」의 '선생님'이라는 남성의 경우 그들이 보여주는 행태는 영혼이 없는 자의 방랑처럼 느껴지기도 한다. 그러므로 그들이 추구하고 있는 것이 어떤 의미의 사랑인가를 따진다는 것 자체가 무의미한 일이다.

3

「폭설」과 「잠과 꿈」은 공통적으로 이야기의 무대를 뉴욕으로 설정하고 있다. 그리고 바로 이 공간 설정 자체가 가장 문제적인 요소가 된다. 일상적인 현실의 구체적인 장소로 그려지는 뉴욕에는 꿈을 찾는 사람과 꿈을 잃은 사람들이 섞여 있다. 그러므로 이 공간에는 환락의 낙원과 낭패의 지옥이 공존한다. 이 도시에서 살아가는 사람들은 불안정한 존재로서 도시적 공간인 뉴욕을 자신의 일상 속에서 끊임없이 해체한다. 그러므로 뉴욕은 실재적 공간으로서의 뉴욕이 아니라고 해도 문제될 것이 없어 보인다.

이 두 편의 소설에서 작가는 뉴욕이라는 도회의 모습을 일상의 무의미함으로 환치시켜 놓고 있다고 할 수 있을 정도다. 일상에 짓눌려 있는 사람들은 거기서 벗어나려는 노력도 없이 되풀이되는 몸짓을 보여준다. 이런 상황 속에서는 인간과 인간의 관계가 서로 단절된다. 그리고 그 사이에는 보이지 않는 억압과 채울 수 없는 결핍과 끝닿는 곳이 없는 욕망이 넘칠 뿐이다. 물론 일상은 반복되며 그 자체로 지속을 드러낸다.

실제로 소설 속 인물들의 하루하루는 때로는 가볍게 때로는 무겁게, 그리고 때로는 지루하게 때로는 간략하게 그려진다. 아침에 자리에서 일어나고, 커피를 마시고, 느지감치 밖에 나와 카페에서 친구를 만나고, 미술관에 가고, 레스토랑에서 식사를 하고, 파티를 즐기고, 섹스를 하고, 술을 마시고…… 이런 식으로 이어지는 그들의 일상을 따라가다 보면, 이 평범한 일상이 하나의 삶의 틀로 자리하고 있다는 점에 놀라게 된다. 매일같이 비슷하게 반복되는 일상의 삶이 서사를 지탱하는 중심축으로 자리하고 있기 때문이다.

하지만 작가는 하찮게 보이기도 하는 일상을 떠받치는 뉴욕이라는 공간의 도시성(都市性) 자체를 놓치지 않는다. 왜냐하면 뉴욕이 아니고서는 말하기 어려운 미술과 연극, 영화 등의 예술적 담론과 환락과 섹스를 함께 구석구석에 끼워놓고 있기 때문이다. 그리고 근원을 알 수 없는 허무를 앓고 있는 인물들의 욕망에 사랑이라는 환상을 덧씌우고 있다.

그러므로 두 소설이 그려내고 있는 참주제를 사랑이라는 한마디로 규정하기는 어렵다. 소설 속의 이야기 자체가 세속화되고 있는 성의 문제를 일상의 영역에서 가볍게 터치하고 있는 것처럼 보이기 때문이다. 여기서 가볍다는 것은 진지하지 못하다는 것이 아니라 일종의 '성의 정치'와 같은 이념성을 제거하고 있다는 점에서이다. 이 작품이 성의 풍속도를 그리는 것도 아니고 성에 관한 태도를 논하고자 하는 것도 아니지만 문제의 핵심이 성과 관련된다는 것을 부인하기는 어렵다.

두 편의 소설에서 가장 크게 부각되고 있는 것은 결혼이라든지 가정이라는 제도의 불안정한 상태와 거기서 오는 불안이다. 소설 속 인물들은 이미 결혼의 실패를 겪었거나 비슷한 이유로 독신으로 살아가면서 자유롭게 성을 나눈다. 결혼을 유지하고 있는 인물들의 경우에도 가정이라는 제도를 안정적으로 유지하는 경우가 드물다. 하지만 그러한 불안정한 상태 속에서도 여전히 가치를 부여하고 있는 것은 가족이라는 개념이다. 그들은 가족이라는 관습적 테두리에서 벗어나고 싶어 하면서도 결국은 그 테두리에 의지하고자 한다. 따라서 이 두 편의 소설이 여성의 삶과 그 성에 관한 가치의 위기만을 그려내고 있다고는 할 수 없다. 불확실하고 혼란스럽기는 하지만 소설 속의 인물들은 모두 사랑에 대한 믿음을 가장 강하게 요구하고 있다는 것이 올바른 지적일 것이다.

인간의 운명은 이미 그 안에 자기 존재를 해체하는 요소들이 잠복되어 작용한다는 점에서 비극적일 수 있다. 일상의 삶에 혼재되어 있는 열정과 사랑은 그 자체가 실의와 환멸을 내포한다. 그러므로 그 속에서 이루어지는 사랑과 섹스의 욕망도 사실은 사랑 그 자체의 결핍과 부재의 다른 표현에 지나지 않는다. 소설가 김지원이 자신의 작품을 통해 그리고자 한 지점도 바로 이것이다. 김지원은 스스로 이렇게 밝힌 적이 있다.

> 나는 가끔 동그라미라는 생각을 한다. 이리 봐도 절대 안전한 동그라미고, 저리 봐도 절대 안전한 동그라미인데, 살아가며 여러 경험을 하는 동안에 이해의 영역이 넓어지면 그 동그라미는 커진다. 아니, 안 커지고는 배겨낼 수가 없다.

김지원이 이상문학상을 받은 뒤 수상 소감에 쓴 말이다. 자기 문학의 세계를 설명하면서 남겨놓은 이 말은 여러 가지 방향으로 읽힌다. 가장 직접적으로는 어떤 새로운 가능성에 대한 도전을 의미한다고 할 수 있다. 자기 문학에 대한 대단한 자부심일 수도 있다. 어쩌면 무한한 포용력을 추구하고자 하는 욕망처럼 보이기도 한다. 어떤 특징적인 외형으로 자신의 문학이 평가되는 것을 거부한다는 뜻으로도 읽을 수 있다. 완결성을 추구하는 작가 정신으로 읽어도 무방하다. 그런데 나는 이 동그라미에서 김지원이 꿈꾸었던 '구원의 사랑'을 본다. 이

동그라미 속의 이야기를 김지원의 소설이라고 한다면 그것은 문학과 인간, 삶과 사랑이 모두 하나가 된, 그녀가 그려낸 그녀만의 세계일 수 있기 때문이다.

작가 사진
1942 – 2013

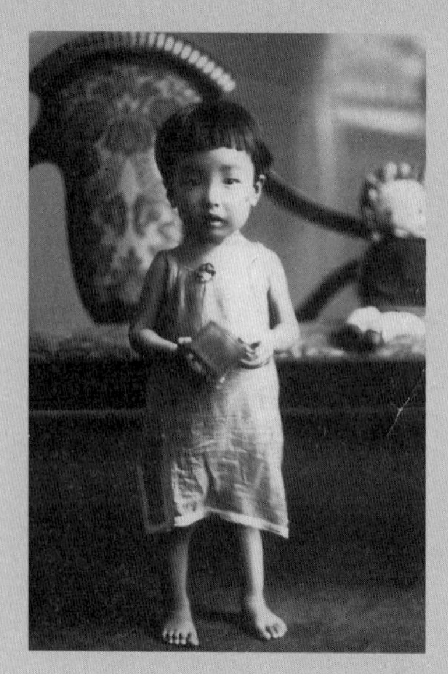

김지원의 두 살 때 모습. 아버지가 특별히 사랑한 딸. 모윤숙 선생이 집에 놀러 와 함께 식사하는데 아버지가 생선 가시를 발라 김지원의 밥 위에만 얹어주었다. 어머니가 작은애한테도 좀 주라고 하자 모윤숙 선생이 "여보, 걔는 안 발라줘도 저 혼자 잘 먹게 생겼잖소."라고 말했다는 일화가 있다.

덕소에서 살다가 서울로 올라온 후 첫 창경원 나들이에서. 김지원, 김채원 자매가 아버지와 함께 찍은 유일한 사진이다. (뒷줄 왼쪽부터) 오빠 김익조, 어머니 최정희, 아버지 김동환, 김채원, 김지원의 모습.

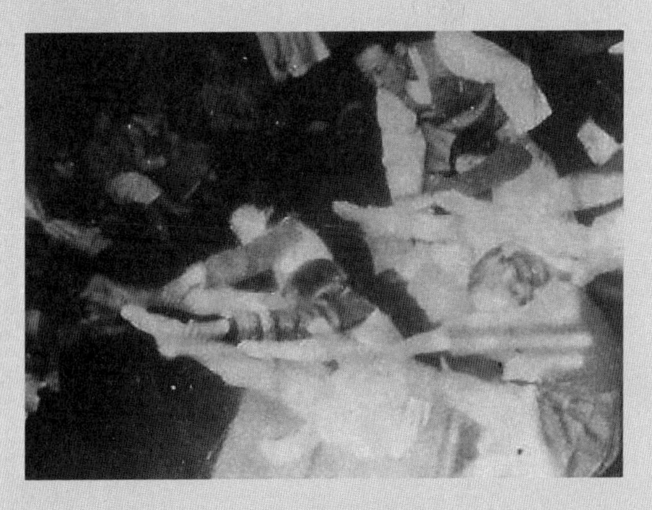

창경초등학교 무용반에서 김지원(위 오른쪽에서 두 번째)의 모습. 당시 무용 선생님은 연습이 끝나면 학생들에게 사탕을 한 알씩 나누어주었다. 1950년 6월 25일 일요일, 무용 연습을 하고 돌아오는데 지금의 대학로에서 군용 트럭이 서서히 움직이며 전쟁이 났으니 휴가 나온 군인들은 빨리 귀대하라고 확성기로 외쳤다. 지나가던 군인이 트럭 위에 힘없이 올랐다. 지옥 같은 긴 전쟁의 시작이었다.

동숭동 은행 합숙소 뜰에서. 휴전 후 피난민들이 합숙소에 흘러들어 와 살았다. 어른들은 전쟁 통에 사라지거나 돈 벌러 나가서 보기 힘들었고, 동네에는 아이들만 가득했다. 이 사진은 어느 날 놀고 있다가 사진을 찍는다 해서 남기게 된 것인데, 당시 권투 선수였던 용숙의 오빠는 셔터를 누르기 직전에 "잠깐!" 하고 외치더니 이 층까지 달려 올려가 방 안에 있던 꽃병에서 꽃을 들고 왔다. (뒷줄 오른쪽부터) 용숙의 오빠, 완종, 용숙, 김채원, 김지원, 용내의 모습.

대구 피난 시절 달성 공원에서 김기완 공군 소령, 김윤성 시인과 함께. 당시 문학청년이었던 현(現) 성 김 주미 대사의 아버지인 김기완 소령(오른쪽에서 두 번째)은 피난 셋방에 간혹 오셨고, 김지원의 가족들과 함께 근처 달성 공원으로 놀러 나가기도 했다. 푸른 공군 제복이 잘 어울렸던 스마트한 분이었다. 김윤성 시인(맨 오른쪽)은 늘 김지원, 김채원 자매에게 옛날 얘기를 들려주었다.

어린 시절 뛰놀던 낙산 위 들판에서.

피난지에서 돌아와 외할머니와 비새는 방에서 촛불을 켜고. 김지원, 김채원의 모습.

서교동 집에서 「늪 주변」을 쓰던 무렵. 김지원은 동생 김채원이 학교 운동장에서 잃어버린 카메라를 사기 위해 소설을 써서 《여원》에 투고했다. 「늪 주변」(1963)은 김지원이 쓴 첫 소설이다. 형제처럼 지낸 루미 언니(정현종 시인 부인), 예정 언니, 이제하, 김영태, 정복생, 이경희, 이완석, 곽동일, 송상옥, 김승옥 등과 어울리며 새로운 세계로 발돋움하던 것도 「늪 주변」이 계기가 된 셈이다.

이화여대 교정에서 여중 시절부터 친구였던 김은순(음대), 정명자(의대)와 함께.

대학교 졸업 후 첫 취직한 《코리아 헤럴드》 조사부 시절.

신혼여행 중 목포행 뱃머리에서.

남가좌동 시절 첫아이를 안고.

둘째 아들 조인환을 낳고 병원에서 돌아온 날. 어머니가 아들을 들여다보고 있다.

그리니치 빌리지의 와인 가게 뒤편에서 잠시 쉬는 모습.
「폭설」(1979)을 쓰던 무렵.

와인 가게에서 일하는 모습. 「알마덴」(1979), 「마술의 사랑」(1980), 「비」(1980)를 쓰던 무렵.

「겨울나무 사이」(1981)를 쓰던 무렵.

남편과 두 아들. 첫째 아들 조인현의 고등학교 졸업식에서.

덕수궁에서 친구들과 함께. (왼쪽부터) 김청조, 서영은, 김경옥, 송정숙(전 서울신문 논설위원), 김정숙, 김지원.

서영은의 서재에서 정릉 모임 친구들과 함께. 왼쪽부터 박미산, 조문진, 이재연, 김경옥, 김지원, 김채원, 김정숙, 서영은. 여기에는 함께하지 못했으나 김문수, 양문길, 김청조, 이제하, 오정희, 멀리 있는 박시정 모두 함께하던 시절이었다.

아이오아대학교 국제창작 프로그램에 참가하여 다른 나라 작가들과 함께.

김지원의 가장 든든한 친구였던 최월희 교수 최월희의 남편 밥 (뒷줄 왼쪽에서 두 번째), (김지원의 오른쪽), 첼로 하는 친구 찬주(앞줄 맨 오른쪽) 등 지인들과 함께.

그리니치빌리지의 와인 가게 앞에서.
『모래시계』(1985)를 쓰던 무렵.

뉴욕의 거리에서.

동숭동에 있는 카페 '오감도'에서. 소설가 김승옥이 찍은 사진.

동생 김채원에게 보낸 에드워드 호퍼의 그림책에는 "그리니치빌리지 8가 말보로 서점에서 삼.(밤)"이라고 쓰여 있다.

2012년의 모습. 김지원은 마지막 십여 년, 어쩌면 그보다 훨씬 오래전, 글은 전혀 쓰지 않고 다른 세계를 헤맸다.

어머니에게 바치는 글 1

조인현 (김지원의 첫째 아들)

이 추모식에 와주신 모든 분들에게 가까이 혹은 멀리서 감사의 말을 전하고 싶습니다. 엄마의 친구분들, 빈손 그룹, 특히 저희 형제에게 끊임없는 사랑과 용기를 주신 최월희 님에게 감사드립니다. 그들이 없었다면 이 추모식은 불가능했을 것입니다. 그리고 예기치 못한 수준으로 돌봐주고 보살펴준, 우리 가족으로서는 완전히 낯선 사람으로 여겨졌던 뉴욕 방문간호사협회에 감사의 말을 전합니다. 그들은 살아 있는 천사였습니다.

그녀는 무슨 일이든 뒤에서 조용하고 공손한 태도로 지켜보았으며, 특히 자신에게 관심이 돌려지는 일을 불편하게 여겼습니다. 최근에 제가 추모식에 대한 이야기를 꺼냈을 때, 그녀는 진심으로 아무도 오지 않을 것이라고 생각했습니다. 그녀는 자신이 얼마나 많은 것들에 영향을 끼쳤는지 전혀 알지 못했습니다.

나는 그녀가 사람들에게 어떻게 기억되면 좋을지 생각해보았습니다. 작가로서 힘든 시간을 보낼 때조차도 그녀는 정의 내리는 것을 싫어했습니다. 우리는 종종 그것을 자랑스럽게 여겼습니다. 나는 그녀가 한 번도 '엄마'라는 존재로서 이슈화되지 않았다는 사실을 깨달았습니다. 지난 몇 주 동안 힘들지만 보람 있는 시간을 보내며 동생 인환에게서 대단한 감성과 연민의 감정을 엿볼 수 있었고, 그리고 그녀의 진실한 믿음이 우리가 어떤 일도 할 수 있으며 어떤 사람도 될 수 있다는 용기를 불어넣어 주었음을 깨달았습니다. 많은 시간 동안 그녀 자신이 우리를 일으켜준 것이 얼마나 위대한 일이었는지도 이해하게 되었습니다. '엄마'는 그녀에 대한 훌륭한 정의이고, 나는 그녀가 그것을 자랑스럽게 받아들였다고 믿습니다.

나의 어린 시절 친구들-십 대, 이십 대, 삼십 대, 그리고 사십 대의 친구들-은 최근 그들의 기억 속에 있는 그녀의 모습들을 내게 쏟아냈고, 나 역시 내 안에 있던 그녀에 대한 기억들을 다시 불러냈습니다. 내가 학교에서 돌아온 어느 날, 그녀는 완전히 행복한 목소리로 뉴욕 양키스의 투수 데이브 리게티가 타자를 한 명도 보내지 않았다고 내게 말했습니다. 그녀가 아이슬란드 출신의 가수 비요크(Bjork)에게 매료되었던 일과 오직 나와 동생이 있을 때에만 무의식적으로 "잘 써야지(난 잘 써야만 한다)." 하고 자신에게 속삭이던 일도 기억했습니다. 가장 좋았던 기억은 내가 그녀의 무릎에 머리를 뉘고 쉬고 있을 때 내 머리를 그녀의 손으로 빗어주거나 노래를 불러주던 조용한 순간들이었습니다.

그녀가 떠나기 전날 밤, 그녀는 고통이 잦아들었던 순간에 나와 대화를 나눴습니다. 언제까지나 나는 그 순간을 기억할 것입니다. 그녀의 아파트는 손수 하얀 점들을 찍은 값싼 중고 장신구들로 꽉 차 있었는데, 예전에는 의식하지 못하다가, 갑자기 이 이상한 취미를 갖게 된 이유가 궁금해졌습니다. 그녀는 한국전쟁이 일어날 당시 가난했던 시절, 평범한 간판에 누군가가 하얀 점을 찍어놓은 것을 보게 되었고, 그게 참 예뻐 보였다고 대답했습니다. 나는 그녀에게 인생 중 가장 행복했던 날이 언제였냐고 물었습니다. 그녀는 "네가 태어난 날."이라고 대답했습니다.

마지막 날, 그녀는 한 인간으로서 믿기 힘들 정도로 존재의 강인함을 보여주었습니다. 그녀는 가까스로 일어나 방문 간호사가 오기 전에 우리의 도움 없이 스스로 이를 닦고 머리를 빗었습니다. 육체적인 고통이 온몸을 덮었을 텐데도 그녀는 모든 방문객들을 웃으며 반겼습니다. 그리고 마지막 순간, 말을 할 수도 팔을 움직일 수도 없었던 그녀는 나와 동생의 손을 잡을 수 있을 정도의 힘을 모아 우리의 손을 잡았고, 마치 우리가 그녀의 손을 잡은 것처럼, 그냥 "괜찮아."라고 우리에게 알려주었습니다.

하나의 시작에서 그 하나를 잃은 느낌을 어떻게 묘사할 수 있을까. 내 생애 그렇게 단순하고 무조건적인 사랑을 경험할 수 있을까. 나의 소중한 조력자인 친구들은 '조의'라는 단어를 제의했습니다. 그녀는 우리 모두가 따라가야 할 좋은 곳으로 갔으며, 그것이 곧 인생의 주기라고. 진심으로 그들의 말에 동의하지만, 결국 끝에는 나는 그저 그녀가 그립습니다.

엄마는 늘 무언가를 찾는 사람이었습니다. 여러 방향으로 영성을 탐구했고, 끊임없이 그녀에게 던져지는 그 무엇에 대한 답을 찾기 위해 노력했습니다. 나는 보이지 않는 모든 것들에게 소망해봅니다. 그녀가 살아가는 동안에 각기 다른 시간 속에 존재했던 서로 다른 힘들, 그 힘들이 그녀의 정신세계를 알아보고 그녀를 보살펴 그녀의 다음 생으로 함께 나아갔으면 합니다.

마지막 순간에 그녀가 우리의 목소리를 들을 수 있기를 소망하면서 하고 또 했던 말을 나는 앞으로도 계속할 것입니다.

사랑해요. 고마워요. 잘 가요.

어머니에게 바치는 글 2

조인환(김지원의 둘째 아들)

모든 사람들이 그녀를 김지원으로 아는 동안에 나는 그녀를 오직 나의 엄마로만 알았습니다. 그녀는 멋졌고, 자유로운 정신을 가졌으며, 영혼을 보살피는 사람이었습니다. 그녀는 언제나 우리 형제에게 창조적인 사람이 되라고 말했습니다. 어린 시절 제2차 세계대전 당시 전함 모형을 만들던 때의 일입니다. 전함은 아리조나 호 혹은 비스마르크 호였던 걸로 기억합니다. 우리는 전함 조각들을 조심스럽고 신중하게 풀칠해 붙였습니다. 장남감 상자에 그려져 있는 완성품과 똑같게 보이도록 색칠하려고 노력했습니다. 하지만 완성품과 똑같이 보이도록 색칠할수록 모형은 엉성해졌고 우리는 좌절하기 시작했습니다. 엄마는 그냥 네가 하고 싶은 대로, 마음대로 하라고 말했습니다. "뭐든지 네 마음이 느끼는 대로, 색칠하는 일에 틀린 것은 없다." 그녀는 붓을 쥐고 자유로운 손놀림으로 깊고 다양한 색으로 표현했습니다. 그럴수록 그것은 상자에 있던 완성품과는 전혀 다른 것이 되었습니다. 잭슨 폴록(Jackson Pollock)의 그림처럼 보이기도 했습니다. 만약 당신도 여덟 살 아이였다면 그녀가 그처럼 창조력을 발휘한 일에 대해 절대로 감사하지 못했을 것입니다. 우리는 그녀가 다 망쳐놓았다면서 울음을 터트렸습니다. 이제 어린 시절 그 전함을 나는 다시 가질 수 없을 것입니다.

그런 사람이 그녀였습니다. 그녀는 너무나 개방적이었고 창조적이었으며 그렇다고 정도(正道)를 따르는 일도 제한하지 않았습니다. 그녀는 언제나 세상의 아름다움을 보았고, 사람들과의 관계에서 어려움을 겪었음에도 인내했습니다. 그녀는 우리들에게 절대 사람들을 평가하지 말라고 가르쳤으며 항상 열린 마음을 가지라고 말했습니다. 그녀는 내가 아는 사람들 중 가장 연민 어린 마음을 가진 사람이었습니다. 그녀는 언제나 모든 사람들을 그녀 앞에 놓았습니다.

나는 지금, 지난날 우리가 함께했던 사람들과의 만남에 대한 벅찬 감정으로 서 있습니다. 그녀가 떠나던 마지막 날, 나는 내 머리를 그녀 옆에 놓고 그녀의 손을 내 손 위에 놓았습니다. 나는 엄마라는 의미를 비추어 돌아봤습니다. 간단히 손을 내 머리에 얹어놓음으로써 갑자기 모든 것이 다 괜찮다는 듯한 느낌을 갖게 하는 사람은 어디에도 없습니다. 나는 거기서 안전함과 사랑을 느꼈습니다. 오직 엄마만이 이러한 작은 행동으로도 이런 감정을 느끼게 할 수 있을 것입니다. 그녀는 나의 엄마입니다. 그리고 나는 그녀를 그리워할 것입니다.

사랑해요, 엄마.

|작가 연보|

1942년 경기도 덕소 출생.

1957년 서울 창경초등학교 졸업.

1963년 ≪여원≫에 「늪 주변」이 당선.

1965년 이화여자대학교 영문과 졸업.

1973년 미국 뉴욕으로 이민.

1975년 《현대문학》에 「사랑의 기쁨」 「어떤 시작」이 황순원의 추천으로 발표되면서 등단. 단편 「먼 집」을 《현대문학》에 발표.

1977년 자매소설집 『먼 집 먼 바다』(지식산업사) 출간.

1979년 중편 「폭설」(《세대》), 단편 「새벽의 목소리」(《현대문학》), 「바닷가의 피크닉」(《뿌리 깊은 나무》), 「알마덴」(《한국문학》) 발표. 소설집 『폭설』(수상사) 출간.

1980년 단편 「뒷문 밖엔 갈잎 노래」(《현대문학》), 「비」(《문학사상》), 「마술의 생선뼈」(《소설문학》), 「마술의 사랑」(《현대문학》) 발표.

1981년 단편 「아내」(《한국문학》), 「내 노래가 꽃이면」(《문예중앙》), 중편 「겨울나무 사이」(《문학사상》) 발표.

1982년 단편 「차나 한 잔」(《현대문학》) 발표.

1983년 단편 「동화(童話)」(《현대문학》) 발표.

1984년 단편 「꿈결」(《문학사상》), 「정다운 말씀」(《소설문학》), 중편 「지나갈 어느 날」(《문예중앙》) 발표. 장편 『멀리서 노래하듯이』를 《뉴욕 한국일보》에 연재.

1985년 단편 「편강 공주와 바보 언달 이야기」(《문학사상》), 중편 「시간과 강물」(《문학사상》) 발표.

1986년 단편 「베갯머리 꿈」(《동서문학》), 「다리(橋)」(《문학사상》) 발표. 장편 『모래시계(원제: 멀리서 노래하듯이)』(나남), 소설집 『겨울나무 사이』(나남) 출간.

1987년 단편 「어버이날」(《문학정신》), 「잊혀진 전쟁」(《현대문학》) 발표. 소설집 『잠과 꿈』(고려원) 출간.

1988년 단편 「희망의 속삭임」(《현대문학》), 「보이지 않는 사람」(《문학사상》) 발표. 소설집 『알마덴』(동아) 출간.

1989년 장편 『꽃을 든 남자 1, 2』(세계사) 출간.

1990년 아이오와대학교 국제창작 프로그램(IWP) 참가.

1991년 소설집 『물이 물속으로 흐르듯』(한벗) 출간.

1993년 리믹스소설집 『돌아온 날개』(제삼기획) 출간.

1996년 장편 『소금의 시간』(문학동네), 자매소설집 『집, 그 여자는 거기에 없다』(공저, 청아출판사) 출간.

1997년 단편 「낭만의 집」(《라쁠륨》) 발표. 중편 「사랑의 예감」으로 제21회 이상문학상 대상 수상.

1998년 장편 『낭만의 집』(작가정신) 출간.

2002년 소설집 『꽃철에 보내는 팩스』(작가정신) 출간.

2005년 장편 『물빛 목소리』(작가정신) 출간.

2009년 김동환의 장편 서사시 〈국경의 밤〉을 각색해 동명의 시극(詩劇) 극본으로 《문학사상》에 발표.

2013년 1월 30일, 미국 뉴욕 맨해튼 자택에서 타계함.